U0635342

柳絮飞时花满城
郝忠勇
著
北方文艺出版社
哈尔滨

图书在版编目（CIP）数据

柳絮飞时花满城 / 郝忠勇著 . -- 哈尔滨 : 北方文艺出版社 , 2025. 6. -- ISBN 978-7-5317-6646-9

Ⅰ . I267

中国国家版本馆 CIP 数据核字第 2025VU8340 号

柳絮飞时花满城

LIUXU FEISHI HUAMANCHENG

作　　者 / 郝忠勇

责任编辑 / 富翔强　　封面设计 / 郑秀丽

出版发行 / 北方文艺出版社　　邮　　编 / 150008

发行电话 / (0451) 86825533　　经　　销 / 新华书店

地　　址 / 哈尔滨市南岗区宣庆小区 1 号楼　　网　　址 / www.bfwy.com

印　　刷 / 三河市华东印刷有限公司　　开　　本 / 880 × 1230　1/32

字　　数 / 180 千　　印　　张 / 9.25

版　　次 / 2025 年 6 月第 1 版　　印　　次 / 2025 年 6 月第 1 次印刷

书　　号 / ISBN 978-7-5317-6646-9　　定　　价 / 78.00 元

目　录

第三辑　杏坛繁花 /91

第四辑　岁月履痕 /145

第一辑

烟火碎念

吃茶去

喝茶是老百姓日常生活的一部分。开门七件事，柴米油盐酱醋茶，茶位列其中。

当然，并非家家户户都能日日饮茶，普通人家也难有这样的条件。即便天天摆着茶壶茶碗，也不过是抓一把粗茶，一泡就是大半天。记忆里，过去农村常见的茶叶有两种，一种是茉莉，一种是珠兰。供销社的案头摆放着大玻璃瓶，称重后用草纸袋子封装。

客人上门，奉上一杯清茶，这是基本的待客之道。若没有茶叶，也会很尴尬。《笑林广记》中就有这样一则故事：

有留客吃茶者，苦无茶叶，往邻家借之。久而不至，汤滚则溢，以冷水加之。既久，釜且满矣，而茶叶终不得。妻谓夫曰："茶是吃不成了，不如留他洗个浴罢。"

水里总得有茶叶，才叫"茶"。一杯清水待客，总差了点意思。

在鲁西南的一些地方，人们还把开水称为"茶"。有客人来，倒上一杯白开水，也会说"喝茶"。这种叫法源于过去经济条件有限，茶叶不是家家户户都能经常喝，开水就成了"茶"的代称。小时候，见城里街边有专门卖水的"茶水炉"，每个灶眼上摆着一把铁皮水壶，也不见有什么茶叶的影子。冠一个"茶"字，先让白开水显得堂皇高大起来。

中原腹地，有人仍把出门见客的着装，叫作“喝茶衣裳”。板板正正的套装，漂漂亮亮的衣服，干净得体的装束，大约都可归为此类。可见喝茶是关乎礼节，与严肃庄重场合相关联的一项重要活动，颇有仪式感。

喝茶，说起来就是喝水的高级版，基本目的当然是解渴。干农活的人累了、渴了，看见摆着的茶碗，抓起来就是一通牛饮。如果刚好不凉不热，也有直接对着茶壶嘴，仰脖直灌的。咕嘟咕嘟地，就图解渴，喝那个痛快劲儿。

当然，也不是人人都喜欢喝茶。小孩子就不爱喝。如果哪个眼馋，看着大人喝得新鲜，偷偷端起茶碗来尝试，喝一口就拉不动舌头，到了嗓子眼了，又“呸呸呸”地吐掉。还一直纳闷，这么苦涩的东西，大人怎么会喝上瘾啊？

我姥娘，就是天天摆着茶壶、茶碗的主儿，整天坐在炕上喝茶，冲泡一把大叶子，不断地喝，不断地续水。她有一支二尺多长的烟袋杆，每次点烟的时候，两只胳膊都抻得老长，才点得着。点着后，还要用食指肚，压一压那烟锅，也不怕烫。看的人仿佛能闻到烧灼皮肉的气味，其实没有。抽够了烟，就喝茶，吸溜吸溜地，轻啜慢咂。炕上有一只肥猫，偎在她腿边，嘴里咕噜咕噜地叫，在烟雾缭绕中，懒洋洋地不停打哈欠。吸够二手烟的时候，它会伸一下懒腰，就着茶盘里的残茶，舔上几口。然后精神抖擞地从窗棂的专用“猫道”走出去……它从不舔茶碗里面的水，一是太热，二是它小脑袋上吃过不少烟袋锅，长了记性。

若说喝茶讲究的，老辈人当数村西头的袁老四。他是必须用当天新打的井水，亲自烧开，并且烧草只用一种，就是麦秸。

除此之外，其他柴禾一概不用。袁老四早年闯过大连，伺候过日本人，可能从外边带回来一些癖好。其他普通人家，是逮着什么烧什么，没有什么不能入锅底的。有人用铁锨将鲜牛粪甩到墙上，一锨一个大饼子，啪啪啪地满墙开花。牛粪晒干后，揭下来烧火，一样好使。

袁老四是见过世面的人，喝茶挑剔，为喝那个麦香头。袁老四不光这点癖好，他算得上传奇人物，当地还流传着他另外几样本事。

一是骑自行车。早年谁见过自行车啊。村里第一辆自行车面世时，车主在大街上显摆。袁老四正蹲在墙根晒太阳，看那新车手在笨手笨脚地表演，忍不住技痒，说来，我骑骑试试。他接过自行车，正走着，突然跑动起来，猛然往前一送，车子脱手而出，人车分离，车子自己跑出去了。人并不耽搁，紧赶数步，双脚一跺，凌空一蹦，一个鹞子翻身，眨眼间人就坐到自行车的座子上，双手捉住车把，车子仍在稳稳地行进……这漂亮的一跃,引得一片喝彩。袁老四脸不红,气不喘,说这叫“八步赶蝉”。

还有一样技艺,他会说洋鬼子话。日本人侵占小城的年间,有两个鬼子来村里扫荡。老百姓被糟蹋得吓破了胆，家家大门紧闭。两个鬼子碰上了于家的闺女，嚷着“花姑娘的”，满胡同追逐。眼看要遭毒手，有人想起了袁老四：“快啊，快找袁老四去！”

袁老四来了，又点头，又哈腰，又打手势，操着一口叽里呱啦的鸟语。还别说，一场斡旋，形势缓和下来。袁老四低声吩咐:“快弄两把鸡蛋来！”忙不迭地，有人凑了一篮子鸡蛋。袁老四双手奉上，满脸堆笑，“太君，鸡蛋，大大的！米西米西。”

这才把两个鬼子哄走了……

喝茶人的一些奇闻异行，不只口耳相传，有的还见诸正史。光绪《增修诸城县续志》摭遗“杂记”中，记录了孟通判差点得道成仙的故事：

孟通判者，密州人。素慕神仙长生之说。一日，有道者谒之，曰：“我适得佳茗，愿共尝之！”探怀出建茶，裹以怀布，虮虱扑缘。孟有难色，辞以无茶具。道者取纸裹，梃碎，顾垆中银铛，取水煮之。分煮两盏，揖孟举啜……

可惜老孟不是巨眼英雄，分浅缘薄，只因少喝了那盏茶，活该与得道成仙失之交臂。县志说得有鼻子有眼，还补充说“事见郭象《睽车志》”。

诸城盛产绿茶，祖辈们向来喜好饮茶。在村里的臧氏园中，西墙根处有一株老茶树。我上小学时，假期参加学校组织的农忙劳动，我和另一个同伴负责烧水、送水。我们还偷偷地去捋了一捧茶叶，直接放在大锅里熬。叶子是绿的，煮出的水却是红的。大家喝了都说好。

当地南部的桃林山区，濒临黄海，从东南方向刮来的海风，受山的阻碍，结成温润的云雾，加上丰厚的腐殖质土壤，形成了特殊的气候和水土条件。这里适合种植绿茶，是中国纬度最北的茶叶产地。诸城与南边的日照和东部的崂山，共同构成了北方绿茶基地。

诸城绿茶香气独特。老人们说有豌豆秧子味，一般人说是豌豆面子味，而茶商则高调标榜为“豌豆香”。这是一种极为稀罕而别致的香型，出了诸城，其他地方的茶都没有这种风味。

桃林绿茶的另一个特点，就是喝一天，那白瓷茶碗依然光洁如新，不生一点茶垢。不像其他茶叶，喝一天后，茶碗上会留下一圈圈茶锈，那是残茶沉淀下的污渍印记。

有一件奇怪的事，明明是桃林的茶叶，打包带回家冲泡，味道却变了。原来茶和水都有讲究。桃林当地的山泉水，含有多种微量元素，用山泉水冲泡绿茶最为合适。带回家的茶，用自来水或过滤水冲泡，根本冲不出那样的茶汤。

《警世通言》中记载了一个故事，说王安石曾让苏东坡带瞿塘中峡的水来冲泡阳羡茶。苏东坡一路贪看风景，轻舟已过万重山，忘记了取水。情急之下，他从下峡取水来搪塞。没想到王安石通过水的密度、轻重，一下子判断了出来。瞿塘峡上峡水急，煮茶味浓；下峡水缓，味淡；中峡不急不慢，浓淡适中，所以用中峡水煮茶最合适。王安石一喝便觉得不对味，当场揭穿："子瞻不厚道，又欺老夫了吧！"

水对茶的影响如此重要，一点也不夸张。桃林绿茶冲泡出来的茶汤，是淡淡的鹅黄中带绿影的。水的温度要求也严格，开水静置后，到八九十度时冲泡最佳。水泼下去，最多一两分钟，必须将茶漏子提出来，茶水分离，不可久泡。久泡，绿茶的活性就差，当地人称之为"烫杀了"。如果按正确的方法冲泡，"七泡有余香"的意味也就自然有了。

过去那种一壶茶从天明冲到天黑的办法，实在是行不通了。再说，那些一泡到黑的茶，在此过程中，当发现茶水颜色淡了，他们的做法是续茶，不断地往壶里"垫"一撮茶叶。其实，原先放入的茶叶，早已没有什么茶味了。

不知从什么时候起，喝茶成了雅事，上了台面，变得堂皇起来。茶叶种类繁多，绿茶、白茶、黑茶、黄茶等应有尽有。烧茶的工具也日益先进，有自动上水、自动消毒、定时烧开的。茶具也更加新巧，成套的各大名窑的产品都有，壶最好是紫砂的，名家手作限量版则更佳。茶盘，普通搪瓷的已不能满足一般人的需求，竹的、木的、石头的都派上了用场。

还有一种茶海，选用名木树桩，越古老越好，精工炮制，保留原来的形状，树根为脚，截面为台面，刻上精致的浮雕，山水、瑞兽、人物、亭台等，极尽奇巧，如同一套豪华盆景。

更有排场的是一套紫檀茶台，宽大的桌面像大写字桌，配上一圈罗圈椅，古色古香，气势磅礴。与喝茶配套的装备，真是层出不穷。

其实，喝茶作为风雅之事，自古就有许多美好的记载。卢仝写过喝茶的几层境界：

一碗喉吻润，二碗破孤闷。三碗搜枯肠，惟有文字五千卷。四碗发轻汗，平生不平事，尽向毛孔散。五碗肌骨清，六碗通仙灵。七碗吃不得也，唯觉两腋习习清风生……

刚开始喝时自然平实，收敛拿捏，越喝兴致越高，到了第七碗，全身舒泰，喝茶者仿佛魂飞魄散，简直要白日飞升了。

像善书者不择纸笔一样，好茶者也不挑茶。民间从来没有放慢开发茶品类的脚步，似乎什么东西都能炮制成茶。银杏叶、酸枣、牛蒡、丹参等不必说，就是一些野菜，如蒲公英、苦菜、蛤蟆皮、茵陈等，都能炒成茶来喝。

能炮制茶的草木中，有不少是中草药，长期饮用还有医疗效果，其价值不在茶叶之下。障日山绝壁上有一株百年神树，当地人采来炒成茶，叫“五叶芦丁”。不会喝的或不习惯喝的人，初次喝多了，不但神清气爽，还会目露明光、手心发汗……传闻有如此神效。

我大舅喝茶，更是别具一格。他发明了一种饮料，自己称之为“咖啡”。炒熟冲水喝，颜色很浓，有一股焦糊味。这小绿豆一样的颗粒，暗红色，当地人叫“浆藜种子”。查证资料得知，这是决明子，也是一味草药，经常饮用，还有败火、明目、祛湿、瘦身等功效。

当然也有人鄙夷不屑，说都是生活好了惯出来的毛病。以前，吃饭时喝一碗水，一整天都不会渴。哪像现在的人，走着坐着，不管忙闲，人人都抱着个茶杯，变得娇贵了，得时时用茶水滋润着。若搞什么活动，主席台上，每个座位前先放一个盖杯，好像领导要讲长篇大论，必至口干舌燥才罢休似的。其实不然，这是约定俗成的排场，人手一杯茶水，讲究的是个待遇，是礼仪。

几年前，我曾下乡，去巴山脚下的一所学校检查考试工作。教室都是平房，土操场的校园，门前是繁盛的花坛和垂柳。屋檐下，长条的课桌上，摆着一个大保温桶，旁边放着一摞白瓷碗，就是那种粗瓷的饭碗。我悄悄问校长：“什么好茶啊？”校长搓着粗糙的大手，很神秘又很得意地说：“烧的绿豆汤！”考试期间，既是为监考老师准备的，也是为学生准备的。这种朴素的陈设和招待，真是周到又温馨，至今令人怀念。

《五灯会元》记载了一段禅宗公案，两位僧人到赵州禅师处，禅师问其中一位：“曾到此间吗？”答曰：“曾到。”禅师曰：“吃茶去。”又问另一僧，僧答曰：“不曾到。”禅师曰：“吃茶去。”院主疑惑不解，问曰：“为什么曾到，也说吃茶去；不曾到，也说吃茶去？”禅师仍曰：“吃茶去！”

对于曾到和不曾到的僧人，禅师都是轻轻一句，打发他们“吃茶去”。意在破除我执，放下过往和执念，无须道外别求。回归当下吃茶这一具体行为，最是要紧。

那么，是不是富者、贫者，贵者、贱者，都可“吃茶去”；

饮名茶、好茶，饮粗茶、淡茶，都是“吃茶去”;用精致的紫砂、细瓷，或用粗陋的瓦缶、海碗，都可当得起“吃茶去”？

行文至此，合上笔记本电脑，收拾一下案头，我也默默对自己说一句：“吃茶去！”

景芝小炒

今天，我们前往安丘集合。教研联合体的诸城、高密、安丘三市，集中精力打磨期中考试题，语文学科参与人员有我、安丘的红彬和高密的秀叶三人。事情结束后，红彬提议中午带我们去景芝品尝小炒。

上午与红彬闲聊时，我随口说道："小炒不就是肉丝炒些芹菜、豆芽之类的青菜，有什么好吃的。酒店安排的伙食也不错。而且从县城到景芝往返一百多里，为这点事犯得着吗？"婉言谢绝。但红彬盛情难却，说不一样，要带我们吃一回正宗的。

恭敬不如从命，我和秀叶便坐上了红彬的车。景芝位于潍徐路交通要道上，是诸城、高密、安丘三县交界的大镇，东与高密隔潍河，南与诸城隔渠河。镇中心拐弯处，路边矗立着一座高大的三脚酒樽雕塑，彰显着酒都的特色。车从路口转向东，过桥后右拐进入一条南北大街。街两旁店铺林立，招牌上"地道""正宗""私房""老味道"等字样醒目，还有"某某卫视报道""某某名人推介"等大幅广告，这就是著名的小炒一条街。

每个地方都有特色小吃，如高密的炉包，寒亭的芥末鸡，青州的糗糕，临朐的全羊，诸城的烧肉，潍城的肉火烧、"和乐"、朝天锅等，都带有浓厚的地域特色，是当地独有的味觉记忆。安丘的代表性小吃，当属景芝小炒。

红彬一边开车，一边打电话联系，表哥帮忙订了一家叫“祥庆”的小店。若不提前预订，饭点时很难找到包间。我们从大街中段进入仁安村，兜了几个来回，在一条曲折的小胡同里找到了这家农家小院。院内没有招牌，却弥漫着热腾腾的香气，锅铲与抽油烟机的奏鸣声不绝于耳。东耳房小间是为我们预留的，原木桌椅，简单装修，迎面墙上挂着一幅镜框装裱的字画，画心有撕痕，居中是一个红朱笔写的甲骨文“鹿”字，下面是小楷书写的《诗经·鹿鸣》，古色古香，饶有韵致。

碗碟摆好后，红彬拿出一瓶景芝白干，小包装，2两装的扁瓶，外观是老“黄皮”包装的缩微版。52度的景芝白干，老牌包装因商标是黄色，被当地人称为“黄皮”，数十年不变。如今景芝酒种类繁多，包装多样，还有芝麻香型，但老白干这种传统口粮酒依然畅销。

首先端上桌的是一大盆猪肉炖芋头粉皮，分盛小碗。芋头软糯嫩滑，入口即化。我们吃着芋头，小口抿着酒，听红彬聊酒。这里产好酒，得益于水土环境和特有的菌种，适合酿酒发酵。据说淮海战役时，部队从当地紧急调配数千斤高度白酒，用于医治伤员，景芝白酒作为战略物资，源源不断地输送到野战医院。

红彬老家在景芝东洼，他好酒但不滥饮，对酒颇多了解。正聊着，小炒正式上场，四个菜依次端上：炒芫荽、炒韭菜、炒豆腐皮、煮肥肠，热气腾腾，色泽诱人。

小炒与酒颇有渊源。早年景芝有七十二家烧锅，酿酒小作坊遍布镇子，加上地处交通要道，四方商贾云集。人们吃饭讲究充饥、方便和美味，于是产生了小炒。食材普通，但在精细加工上下足功夫。切肉丝考验刀功，必须切得极细，筷子顶那么粗的肉，要切成一剖四片的粗细，长短均匀，像礤床擦出来的一样。我请教大厨如何切得如此均匀，大厨说纯手工，新买的肉放冰箱微冻后再切，容易操作，且不会影响鲜味和口感。菜也讲究，如芫荽只取中段，掐头去尾，鲜嫩翠绿。精细加工的肉、菜，吃火少，出锅快，这也是小炒之“小”的含义之一。景芝小炒简约而不简单，制作过程中有许多独门功夫，火候、佐料都有讲究，如炒芫荽出锅时淋几滴香油，以激发香气，这与“食不厌精，脍不厌细”的古训相契合。

远道而来的客商，点上一两盘小炒，烫上二两景芝白干，再吃上一两卷三页饼，花费不大，却能美嘴垫饥，慰藉疲乏。

肥肠是这家的特色，收拾得很干净，没有异味。这道肥肠是清煮的，蘸蒜泥吃，肥而不腻。与有的门店不同，这里的肥肠没有任何脏器味，让人觉得没有对比就没有伤害。大肠好吃，食客众多，很少有人计较异味，所以价格较高。

红彬盛情，我们尽情享用。一番风卷残云后，直吃得撑肠拄腹。我喝了二两“黄皮”，秀叶受感染，喝了一瓶啤酒，红彬因开车，喝了一瓶“大窑”。面食是三页饼，酒微醺，饭已饱，飘飘然复乐陶陶。

返程时，又经过大桥。我随口问这是什么河，回答说是“浯河”。

突然想起这边的古人郭浯滨。在诸城“放鹤园”碑刻中见过一幅“授剑图”，左上方题跋：“此图乃渠丘郭浯滨先生手迹，隆万间客鹤园时作，年久恐有损越，爰摹诸石，放鹤园后学张衍摹，康熙二十六年嘉平之吉。”石背面刻“鹤亭烟雨”四个狂草大字，龙蛇飞动，左下角落款“浯滨”。“渠丘”即安丘，“张衍”是明末清初诸城著名的“张氏四逸”之一。“授剑图”上刻两人，相向而立，一位横捧宝剑，另一位拱手接受。他们是师徒还是至交？张衍为何重视原作并摹刻上石？这其中的故事已无从查考。但从他们贴近的姿态可推断关系不凡。

郭浯滨与这条河有关，或许曾住在河边的某个村庄，与潍河上游放鹤园张氏有深厚渊源。提到“授剑图”，想起《增广贤文》中的两句老话：“路逢侠客须呈剑，不是才人莫献诗。”意思是知己间的馈赠能锦上添花，不懂你的人，好话也成啰嗦和谄媚。“知音说与知音听，不是知音莫与弹”，说的也是这个道理。红彬古道热肠，执意请我们吃小炒，我们也不虚词客套，乐于跟随他去钻小巷子，这不就是惺惺相惜，直追古人遗韵吗？不同的是，明末清初的隐逸之士换成如今市井中推杯换盏的我们三个，剑气森森的利器变成三只高高举起的酒杯罢了……

是日立冬，万物将进入收藏、休养的状态。农谚云：“立冬立冬，补嘴空。”在古代农业社会，立冬是休息放松、犒劳辛苦的日子。在冬日暖阳里，精美的景芝小炒，带给我们一段难得的清欢时光，仿佛是上天早有安排。

密州夜话

于老师来潍坊参加阅读能力提升工程会议并送教，会议结束后选择留下，准备次日与家人一同前往烟台。借此机会，我邀请他们共进晚餐。天气寒冷，我提议前往京来顺老北京火锅，既能享受热气腾腾的美食，又可增添几分暖意。

与于老师相识多年，却鲜有当面把酒言欢的机会。我提议小酌，并以手指比画出一葱叶宽度的酒量给于老师看，表示仅饮这么一点，绝不贪杯。落座后，于老师仍对下午的授课念念不忘，自责课堂上有一段时间大脑空白，与学生交流“断片”，神情间流露出对自己的不满。我则表示，于老师课堂开头的“预习单”环节设计精妙，从学生角度出发，让他们明白自学的意义与方法；从教师角度而言，依据学情展开教学，契合张伟忠老师倡导的新课堂教育理念，这一点已足以让师生受益无穷。我又宽慰道，金无足赤，哪有每堂课都完美无缺的呢？若每堂课都精彩得毫无瑕疵，反而会让老师们无从学起。名师出场，留下些许缺憾，反而能激发进一步思考与修正的空间。于老师听后，心情逐渐释然。汤锅煮开，我们边吃边聊，氛围渐趋轻松。

于老师提及外出讲学频繁，有时临时有事只能找人代课，甚至多次是由家人代为上阵。我惊讶之余打趣道：“哎呀，不错呀！这学校快办成夫妻店了。弟妹也是教语文的吧？”于老师答道：“教体育的。”这回答让我颇感意外，脑海中迅速闪过一个熟悉的调侃：“你语文是体育老师教的吧！”然而，这位体育老师代课却上得有声有色，不仅局限于一时的新鲜感。她介绍自己的代课方法：“我就看着他们，布置他们读课文、背课文……”这让我恍然大悟，原来这就是语文教学中传统且有效的“期门穴”，我们课堂上往往充斥着讲解、分析与操练，却忽略了最基础的读背功夫。

“我有时也讲。我说辛弃疾会武功，学生就很感兴趣，听得津津有味……”于老师爱人的话让我意识到，体育老师眼中的辛弃疾形象别具一格。史载辛弃疾曾率五十轻骑突袭数万敌营，生擒叛徒，其英武豪迈之气与体育精神相得益彰。看来，学科间的交叉整合无处不在，我们不能固守学科本位，而应勇于打破学科界限。

酒过三巡，聊起今日会议上提及的吴伯箫，他也是莱芜人。于老师说吴伯箫曾任全国中学语文教学研究会会长，因同乡之谊，二人有过接触。我们谈到老教材中的《菜园小记》，文中引用苏轼《后杞菊赋》的句子：“春食苗，夏食叶，秋食花实而冬食根，庶几西河南阳之寿。”我指着脚下的土地说：“您知道吗？这几句就是写在这儿。”

见于老师兴趣浓厚，我便借机为诸城旅游品牌代言。苏轼于北宋熙宁七年来到密州，正值冬至月，滴水成冰。当时的诸城经历旱灾、蝗灾，盗贼遍野，民生凋敝。苏轼在《后杞菊赋》中记载：

“及移守胶西，意且一饱。而斋厨索然，不堪其忧。日与通守刘君廷式循古城废圃求杞菊食之。扪腹而笑。”“吾方以杞为粮，以菊为糗。春食苗，夏食叶，秋食花实而冬食根，庶几乎西河南阳之寿。”

尽管生活清苦，但苏轼精神富足。他自愿从杭州调至密州，爱民如子，勤于政务，一年后政绩斐然。《超然台记》中记载：

处之期年，而貌加丰，发之白者，日以反黑。

吃野菜都能让自己变得富态，苏轼的达观精神可见一斑。吴伯箫引用苏轼原句，正是这种精神境界的传承。

我继续向于老师介绍：“不但如此，《水调歌头》‘明月几时有’、《密州出猎》‘老夫聊发少年狂’、《江城子》‘十年生死两茫茫’等名篇也都是写在此地。”于老师听后连声说，下次来诸城，一定要看看超然台、雩泉等苏轼留下的遗迹。

我们还聊到乡人赵明诚与李清照，二人堪称有情人的标杆，然而他们的父亲却是一对冤家。大宋党争激烈，人们被迫分派别、站队伍。两个老头在家时还称兄道弟，朝堂之上却分庭抗礼，互不相让。苏轼对李格非颇为欣赏，而对赵挺之则不甚待见，《宋史》中记载：“及召试，苏轼曰：‘挺之聚敛小人，学行无取，岂堪此选！’”想想彼时彼地人物的音容笑貌，真是又好玩又可乐。

酒酣耳热之际，我又探问起共同的老朋友历城王老师，许久未联系，不知近况如何。王老师是一位优秀的出版人，多年前，我和于老师都曾跟着他参编过一套名著阅读丛书，如今市面上仍有再版销售。于老师说，王老师身体不太好，前些年中风，一次路过想探望，被家属谢绝，说他能认人但说不出话来。听闻此消息，我们都默然无语，嘈杂的环境中，只有铜锅子咕噜咕噜的沸声。

此刻，苏轼的几句诗又浮现在心头：“人生到处知何似，应似飞鸿踏雪泥。泥上偶然留指爪，鸿飞那复计东西。”人世间的事事物物，看似如秋风扫落叶般归于虚无，但亲历过的人心中却留存着或完整、或残缺、或明晰、或隐约的影像，这些便是无中的有。身处其中的人能真切感受到，如鱼饮水，冷暖自知。就像庚子年寒天里的这个暖冬夜，酒醒之后，絮絮叨叨的一些胡话傻话会随风飘逝，但只言片语也会留置在记忆里，保存起来，并不容易抹掉。

肴核既尽，杯盘狼藉。不知不觉，我们都已有了些酒意，准备握别。桌上菜剩得不少，一瓶白酒见了底。我们最初的约定，只是浅尝辄止地抿两口。

于老师，大名于立国，济南莱芜人。

渔乐无穷

钓鱼会上瘾，迷上钓鱼，如饮蛊毒，欲罢不能。

就说好友老颜吧，在学校负责教学业务工作，每天忙得晕头转向，要说钓鱼，那是跟他一点不搭边的。用他的话说，那是退休以后的事儿。但是在一干渔友的撺掇下，某日也裹挟着初尝了一把，没想到一发不可收拾。静候鱼儿上钩的耐心期盼，心随漂动的惊喜，以及人在水边静坐，放空身心与大自然的那种完全融合……一下子就让他深深着迷了：钓鱼，原来这么好玩啊！

短短两三年，装备从最初的一支钓竿——架竿都没有，水边折条树杈当架竿，到如今大至十几支手竿、海竿，全套钓箱、钓台、钓凳，小到失手绳、摘鱼器、摘钩器、剪子、镊子，一应俱全，甚至一般渔友钓一辈子都用不上的割草器（初春清除近岸水草专用）、小铁锨（小型工兵铲，用于铲平陡坡，修整开辟钓位）等也一一列装。他家楼下的储藏间，打开来看，就是一个渔具大全。每次出行，后备厢装得满满当当，到了钓点，单是卸下各色装备，运至水边，肩挑手提，吭哧吭哧地，得两三趟才能完成。光这装备的搬运，就是一项不小的体力活，正事还没干，先出一身臭汗。有的装备，在一次游钓活动中，根本用不到，譬如五六支竿子，用到的不过一两支，十几种鱼饵、窝料，多半也不过只用两三种……但是不能没有，讲究的是这个排场，咱东西齐全。

原来的死活不肯“浪费那个时间和精力”，到如今钓鱼不用别人催促。每次都是他来呼朋唤友，主动邀约，提前一天微信招呼：周末出行，集合地点、时间不变，目的地五台坟。

钓鱼有多么值得迷恋，以至使人寝食难安。为了抢占个钓位，晚上睡不好，早饭可以不吃，摸黑出发，兴冲冲地跑到钓点，才发觉“莫道君行早，更有早行人”，好钓位早有捷足先登者了……

某回在扶淇河上游钓鱼，旁边有久别的两位钓友，喋喋不休地互相倾诉，其中一个本来在成都看孙子来着，一出正月就急着跑回来了，浑身难受，实在是待不住了，好像自己竟比鱼儿有着更敏感、更超前的物候知觉。回乡，只为痛痛快快地钓俩鱼要要儿。坐在熟悉的河边，手里握着钓竿，轻柔的春风吹着，暖洋洋的太阳晒着，浑身通泰，这才是心眼里朝思暮想的去处和归宿。难怪古人往往以“钓游之地”来比喻故乡呢！

还听过两位钓友交流，各自述说迷恋此项活动之极。一位说每次下大雨，不能出行，那滋味，简直像热锅上的蚂蚁，雨后看见场院里积了一汪水，技痒难耐，恨不得也抡上两网，甩上两竿才解馋。另一位说，天天钓鱼，大大小小的鱼往家带，就多得成了灾，人不吃，猫都不稀罕吃，气得老婆天天骂，我就权当耳旁风……

钓鱼在钓不在鱼。初入门级新人，不讲究渔获多少，钓着“小麦穗”“小浮梢”，也喜不自胜。通常的进阶，由常见的鲫鱼开始。鲫鱼野生，繁殖力强，两三年不干的水域，最密，也好钓。

即使空手而归，也毫不为意，自嘲出来呼吸呼吸负氧离子，也是好的，一点也不懊恼。真要找出当“空军”的恶劣影响，就是像赌徒总想扳本一样，刺激了一定好好钓一把的野心，更迫切地盼望着下一次快快到来。

入门级常用的钓饵是蚯蚓，荤食容易找，广谱饵料，大小通杀。邻居老赵，积年垂钓老手，他有一独门绝招——养蚯蚓。车库里长年放着一口缸，里面是腐殖质，他养的蚯蚓又红又肥，一年四季供货不断。每次出行，随手掘一小盒就可以了，不用花钱购买，也省了去阴沟、垃圾场子扒拉着找，方便得很。老赵饲养蚯蚓，培养基主要是残茶、剩馒头、肉汤、骨头等。脏兮兮的一缸物什，一般人看着就恶心作呕，钓鱼人却看得亲切，说这叫“地龙”，是一味中药，《本草纲目》称其具有通经活络、活血化瘀、治疗心脑血管疾病的作用。这有什么赖的！所以蚯蚓上钩，直接徒手指甲掐断，长短随意，根本无需动用剪刀、镊子。

钓鱼人随着钓龄增加，经验慢慢积累，钓技走向成熟，对象鱼从鲫鱼逐步靠拢鲤鱼、黑鱼、鲢鱼等大型鱼，装备也逐步升级。人若不讲究，小竹竿拴个烧弯的缝衣针也能钓鱼；讲究的呢，“好马配好鞍”，装备越来越多，也越来越贵，渔具包从一个增至三个，四个，五个。竿子多了，怎么也得弄个夹层包用用；再升级用长节竿，也得换长竿包才装得下；长竿包还有带支架的，能防潮，支在那里，看着就是带劲，这又得进一层……饵料也不满足于用蚯蚓、红虫、“蓝鲫”等，转而追求“无双”“荒食”等高大上的商品饵，甚至一些奇奇怪怪的玩意儿，如“老鼠药”、果酸薯膏等也纳入尝试范围，大把花费也不知不觉地多起来。

同事孙、丁两位仁兄，每人都有一辆“北斗星”，钓鱼专用。打开车门，是满满一车装备，从大件的野餐折叠桌椅、太阳伞、桶装水、煤气罐，到活鱼桶、防晒服、水鞋，样样齐全，这“万宝囊”牌座驾，除了主人，休想再坐进一个人。

钓鱼人也分成若干层次。就像跳舞的，按场地特点分，有广场派，有公园派；按形式分，有时兴的鬼步舞，有传统的佳木斯舞；按队伍规模分，有一字长蛇的群体暴走帮，有翩翩起舞的小众交谊舞团……自我要求不高的，只为娱乐身心，就近小水面，在沟沟汊汊小河边，钓钓小鲫鱼、小浮梢、小噘嘴，意思意思，也就心满意足了。

有的专对付大水面，擅于长途奔袭，跨区作业，专找大水库，以鲤鱼、草鱼、青鱼等大物为目标。见过有外地人到墙夼水库垂钓的，支着帐篷，吃住数日，连干数昼夜。他们是用大铁锹铲成麻袋的玉米，光膀子“呼哧呼哧”地忙活一个时辰打重窝，极是铺张有范儿。人家钓来的鱼，不是放在鱼护里，而是用绳索穿裹鳃拴着扔在水里，拴着的都是七八斤以上的，三斤五斤的连看都不看，直接放生。这种拴小猪般的钓鱼佬作派，让人又惊奇，又赞叹，真是大开眼界。

另有一派高手，修炼多年，经验丰富，早已不满足初出江湖的小打小闹，转而追求更刺激、更具挑战性的比赛，转战各大台钓赛场，以竞技战绩不断刷新形象，往专业一路走。他们经常光顾一些“黑坑”,“黑坑”,就是定期撒鱼的钓场,计时收费。这种鱼钓来钓去，都猾了，水质被各色饵料喂得肥腻，是不好钓的。老手自有办法对付，在饵料、小药、钓技上下功夫，因地制宜,随时调整方案。那些“早钓太阳红,晚钓鸡进笼”“春钓滩，夏钓潭”“长岸钓中间，凸起钓锛尖”，在他们看来，都是口头禅、小儿科。据说有的钓手即使到一个新钓场，单凭看看水色，嗅嗅空气味道，观察一下周边环境，经过一番“望闻问切”，对于选什么钓位，配什么钓组，开什么饵料，就能诊断个八九不离十。“近水识鱼性，近山知鸟音”，无疑这是一门响当当的实学。碰上这类技艺高超的硬茬，活该钓场倒霉，那是会把鱼塘老板的脸都钓绿的。

也有的老手并不屑参加什么比赛，认为钓鱼就是修身养性，用得着搞那么紧张吗？

“有水就有鱼”。话虽这么说，但钓鱼的季节性很强，鱼情随季节变化。春季、夏初、秋季都是钓鱼的好时节，特别初春，鱼猫了一冬，要甩浆繁殖了，急于补充能量，胃口大开，喜欢近岸游戏，最是容易上钩。夏天闷热，鱼都躲在底层，懒得活动，就不容易钓。冬季呢，鱼都冬眠，减少了活动，基本不开口，钩子塞到嘴里也不见得钓上来。

但这些对于真正的钓鱼人来说，根本不是事。夏天鱼不开口，就晚上夜钓，静悄悄的水边是一片绿莹莹的夜光漂。“黑漂了！”突然一个煞竿，随着一点绿光的急速晃动，竿子弯成了满月的弓形，免不了人鱼的一番纠缠搏杀。鱼头浮出水面，翅子拍击水面的哗啦哗啦声，鱼线在搅动拉扯中发出嗡嗡的响声，正和钓鱼人的心弦产生激动的共鸣。“开灯，开灯！”“拿抄网子，快拿抄网子！”伴随压低嗓门的急促喊叫，中鱼、遛鱼和抄鱼，将这部摸黑作业的乐章，逐渐推向了高潮、明亮的部分。

冬天呢，破冰钓，冰面上砸开窟窿，人就端坐在岸边或者冰面上垂钓，这都是有的。一般钓友，到冬季就休竿了。但是对于真正的钓者，尤其是瘾头大的，白天黑夜，春夏秋冬，风雨阴晴，皆能全天候作战。天气冷，又怎能阻挡钓鱼人的一腔热情呢?

立春已过，转眼就是雪消冰融，很快又是钓桃花鲫的好时节。蛰居了一冬的各路钓友，想已摩拳擦掌，急等促装成行，大试身手了。

闲话文房四宝之“墨”

墨为文房四宝之一，是文人案头必备之物。笔墨天然不分家，有笔的地方必有墨，大约在有笔的时候，墨也随之产生了。从史前的彩陶纹饰，到商周的甲骨文，再到竹简木牍、缣帛书画等，处处都留下了原始用墨的遗痕。

古人书写时，在家居和书斋中尚算方便，蘸墨挥毫，手到擒来。然而，若要外出研学旅行，随身携带一锭墨则是必不可少的。走到哪里，一旦诗兴大发，或者有触景生情而对木石建筑的题咏，未润毫之前，得先找出墨来研磨一番，化作浓浓墨汁，方可书写。为了写几个字，先得有这一番折腾，想想也确实挺麻烦的。

现代人书写，有现成的瓶装墨汁，现开现用，这不能不说是一大文明进步。现代人基本不用墨锭，但作为一种文化遗存，墨却并未绝迹。我的朋友小胡，生于仓圣故里，喜好文墨，爱钻研，尤其对制墨情有独钟。传统墨分松烟墨和油烟墨，松烟墨多用于书写，油烟墨则多用于作画。小胡所制的这款墨是“松烟墨”。

光绪《增修诸城县续志》“文物”中曾有介绍：“晁氏《墨经》云：今兖州泰山、徂徕山、凫山、绎山，沂州龟山、蒙山，密州九仙山，登州牢山，皆产松之所。兖、沂、登、密之山，总谓之东山。东山之松，色泽肥腻，性质沉重，品惟上上。是宋时邑固产墨也。今则九仙之松犹昔，惜无能制而为墨者矣。”

小胡先是从朋友那里获取松树，这是制墨的主要原材料，且需求量非常大。朋友是做绿化生意的，公园、绿地经常有挖掉的松树，便给他留起来。这样的场景我们经常见到，今年栽了某种苗木，过不了两三年就统统换掉，仿佛非如此不足以除旧布新，大家都见怪不怪了。这样的好处是，为小胡的制墨工作提供了充足的原料。松树并非整棵都好用，最佳部位是根部，因其油性大，烟子好。我曾详细询问他到底用了多少松树，他说有四五卡车吧。

工作间的设置，是借用某沙场的一处宽敞地带。他们顺缓坡上挖一大灶，灶砌好后，接着做烟囱。烟囱是用冰箱包装壳类硬纸盒改造的，逐级缩小，以各型号细密纱网内置分割，由粗至精，分作若干层级。纸盒和纱网就是用于收集烟子的主要装置。

一切设置停当，便是升火点灶，收集松烟。我原以为会像居里夫人提炼镭那样，瓶瓶罐罐的，神圣、高端又大气，其实并非如此。点了灶，就任由它燃烧，人基本不用管。隔段时间添添柴、收集一下烟子即可。日常维护，也只是纱网被油烟糊住时，清理或更换一下。当然，这仅仅是基础工作。

这样收集的烟子，经过细筛，除去粗的不用，最后收集上好的松烟足足 200 克，主料便准备好了。

另一项工作是配料的准备：一是胶，二是水。胶是用鹿皮文火精心熬制而成；水则是毛白蜡纯净水浸出液。为何强调要用纯净水呢？因为脏手不能碰，一旦沾上脏东西，浸出液就容易腐败，无法使用。这两样配制的溶剂，是用来调和松烟的。

熬胶和浸液也是一个漫长而细心的过程。

接下来的一步，是将松烟和稀料按比例合成后进行搅拌、揉捏，反复捶打。其间还加入诸如冰片、麝香、珍珠等名贵药材若干。这轻若云烟的一包粉末，逐渐变成了柔韧筋道的一团乌泥。然后压模、成型，成为一条条的墨锭。晾干又是一个较长时间的过程，为防止龟裂，不敢暴晒，只能慢慢阴干。最后一关，雕款，手工描金。至此，一条条乌黑发亮、金光灿灿的墨锭便新鲜出炉，“墨”事大吉了！

听小胡津津乐道于制墨之事，我啧啧称奇。这不是十天半月就能完成的，每一道工序的精致程度，都有些像配制“冷香丸”的意思。小胡本来就有熬夜的习惯，看他那两个愈发清晰的黑眼圈，倒真像为这胡氏制墨作了招牌，着实让人心疼。单那5克的麝香就花去两三千元，这得有多大的成本啊！制成的这条墨，直是心血的结晶，怪不得人们会惜墨如金，哪个有福消受！只怕是只合供在那里，当作文物宝贝吧。

贾思勰，与胡为同乡，著有《齐民要术》。我偶然翻阅此书，见其所载制墨方法：“用上好烟捣细，过筛；一斤烟末和上五两好胶，浸在梣树皮汁中，再加五个鸡蛋白，又将一两朱砂，二两犀香捣细和入，放入铁臼，捣三万下。每锭墨不超过二三两，宁可小，不可大。”《齐民要术》中所列工序，胡氏制墨一道也没有省减，甚至还有过之而无不及。

我曾问小胡，你亲手制作的宝墨，用来书写，与普通墨到底有何不同？胡略作沉思，回答说：“黑亮，立体。”好家伙！一为色彩，一为体态，加上他这种执着的劲头，所谓精气神，也就足了。

此君曾远赴江西，拜手工制笔的老师傅为师，成月驻扎蹲守，只为学习人家的传统手艺。我一度以为胡之玩墨，和人之玩石、玩木、玩钱一样，是在追求奇技淫巧。

忽然有一天，传来消息，说小胡制的墨被农业部送往国外，在米兰国际博览会上荣获金奖。这是传承《齐民要术》古法农业在现代社会应用的唯一奖项。

我似恍然有悟，胡所做的，正是对传统文化的一脉传承啊！精诚若此，何事不克！得奖，只是水到渠成的事罢了。

如同这方小小的墨锭，我们嫌它麻烦，淘汰掉了，省了研磨的过程，一同丢失的，是趣味，是韵致。一旦捡拾起来，回归的是情怀，不那么粗鄙了；焕发的是审美，不那么仓促了。

我又仿佛看见小胡起早贪黑，汗流浃背，痴迷自乐地奋战于那简陋的小作坊了。

闲话文房四宝之“砚”

砚为文房四宝之一，乃旧时文人案头必备之物。砚之材质繁多，铜、石、陶等不一而足。我手头亦藏有几方砚台。

其一为龟形砚。1999年6月，我初次造访曲阜，于三孔景区购得此砚。景区门口纪念品摊位规模甚大，文玩尤多，此景在其他景点并不多见，大约也是沾了圣人灵气之故。既入宝山，焉有空手而归之理？在琳琅满目的纪念品中，我独钟此砚，爱其形制古朴，遂纳入囊中。此砚外观作乌龟状，通体乌黝沉黑，自头至尾长约十八厘米。砚腹平坦如镜，四足安稳踏地，首昂尾蜷，脊背隆起，眉目传神，鳞甲清晰可辨。尤为可爱者，龟背之上另有八只小龟分散伏卧，正中一只最为精致突出，形态与大龟如出一辙。初见之时，只道是大龟驮小龟，细察方知另有七只隐匿其间，甚至有两只藏于中间小龟身下，仅露半截身子。龟壳造型即为砚台之盖，掀开龟壳，洼处便是墨池。据传最早的龟砚出现于汉代，彼时之龟形砚有直颈单龟陶砚、屈颈单龟陶砚、双头龟陶砚、交颈交尾双龟陶砚等多种形制。我所藏之砚，显系仿制直颈单龟陶砚而成。

另有一方“徐公砚”，得自临沂。徐公砚石产于沂南青驼镇南徐公店砚石沟，属玄武岩层，石质坚硬，密度极高。轻叩之下，其声清脆如磬。此砚下墨迅疾，发墨如油，色泽鲜润，且不损笔毫，堪称砚石材之上品。其软硬适度，石色沉静，有多种颜色。我所藏之砚呈黄绿色，扣之如磬鸣，扪之似玉温，风格清新淡雅，气质自然古朴。

还有一方三叶虫化石砚，采自莱芜。砚池大致呈鸭蛋圆形，砚盖之上镶嵌着三叶虫的断肢残须。其中较为完整的个体，约有小指甲盖大小。这些星星点点的虫迹，或似蚕蛹，或如燕子、蝙蝠，其肢爪类蟹。三叶虫生于寒武纪（约 5.7 亿年前），至奥陶纪（约 4.5 亿年前）达到鼎盛，最终灭绝于二叠纪末期（约 2.52 亿年前）。我们今日所见，仅存虫体痕迹于石中。

另有一方砚台来自临朐，为红丝石所制。《东坡志林》中对此砚有如下记载："唐彦猷以青州红丝石为甲。或云：'惟堪作骰盆，盖亦不见佳者。'今观雪庵所藏，乃知前人不妄许尔。"唐彦猷所著《砚谱》中，将青州红丝石列为天下第一。有人质疑，认为此石只适合做掷骰子之盆，实则不然。苏东坡乃制砚高手，少年时在眉县老家曾亲手磨石做砚。他藏有唐代许敬宗之砚，后在黄州沙湖民家又得吕道人之沉泥砚。北宋熙宁年间，东坡在密州时，亲作一砚洗"半潭秋月"，其形椰榛硕大如二斗瓮，今完好无损地保存于诸城博物馆。东坡识砚之精，从他曾言"砚之美，止于滑而发墨，其他皆余事也"便可知晓。当他亲眼目睹雪庵所藏之石后，不禁感慨：前人之赞许并非虚言！由此足见，红丝砚与端砚、歙砚、洮砚、澄泥砚并列为五大名砚，确有其独特之处。只是个人觉得其质地稍软，不耐尖物刻画。如今到青州，街头巷尾商铺皆在售卖红丝石，真假难辨。据闻因过度开采，红丝石资源已所剩无几。这种不可再生资源，终有枯竭之时。

王安石有诗云："吹尽西陵歌舞尘，当时屋瓦始称珍。"此诗所言即相州古瓦砚。古籍中还记载有用古井壁砖、古城墙砖、古墓砖等作为磨砚材质者，惜只言片语，难得一见，当属砚中奇物。我所藏之砚，不论泥陶、玄武岩、红丝石，抑或三叶虫化石、松花石等，皆属平常，实为砚中俗品。

清人梁绍壬于《两般秋雨盦随笔》卷五《岳忠武砚》中记载：道光年间，东阳令陈海楼曾得岳飞一方端砚，色紫，体方而长，背镌"持坚守白,不磷不淄"八字,以行书书写。此砚铭文取自《论语·阳货》："不曰坚乎，磨而不磷；不曰白乎，涅而不淄。"主人借此自勉。后此砚为文天祥所得，文天祥又刻铭文："砚虽非铁难磨穿，心虽非石如铁坚，守之勿失道自全。"岳飞与文天祥皆以砚铭作为立身处世之准则。

对于收藏者而言，一方砚台若为一名人所用，已属珍贵；若为两义士递相拥有，并有手泽可证，堪称双绝。由此可知，真正名砚之价值，在于其所蕴含之文化意义，后人珍视者，乃其负载与传递之精神气节，至于材质，则属次要。

作为一种传统书写工具，砚台曾与人之日常生活息息相关。古人无砚,几不能写字。写字之前,准备工作便是磨墨。磨墨时，先加注些许清水，再取出一截墨块，在砚池中蘸水顺时针研磨。墨以松烟制成，砚台细腻如肌肤，经一番细致研磨，墨末细如烟丝，很快发墨，一钵清水便化为浓浓墨汁。

这是搦管之手与拿锄杠之手、脆弱如鸡爪之手与降龙伏虎之手的分野。所谓"红袖添香夜读书"，其中亦应包含代为研墨之情景吧？想象佳人撩起衣袖，纤纤玉指作兰花状，轻捏一支松烟古墨，在清水中细细研磨，墨香四溢，氤氲满室，实为风雅之事。

然而，风雅之余，亦不免麻烦。数九隆冬之时，若要临寒窗书写，只怕会有“想得题诗呵冻砚”“冻砚向阳呵”之苦恼。现代人书写，多用“一得阁”墨汁，取用方便，省却了用砚台加清水磨墨的烦琐环节。即便砚台出场，亦多为装饰表演之用，实用功能大为减弱。

经过漫长历史时期，砚台已不再仅仅是文具，更成为集雕刻、绘画于一身的精美工艺品，成为文人墨客收藏之对象。当地常山博物院中，设有窦氏个人收藏馆，展出大大小小砚台成百上千，满坑满谷。这些当年文人士子案头之寻常物，如今以文物之身份，堂堂正正地陈列于玻璃窗内与展台上。

2017 年清明时节，我偶然发现龟砚下片斜向断裂为两段。此物厚实沉重，除非坠落于坚硬地面，否则难以断裂。大约是有人好奇，从书橱高格中取出把玩，不慎摔落所致。询问一番，无人知晓。这也应了“神龟虽寿,犹有竟时”之古话,一笑置之，遂成悬案。

《玉灵聚义》中言 :“龟者，太阴之化生也。上应玄武之宿，下应水位之精，天地一灵物耳。禹王之世，神龟负文，故是以洛书出焉。”以砚赋形，正得其灵。也正因如此，本人不欲深究摔砚之人，但喜“古砚微凹聚墨多”。虽断裂之砚台用胶粘接，不复完璧，我仍珍爱有加，视若至宝。

诗中遇见最美的自己

这是4月份在全国语文“主题学习”研讨会上的一幕：讲台上，一位年轻女教师正带领一群小学生欣赏苏轼的词作《蝶恋花·春景》。孩子们兴致勃勃地跟着老师一起朗诵——

蝶恋花·春景

苏　轼

花褪残红青杏小。燕子飞时，绿水人家绕。枝上柳绵吹又少，天涯何处无芳草！

墙里秋千墙外道。墙外行人，墙里佳人笑。笑渐不闻声渐悄，多情却被无情恼。

反复诵读后，教师引导学生尝试理解词意，鼓励他们用自己的话描述对词句的理解。孩子们争相发言，有的小学生这样理解“墙里秋千墙外道。墙外行人，墙里佳人笑……”，墙里有个秋千架，一位姑娘在上面荡秋千，墙外有行人走过，起初还能听到墙里姑娘的笑声，渐渐地，笑声越来越小，最后听不见了，多情的人儿被无情人惹恼了……

在这春光明媚的季节，年轻有朝气的老师与鲜花般的孩子们一同高声朗诵苏词，这场景本身就是一幅绝美的画卷！看着孩子们带着稚气的解读，就像小和尚念经般有口无心地朗诵，觉得十分可爱有趣。不过，他们在解读时存在一点小小的瑕疵：秋千上的应是妙龄姑娘，而非小姑娘；墙外的“行人”也并非普通的过路人，而是一位心怀渴慕的青年后生，这显然是一首情诗。孩子们以童真童趣来解读，充满欢悦和欣喜，让人忍俊不禁。

就这个问题，我向邻座的北京四中著名语文特级教师李家声先生请教。李老师提到，苏轼当年写完这首词后，曾让朝云演唱。当唱到“枝上柳绵吹又少，天涯何处无芳草”时，朝云几度哽咽，难以继续。这句词“用典”，苏轼化用了屈原《离骚》的典故。汉代王逸在《离骚序》中说：“《离骚》之文，依《诗》取兴，引类譬谕，故善鸟、香草，以配忠贞……灵修、美人，以譬于君。”其中，“美人香草”象征着美好的政治制度和高尚的人格。

后来我查阅了相关资料，《林下词谈》中记载：“子瞻在惠州，与朝云闲坐。时青女初至，落木萧萧，凄然有悲秋之意。命朝云把大白，唱‘花褪残红青杏小’，朝云歌喉将啭，泪满衣襟。子瞻诘其故，答云：奴所不能歌是‘枝上柳绵吹又少，天涯何处无芳草’也。子瞻翻然大笑曰：‘是吾正悲秋，而汝又伤春矣。’遂罢。”苏轼一生都在追寻清明的政治，以实现报国理想，然而始终未能如愿。压抑、委屈、无奈，有志不得伸张，这首词正是他当时心境的真实写照。

朝云是何许人也？她是苏轼的侍妾，更是他的知音。《舌华录》中记载了一个小故事：东坡某次饭后散步，拍着肚皮问家中侍女，自己腹中有何物。有人答“锦绣文章”，有人答“满腹智慧”，苏轼都摇头。唯有朝云说：“学士是一肚皮不合时宜。”苏轼听后哈哈大笑，赞道：“知我者，唯有朝云也！”

词中“天涯何处无芳草”中的“天涯”，是苏轼贬官途中诗文里惯用的词语。元丰二年（1079）三月，苏轼由徐州调任湖州途中所作的《江城子·别徐州》中写道：“天涯流落思无穷！既相逢，却匆匆。”绍圣二年（1095）在惠州所作的《次韵正辅同游白水山》中写道：“只知吴楚为天涯，不知肝胆非一家。”绍圣四年（1097）在惠州所作的《次韵惠循二守相会》中写道：“且同月下三人影，莫作天涯万里心。”“天涯”一词与苏轼的一生如影随形，包括后来他远谪海南时所作的《减字木兰花·己卯儋耳春词》：“春幡春胜，一阵春风吹酒醒。不似天涯，卷起杨花似雪花。”此时的“不似天涯”，才是真正意义上的“天涯海角”。因此，本词中的“天涯”并非泛泛而谈，而是指地处偏远之地；而“芳草”，不正是他所追求的政治理想吗？

苏轼一生辗转迁徙，如无根浮萍，天涯飘零，身不由己。他有时强颜欢笑，有时故作达观，有时遗世独立……真正理解他内心苦楚的，唯有朝云。据说朝云抱疾而亡后，苏轼在她葬身之处的“六如亭”写下了这样的挽联：“不合时宜，惟有朝云能识我；独弹古调，每逢暮雨倍思卿”，以表达深切的悼念之情。而且，朝云去世后，“子瞻终身不复听此词”（《词林纪事》）。

因此，对这首词的理解，不应仅停留在欣赏生机盎然的春景：“花瓣凋落，枝头新生的青杏尚小。燕子归来时，一湾春水绕着庭院潺潺流去。”也不应仅仅惋惜伤春：“枝上柳绵渐吹渐少，春天正一点点远去，给人淡淡的失落，只好自我安慰：罢了！只要春天还在，天下哪里没有芳草萌生呢。”它既慨叹流年不再，韶光短暂，又孕育着希望。

以这样的思路来解读下阕，“墙里秋千墙外道”，“墙里”与“墙外”便有了更深的寓意。墙里佳人笑，墙外行人恼。美妙的人儿，可闻却不可见。“行人”不仅无法亲近，甚至连笑声也渐渐听不到了。同一片蓝天下，墙里、墙外风景各异，人的境遇也大不相同：墙里秋千上是衣袂翻飞、嬉戏欢笑的“佳人”，享受着春光；墙外是为生计奔波的辛苦“行人”。这堵“墙”，将痴情人儿隔开。这哪里只是男女相悦而不得相见，这分明是苏轼自己的写照。想当年，苏轼初出茅庐，满怀报国之志，“有胸中万卷，笔头千字，致君尧舜，此事何难？”（《沁园春·赴密州早行马上寄子由》）豪情万丈，认为治国安邦易如反掌。然而，现实却让他处处碰壁，吃尽苦头。这堵“墙”，正是苏轼难以逾越的障碍；那个“佳人”，是他理想的化身；而墙外的“行人”，正是苏轼自己。

如此看来，这首词感伤春光将尽，美好不再，充满了苍凉与落寞。苏轼借他人之酒杯，浇自己胸中之块垒。小学生以他们的阅历和感悟，又怎能深刻理解并分析清楚呢？

诗词教学中，最难做的便是解读，最出力不讨好的也是解读。古人说“诗无达诂”，虽然诗有作者的原意，但其妙处在于给读者留下了足够的想象空间。读者根据自己的体会，投射自己的审美观照，眼中、心中便有了不同的诗人形象。解析诗句时，都会带有读者自己的印记，难以做到绝对准确。

如今，“天涯何处无芳草”这句苏词广为人知，但人们的理解多停留在字面。将这首词解读为惜春或情诗，未免浅显。李家声老师学识渊博，经他点拨，我们的认识又深入了一层：这是一首政治讽喻诗。但这是否就完全揭示了它的深意呢？很难说。

既然如此，何不各自读各自的诗？小孩子在读诗中寻找“趣”，青年人在读诗中追求“真”，老年人在读诗中体味“思”。

各个年龄段的人各美其美，都有一个真我在，且互不干扰。同一首诗的意蕴，会随着年龄和阅历的增长，逐渐被深入理解。像这些可爱的小学生，现在要做的，就是放开喉咙，大胆地诵读。相信在他们眼中，“枝上柳绵吹又少”，柳絮如漫天飞雪，意趣无穷，何尝不是一幅妙不可言的画卷呢？

读诗，即使同一个人，同一首诗，在不同的年龄段，都会在诗中遇见那个最美的自己。

多一点静等花开的气度

故事一：前些日子，与一群曾经教过的学生相聚。酒至半酣，大家畅谈别后的生活与工作。有人说起被罚写说明书的经历，有人回忆美好的过往，还有人提到没少挨老师批评……突然，鲁明很自豪地讲起上学时老师指导他写的一篇作文曾获过奖。后来他在朋友圈晒出一个证书："开元杯"全市中学生"可爱的家乡"征文比赛，荣获初中组一等奖，时间是 1995 年 9 月，证书的红色封皮都已褪色。接着又晒出一篇在某期刊发表的习作《祥子》，文后附着我的点评。若非他提起，我倒差点忘了这件事。没想到，老师对学生的影响竟能如此长远。这些学生，最小的也已年过四十，早已儿女成群。鲁明如今经营着一家家具商场，虽然没走上创作道路，但至少曾经有过少年梦，那些所学也成了他从业技能的一部分。作为老师，能成为影响过、陪伴过他们的人，与有荣焉。

故事二：前天上午，在石桥子初中联合教研活动时，有个环节是各校代表分享经验。舜德学校的小刘老师分享日记教学经验时，提到个人的一段经历。她发言完走下台时，我叫住了她，询问那是个什么故事，想了解是哪位老师，在哪所学校，经过是怎样的。刘老师说因时间限制，没敢细说。我说现在就是机会，不妨说说看。她提到 2009 年在孟疃上初中时，有两位老师——白老师和耿老师，对她的影响很大，尤其是排解师生间小过节的心路历程，她写在日记中，记忆深刻："晚自习时，老师布置好任务，我们在下面做题，常常看见两位老师抱着厚厚一摞日记本批阅，一页一页翻阅日记本的声响，如今回想，仿佛是为我最好的学生时代配的曲子，轻柔舒缓……"说着，她已动情。

经历过的，写下来，自然会深刻许多。仅凭口耳相传的话语，如同一阵风刮过，风干后很快便会消失殆尽。而以文字形式保存的记忆则不同，那些人、事、物，思想、情感，永远鲜活。如同这两个故事，历经漫长岁月，走过漫长旅程，当你回头审视，"却顾所来径，苍苍横翠微。"会蓦然发现，自己的那些经历，竟是如此丰富多彩，饶有兴味。

或许每个对教育工作怀有热忱的人，都会像叶圣陶先生、于永正先生那样，临近退休时还要写一篇"假如我再当初中（小学）老师"的文章，盘点自己的得失。那些破碎支离、搁浅的梦，经过一番澄清和沉淀，变成了对后来者的提醒和告诫：注意啊，那里有绊脚石；注意啊，这里有深水洼；注意啊……

审视当前的日记教学常规，虽然有统一的作业本，写得好的学生一学期能达到两三本。但到教室听课时，随机抽检却发现一些问题。有的老师批阅日记，仅批个甲、乙，A、A+ 了事；也有较勤奋的老师，天天收日记批阅，除了注上时间，证明自己看过，再无其他痕迹。这种批阅总体低效，对学生帮助不大。

与其天天只写个等级或时间，不如批上一两句肯定、鼓励的话语，更为实在有效。我曾从管炳圣老师的日记中截图过一段五六十年前初中老师王瑞永给他写的批语。看着那满纸龙蛇飞动的字迹，颇为感慨。这些只言片语，成了加持孩子一生的符码，融入基因图腾，成为不可分割的一部分。而我相信，老师在写下那些文字时，根本没想那么多。

我很欣赏有的老师，在批阅学生日记时写一些暖心的评语，甚至有的老师写成长篇大论，总评、眉批、旁批、夹批，篇幅远超日记本身。可惜这样的老师太少。为何老师如此吝啬笔墨，不肯为孩子写一句评语呢？语文作业多、批阅任务重、时间精力有限，穷于应付是一方面。主要是未意识到批阅的重要意义。你认为干巴、不起眼的两行批语，哪怕是敷衍应景的几句套话，也是学生乐于看到的。寥寥数语，温情的激励，甚至优于连篇累牍的字句矫正、技法指陈。这样的批语，能激励信心、保持热爱、养成兴趣，而这些，对于日记写作更为关键。

写作与语文教育皆如此，种下的种子，到时候自会发芽开花。只是时间漫长，漫长到让一些人因急躁而失去耐心。我们每一次出场，都会是孩子生命中最重要的人，青年教师越早明白这一点越好。

据说，去往阿尔卑斯山的路边，有一块著名的标牌："慢慢走，欣赏啊！"如果说学生写日记是一场漫长的旅途，语文教师就要做一名合格的导游，需有"慢慢走，欣赏啊"的从容和气度。既要预约远方的浪漫美景，也不忽略捡拾把玩脚下的小小石子。如此，旅途才不会显得冗长和乏味。

一个也不能少

年前，有几个学生约我一起吃饭。这是很久以前教过的学生，多年未联系了。问起他们的家庭情况，多数人的孩子都上了大学或高中。有的有一个孩子，有的有两个，还有的有三个。岁月匆匆，真是“昔别君未婚，儿女忽成行”了。

吃饭过程中，大家相谈甚欢，学生们毫无拘束。有两位还点起烟，喷云吐雾起来。有位同学说，老师在场，不能抽烟。我笑笑说，老师管不着你们了，请便吧……

聚会的十几位学生，如今都衣食无忧，家庭幸福。其中有企业高管，有的自己开公司，有的办培训机构，还有的自营门店，做品牌酒水代理等，每个人都过得不错。

这些三十年前的老学生，年龄都在四十四五岁，大约到了容易怀旧的阶段。当年教他们时，他们还是十三四岁的翩翩少年。毕业后，各自星散，多年未再联系。

“铁打的营盘，流水的兵。”做老师的大抵如此，一茬茬学生走出校门，职业特点决定了，全副精力都用在当下新接的一批学生身上。很少有人会主动回头咀嚼过往。时间久了，记忆还会产生干扰，张冠李戴，时间穿插合并，分不清哪个学生是哪一届，也并非怪事。而这一届学生，我连续教了三年，当班主任，一直送他们到初中毕业，所以印象格外深刻。

看到他们成家立业，作为老师，内心十分欣慰。这让我重新思考，什么是成才，教育教学质量的标准又是什么？当班主任时，总担心有学生落后，将来没出息。如今看到他们长大后事业有成，生活美满，才明白，有时我们的心气太浮躁，心胸太狭窄，目光太短浅，原来的担忧都是多余的。

对社会有用，做个自食其力的人，这不就是人才吗？芸芸众生中，高精尖只是少数，更多的是普通人。我们实在不该用同一把尺子，一个标准去衡量所有学生。达不到预期，结果是老师着急上火，孩子委屈，家长焦虑。

回顾与他们共度的时光，聊起记忆深刻的一些往事。说到“六一”儿童节全班登台合奏口琴的事，大家记忆犹新，仿佛就在昨天。

我从家藏的旧相册中，很快找到了一张老照片，彩色放大照，上面有我亲笔题写的“城北学校七年级口琴合奏纪念”，落款是“94.6.1”。

那年过“六一”时，全班同学都上场进行口琴大合奏。全班五十多人中，能熟练吹奏口琴的不过二十几位，不足一半。本可以让这些代表出场表演，队伍精干，效果也有保障。当时不知出于何种考虑，我动员了全班同学悉数上场。于是有了照片中的场景：济济一堂，其乐融融。后面两排是吹奏口琴的主力，前面一排坐着的、两边站着的，都是伴奏人员。有大鼓、钹、小军鼓，还有碰铃、木鱼、铃鼓、鸣蛙器……凡能找到的乐器都派上了用场。最有意思的是，我突发奇想，用啤酒铝罐装半罐沙子，用胶带封口，做成沙锤。每人手持两个，摇动起来，沙沙作响，音效相当不错。

七年级全体同学在此，一个也不能少。集体活动，能出场的都必须上台。哪怕是提一片钹。照片里站在大鼓旁的那位，单手提着一片钹，临时充当鼓手挂钹片的架子。关键节点，鼓手顺手敲击一下钹，以壮声势。而那单片的钹，在整个合奏过程中，用到的机会少之又少。但这又何妨呢？我们这样做，是关注了每一个学生，体现的是对学生平等的尊重，是最完美和谐的齐奏和鸣。看不出来吗？整整齐齐的，每个孩子脸上都洋溢着阳光。

无独有偶，去年的 12 月 23 日，潍坊市初中语文青年教师创新课堂教学大赛在临朐举行。活动分两处会场同时进行，我们被分在一组，地点是新华中学。因舞台受限，场地只能摆放四十套桌凳。

这种公开教学，通常的做法是，如果是单个班级轮流上场，那些学习稍差点的，老师会私下动员一下，让他们不用上场。这种区别对待，无异于划分了层次，给学生分了群，小部分人被打入另册，移入冷宫。老师并不去关注他们是否有失落感，是否心存怨望。

作为牵头组长，我在吩咐会场服务人员准备打分纸、钉书机、计算器、哨子等急需物品后，专等老师带学生入场登台。学校的孙校长忽然跟我商量，能否让小部分学生，即每个班级多出来的那部分人，坐在观众席下面第一排，舞台的一侧旁听。这里其实是舞台的延续，也在授课老师目光所及的范围内。我非常赞成，太好了！就这么办。

正式上课时，不少老师会顺势走下舞台，走到旁边的座位与那些孩子交流。他们也是课堂不可分割的一部分。这些偏居一隅的学生，表现同样出色，他们大胆举手发言，积极地参与到课堂中来。频频的意外之喜，让我们刮目相看。

这让我们不断反思，关注每一个孩子的发展，根本不是一句空话。只要你愿意做，什么时候都能照顾到班级里的每一个孩子。

据说，年终评比时，很多学校的小学生人人都有一张奖状，进步之星、劳动之星、文明礼貌之星……再不济，挖掘一下单科优秀成绩，也发一张奖状。在成人眼里，这种奖励或许泛滥成灾，多而无当，含金量很低，可能觉得可笑。但在孩子眼里，那是激励他们重拾信心的一片风帆，是托举他们向上的重要阶梯。那分量，在他们心中是沉甸甸的。

第二辑

苍苔屐齿

柴沟散记

4月8日，按照潍坊市“送课支教”的统一安排，我们到高密市柴沟中学参加教学活动。观课议课、交流座谈，参观学校展馆，侃大山、扯闲篇，收获不仅限于参加活动本身。所见、所闻、所感、所思，略记于此。

答客问

活动除了课堂教学展示，还有本人与老师们现场交流的环节。四位老师进行了提问，以问答形式简要记录如下。

问题1：谈一谈对“非连续性文本”的认识及应考。

回答：“非连续性文本”是近几年新兴的题型，全国各地的中考试题，以及本市学业水平考试，均有出现。从常见到的考题形式来看，多与图表、符号等有关，辅以少量的文字表述，这种题型考查学生去寻找、分析隐藏其中的信息，或者提取、形成有关结论，多以综合性学习、图文转换、实践探究等形式出现。现在已经进入读图时代，日常生活中，我们会碰到很多此类东西，如交通路标、电器说明书、各种LOGO（标识）等，都是以最简约的图符来表意。每个人都应具备一定的读图能力、解码能力，是时代的要求，不仅仅是一种语文学科素养。但就实际教学来看，对这类题目的关注和学习，我们有所缺失。在课程教材的设置中，也很少有这部分内容。新课程标准对此明确要求，“阅读由多种材料组合、较为复杂的非连续性文本，能领会文本的意思，得出有意义的结论。”这就提醒我们要关注此类阅读，在日常教学中，加强学生观察、分析、概括、归纳等能力培养。

问题 2：我想问问初三作文的考查情况，我们经常考材料作文，以议论文为主吗？如何系统化地提高学生的写作水平？

回答：是的，我们毕业班经常考材料作文。这首先考查的是学生的阅读能力，就是对所给资料的阅读理解能力。如果对材料读偏、读浅、读错了，开头就错了，起步就错了，不利于接续的写作。材料作文要求考生先从中找到观点或立意，再进行写作。看似与初一、初二的命题作文形式不太相同，实则与初一、初二的作文训练密切关联。新课程标准要求初中生“写记叙性文章，表达意图明确，内容具体充实”，要求“写简单的议论性文章，做到观点明确，有理有据”。

比如，我们前段时间的一次考试，就是有关“老茧”的一则材料作文，让学生阅读后进行写作。这样一篇作文就需要学生不能只停留在表面上（手上）所看到的“老茧”，还要有自己的观点与表达，这就必然需要在记叙过程中，用到议论，就是夹叙加议。在日常写作训练中，议论文不一定是主要的、单一的体裁目标。但作为一种表达手法，我们要有所了解和掌握。议论手法的运用，要像描写、抒情一样，能灵活掌握，并运用到写作实践中。

问题 3：小作文如何考查，能否谈一谈练习的重点？

回答：老师想要一个明确的目标指向，可惜我不是命题人，不能告诉你该朝哪个方向训练；如果我是命题人，更不可能告诉大家考什么。因为命题的和应考的从来都是一对矛盾。命题者一定想方设法规避那些考过、练过的题目，以让你没见过为能事；应考的则相反，愿望是考的正好是我们做过的题目……谈一点自己的看法。增加了一篇小作文，是我们提高语文考试总分值到150分之后的内容。通常也追逐一些热点话题，如青春、立志、美、劳动、情怀，等等。作为老师，一方面我们需要积极关注一些时事热点，如校园霸凌和安全问题等，跟随潮流和时代，不断学习，汲取新的营养，丰富自身，才能更好地引导学生。我们也可以从不同的角度去做准备。有人将写作主题划分为数个，大致将所涉主题网罗其中，如亲情与友谊、校园与社会、理想与成长、往事与品味、自然与人生，等等，不管是五个，六个，还是八个，划分依据不同而已。顺着这些专题去指导训练，既有系列化、层次性，又能避免简单重复。写作更多的是锻炼学生的能力，一通百通，以不变应万变。就像我们的三观都积极向上，那应对什么话题都是正确的，都可以迎刃而解。写作也应长远考虑，放远眼光，有大局观。以游戏心理预测一下今年考什么是可以的，用以影响或限制写作教学则不可取。

问题4：我是一位年轻的教师，能否给我们一些建议，帮助我们不断进步？

回答：你这个问题问得很好，这是我们每一位老师都需要考虑的问题。平平淡淡的日常，琐碎重复的工作性质，很容易抹平我们的激情，让我们丧失成长的动力。每一位青年教师都应该在职场中努力地成长。借用我市教育顾问武院长的几句话，送给青年教师，“三力”加持，助力青年教师专业成长。哪“三力”

呢？一是独立的思考力。教师要学会思考，就是要在课前、课后，抑或是课中，凡事都要多问几个“为什么”，审视我们教育教学中的各种现象，多向自己发问，并努力寻求答案。保持思想独立，不盲从，不跟风，不为外界思想纷扰所裹挟。二是不倦的实践力。这不限于日常的教学实践，更是一种勇于探索的尝试。比如今天的课堂，执教《紫藤萝瀑布》的老师，设计读书卡和花语总结，第三节执教老师，让学生做活动主持人，串连活动环节，等等，都是很好的尝试。三是终身的学习力。对于青年教师来说，从大学毕业走上教育岗位，并不意味着学习的结束，而是新的开始。有人说，语文老师折服学生的途径只有一个，就是读书，常读书，多读书。如北大教授陈平原教授说的，你扪心问问自己：“有多久没读书了？”有多么久，就是堕落得多厉害。读书对于语文教师来说，不应该仅仅是习惯，更应该是一种生活方式。过年期间我通读了《红楼梦》，在喜马拉雅听书平台上又听了一遍《三国演义》，现在在听《道德经》。前两天在某地命题的时候，随手翻了翻《西游记》，从头读了几章，我又被迷住了……这就是经典的魅力。读经典貌似浪费时间，其实是在积淀营养，仿佛啃东西一样辛苦，但是我们一直在丰厚、成长、变化。如果不知读什么，就去读经典吧。它的力量，是那种快餐文化、休闲阅读所无法比拟的。最后就是建议老师们写作，和学生们一起写，学生的作文我们也可以拿来写一写，日记、随笔、感想，等等都可以。最好能给自己布置一些任务，每周一篇，或是一天一篇，字数多少，要给自己定个目标。我希望青年教师们能从读写的基础路径入手，脚踏实地，逐步提升自己。

泥老虎

刚来到的时候，在门口遇到高密市中小学生综合实践基地的王培杰校长，正组织学生乘车去活动。王校长热情相邀，说一定去他们学校的博物馆看一看。博物馆所在位置是原三中，与柴沟中学一个院办公。

上午活动结束，休息期间，我们就到学校二楼的学校博物馆参观。不看不知道，一看吓一跳。这哪像个学校的展室，分明是县市级的博物馆规模，分好几个展室。在这里展示了高密最具特色的地方文化，藏品极其丰富。包括泥塑、剪纸、年画，等等，全是手工作品。还收有好几位已经过世的非物质文化传承人的作品，本地当红名人的作品更不在少数。很多作品都是原作，是孤品、珍品。窗花剪纸、窗角花、年画、家堂轴子，这些还保存在上了年纪的人的记忆里，现在的年轻人，只当古董文物来看。那些名手的剪纸，线条细如发丝，方寸之间，气象万千。我小时候，就听过这样的童谣："小妹妹，脚又小，手又巧。剪子箍，对着铰。铰个鸡儿，漫墙飞;铰个狗儿，漫墙走;铰俩小孩，打滴溜儿……"

王校长热心又爽朗，不停地为我们讲解，知道这是基地学校的特色，他们有这样的课程资源。

看到那些泥塑的老虎、关公、八仙、十八罗汉，觉得很是亲切。像泥老虎这样的东西，也是我们小时玩过的，有着我们这代人最美好的童年回忆。过年的时候，大街上就多了一种招揽孩子的泥塑玩具，货郎吹着五彩公鸡形的哨子，摇着咯吱响的小猴子，摆出大大小小的泥老虎，吹嘘是地道聂家庄行货。现在我家里还有一只憨态可掬的泥老虎，快三十年了，一直陈列在书橱顶部，搬了几次家都不舍得扔掉。一拿起来，双手扯动头尾，一撮一合，还是“咕咕咕”叫，叫得又响又欢。

王校长耐心地给我们讲“家堂”是怎么回事。高密“家堂”巧在点睛，就是画眼睛，活灵活现。细细一看，可不是，一张大画的那些大大小小的人物，个个都是目光炯炯，精气逼人。王校长指着一幅展品说，您看最上面那一对祖宗，不管你站在哪个角度欣赏，人物都是笑眯眯地直视着你……自己家祖宗尚可亲近，外人这么看起来，总觉得脊梁沟子发凉。

扑灰年画是高密特产，独一家，因用柳条烧炭笔起画稿而得名，它与桃花坞、杨柳青、杨家埠等年画齐名，是国家级非遗项目。在一幅年画前，王校长驻足介绍，这幅传统名画叫《姑嫂闲话》，连同《踢毽子》都是卖得最好的。画面上是两个年轻女子，并肩相依，年长的一位右手执阳伞，左手拿手帕，年幼的一位一手执芭蕉扇，两位亲亲密密的，做喁喁细语状。王校长说，为什么这幅画最受老白姓欢迎呢，后来突然明白了，在旧时，一个大家庭里面，姑嫂是最难处的，小姑子爱管闲事，时常在婆媳间搅和，被叫作“二层婆婆”，最难伺候，有时难处的程度超过了婆媳。如果姑嫂关系和谐了，那家庭就和睦了，家庭和睦了，不就万事大吉了嘛……这幅画，说明了这么一个朴素的道理，很能反映人们的美好向往，所以自古以来大受欢迎。

我看这些年画，女子、儿童等人物，一律大圆脸，衣履华美，福气满满的样子，很有直追大唐的审美观点。试想，在物资匮乏的年代，过年的时候，农家的小屋子里，这么花花绿绿地一贴，是颇能蓬荜生辉、喜气盈门的了。

早年间，东北还流传有老话，说没有高密年画，就过不了年。一直到现在，高密这些传统非遗项目，还焕发着勃勃生机。听说，夏庄现在还是全国最大的春联批发地呢。

丘月林

柴沟与诸城接壤，地处交通要道，在明清时期曾属诸城版图。在诸城名人馆中，隐约记得丘橓是柴沟人的介绍。一问当地人，果然是此学校北数里外的邱家大村人。

资料载，丘橓（1516—1585），字懋实，号月林，山东诸城柴沟人，以《礼记》中嘉靖癸卯山东第二名，登庚戌进士。初授行人，擢刑科给事中，寻转户科右给事中。曾弹劾南京兵部尚书张时彻和严嵩党羽。万历十二年，奉旨查抄张居正家产，后迁南京吏部尚书。与海瑞齐名，时称“南海北丘”。死后获赠太子太保，谥号简肃。

座间谈及丘橓其人。有人说，本地打历史名人品牌时，在历数历代前贤凑人数时，丘橓没能进入名录，皆因查抄江陵张家事件，搞得很惨烈，有点过，怕有争议，所以没敢录入。也有人不以为然，要这么说，“三贤”故里的牌子也不硬气了，晏婴他爷爷早年就去了临淄，郑玄衣冠冢已划归峡山，刘墉活着的时候只说他是诸城人……是非曲直，本非区区所能裁断。大家辩论一番，争执一下，也活跃了不少气氛。

回家后，翻阅县志，名宦人物小传中记载着下面一件小事：

曾因总督杨选下诏狱后，丘橓上章论选罪状，被皇上怪罪，“杖六十，除名为民”。邑人陈烨，就是万历《诸城县志》的编者之一，“见其疮血淋漓，为之泪下”。丘橓问：“不为我喜，反为我悲，何耶？”陈烨惊愕。丘橓以轻松的口吻笑着说：“杨东江（选），我乡同年也。失机罪当坐死，我若劾之，乡人谓我杀之也，必骂吾之脸；不劾，上疑我庇之也，又捶吾之臀。无一可者。

然与其骂脸，宁捶臀之为得乎？此宜喜不宜悲也。”

我揭发同乡同年，别人会说我坑朋友，唾我的脸；我不弹劾他，皇帝会说我袒护他，打我的腚。权衡利弊，还是打屁股来得实惠些……读来不禁令人喷饭！丘橓幽默又不失大节若此。

赘于此，以补正世人之视听。

常山道上

5点32分，我从皇庄乡间酒店出发，自常山南门步道上山。早晨空气清新，一路上弥漫着野蔷薇的花香，树巅高枝上，喜鹊、布谷等各种鸟儿奏出初夏的山间晨曲。我计划沿“洞宾仙道”台阶登顶，再顺山脊到碧霞宫，转北向东，由“十字坡”转弯向西北，沿着博物院的外墙根，到西山门出山。

南门设了一个类似机场安检门的金属探测仪，小桌上摆放着消毒液喷壶、登记簿等，上山的人都要填写登记信息。

我按要求在登记簿上逐项填写姓名、身份证号、住址、手机号、车牌号等信息。偶一抬头，见前面四五级台阶上有一只很小的狗，像刚满月的小奶狗，在台阶上爬来爬去地玩。我吹了声口哨，想逗它一下。它竟颠颠地跑过来，跳到我脚旁，贴着裤脚蹭来蹭去，欢欢喜喜地呜呜叫，小尾巴使劲摇着。

我的口哨声不过是“嗳,你！过来”的意思,并无特别感情。没想到这小家伙这么喜欢亲近人。有时走在大街上，看见人家抱着的小孩子用清澈的大眼睛望着你，你冲他做个鬼脸或拍个巴掌，他竟笑了，还张开双手求抱抱，就是这么个样子。

小狗憨憨的，萌萌的，对人毫无戒心。小的东西总是惹人喜爱。忘了是哪位古人说的，世间万物幼崽无不可爱，唯驴除外。

其实这也不尽然，萝卜青菜，各有所爱。《世说新语》中，曹丕吊唁王粲时，组织众好友学驴叫送仲宣最后一程，皆因王粲生前颇喜闻驴叫。

我填写好信息，起步往山上走。没想到这小家伙竟屁颠屁颠地跟了上来。它太小了，身子直竖起来才有台阶高，双前爪搭上台沿，两条后腿再蹭蹭数下，才能爬上一级台阶。它要跟上我，并不容易。

我又俯身逗弄它一下，在它后腋窝肚皮处轻轻挠了一下。它竟顺势躺倒，四仰八叉地眯起眼睛，一副很享受的样子。小短腿随着抓挠的节奏，一下一下地蹬着，这是明显的假动作，它误以为自己在给自己挠痒痒了，下意识地凭空作着扒搔的动作。

趁着它陶醉，我想偷空快步抽身。它却一骨碌爬起身，不依不饶，一路要跟上来。我快走，它快追；慢走，它也快追。急慌慌地，生怕落下。嘴里嘤嘤作声，细听像“哎哟，哎哟——”，像哎，又像哭哭啼啼，像跟随多年的老主人要抛弃它一样委屈。

哪家都有个这样跟脚的孩子。大人外出时，他打滚撒泼地哭闹，非要跟着。这样的小孩子，大人往往不惜编出“买好吃的回来”一套谎话，好言安抚，当然是权宜之计，先稳住了再说。多数是回头就忘了，并做不到像曾子那样兑现。

那叫声一高一低，忽大忽小，带着可怜巴巴的颤音，听得人牙肉都酥倒，把人萌化了的撒娇声，真让人不忍听闻。

即使如此，我也不愿带上这么个小累赘。走丢了，谁负责？我的做法是断喝一声：“呔！回去！”

当地有“狗怕虾腰，狼怕抱”的古谚。人面对狗时，一俯身，狗就会误认为人要捡石头揍它，它就会收敛、退缩，甚至逃走。我俯身作寻石头状，并攥拳瞄准作投掷的样子。但很不幸，这狗太小，初出茅庐，没见过世面，并不知道害怕，只是奋力地向我靠拢。后来，它又发现了从台阶一边的土斜坡爬起来更轻便，便沿着土坡一路没命地跟着跑。

我后悔自己的轻佻随便了。表意不明，让狗狗会错了意，着实害人不浅。这一黏上，就抖落不下来了。能惹不能当，大约说的就是这个意思。

吓唬不管用，我急于脱身，一路狂奔。到达半山“洞宾仙道”时，我喘息未定地回头张望，害怕它的小脑袋从哪个台阶一下冒出来。吕洞宾叫狗追咬，就是这个狼狈模样吧。我要以这速度从“洞宾仙道”上山，登顶非累瘫不可。

我不敢逗留，从升仙坊迅速转向东，沿半山的环山道继续急走。直到通往“雩泉”的“十字坡”处，才敢停下来喘口气。确认小狗不见了踪影，又忍不住笑自己，一个大活人，叫一只拳头大小的狗撵成这样，也是没谁了。

以前的农村，谁家不养只狗啊。一来是看家护院的必要，二来还是清污去秽的天然神器。天井里、屋子里，角角落落，都是孩子随地大小便的最佳场所，那些更小的孩子甚至经常拉在炕上。每当此时，妈妈或者奶奶“叭叭叭”地一召唤，院子里的狗，或者不论在房前屋后的哪个旮旯，应声而至，一下蹦到炕上，三下两下将炕席上那团热气腾腾的排泄物，舔食得干干净净，极是方便迅速。

有一句歇后语，“老嬷嬷唤狗——叭叭儿地”，谐音“巴巴儿地”，就是“牢靠、坚固”的意思。还有一句，骂人积习难改，叫“狗行千里，改不了吃屎”。现在随着人们物质生活的提高，农村也变得华堂瓦舍，狗的地位也今非昔比。这一古风竟渐渐不存，差不多绝迹了。

狗这东西，灵性得很。它能从眉眼表情、气味、动作等一些细枝末节，判断你的善意或者恶意。

老家曾养过一只狮子狗，每逢我回家，刚走进胡同口，它就早早知道了。家里人说，每回它从趴伏的静置状态，先是支棱耳朵，继而警觉欠身，继而松散欢喜，调动全部的肢体语言，作欢迎预备状。一见面，竟像阔别多年的朋友，摇头摆尾，上头扑面，呜呜连声，甚至小便失禁。让你见识“屁滚尿流”的真实模样。

因拴得太久，每回放开它松散一下，就满大街狂奔撒欢，不受约束。这时，口哨、引诱、训斥，都当作耳旁风。终于有一天，在一次彻底放飞自我后，它就不知所踪了。

以前农村有专以杀狗卖狗肉为业的，有一类收购兼偷猎狗的神秘人物，俗称“打狗子”。这类人现在也不绝迹，所谓“偷鸡摸狗”之流，都是深有来历的。“打狗子”进村，带着一股凶神恶煞的气味，就引得全庄的狗此起彼伏地狂吠。也有说法，真正厉害的“打狗子”进庄，连最凶狠的狗都噤声闭气，浑身筛糠。所以，最后猜测，那人间蒸发的狮子狗，大约真让“打狗子”顺手牵狗地弄走了。

其实我也不是一个爱狗人士。对狗这东西，甚至怀有一种又爱又怕的复杂心理。它是人们的好朋友，也可能变成某些人的仇敌。

我惨烈的一次遭遇，是小时候某天从庄后回家，背着一只草篮子正走路，碰上了传五家的恶犬。千不该，万不该，我不该跑的。越跑，狗就觉得你怕它，它就追得越凶。一个小孩子，早就吓傻了，下意识地撒腿就跑，那又怎么跑得过一只得势的恶狗呢。慌不择路中，我重重地跌倒了，篮子摔出去老远。狂追的狗也吃了一惊，扑向翻滚的草篮子疯狂啃咬……忘了是怎样逃出生天的了，虽然侥幸毫发无伤，但从此以后，便心有余悸，跟狗结下了梁子。遇到不拴绳的狗就害怕，但凡有猥琐模样的，就觉得眼神里都是不怀好意，必欲痛击之而后快。

初夏草木疯长，山间槐花才落下一层白雪，樱桃又点点通红地缀满枝头；构树结了一穗一穗的小棒槌，松树下山菜正是嫩肥的时节。

顺着博物院的外墙一路走来，墙壁上是连篇累牍的壁画：超然春望、仲秋夜饮、马耳远眺、抗旱捕蝗、采食杞菊……全是苏轼的故事。北宋熙宁年间，苏轼知密州时，在此山祈雨有灵，曾作《留别雩泉》，有“二年饮泉水，鱼鸟亦亲人”的佳句。天人感应，万灵和谐。禽鸟游鱼，都泽被了灵光，变得可爱可亲起来。那是怎样的一副众生自得熙熙而乐的理想图景啊！

苏轼是亲民爱民的标杆。他在《雩泉记》中，期望与山神达成一致共识，“神尸其昧，我职其著。各率尔职，神不汝弃。”我们各司其职，各尽其能，相信神灵也不会抛弃我们。这里苏轼是把山水都当成人来虔诚对话了。

我们就不行，没苏轼那个境界，也没那个心思。你与狗狗沟通，它有情感，会摇尾乞怜；但它不具备人的思想，也不会以人类通行的道德规范标准来对待人。人得时时提防，它要犯了性，咬了你，那就活该。佛家也劝人不要养什么宠物，怕人动了感情。它真要有个三长两短，如害病，如亡失，会让人不忍割舍，黯然伤神。

某回在马耳山永隆寺，看见院子里杏树荫下，大铁笼子里圈着一只狼狗，体格壮硕，威猛异常。近处竹躺椅上，就有一耳大面方的和尚，闲散地斜躺在那里，闭目低首，齁齁作声，手上还垂着一串念珠。此二者同框，略感滑稽。寺院也要关锁门户，防护措施还是有必要的。

博物院的最后一幅壁画,是气势最宏大的一幅《密州出猎》，苏轼官帽长袍策马弯弓的形象，在画匠的笔下，有点夸张可笑，没看出有多么英武。那只混迹于千军万马中的小狗，却是欢欢实实，活泼可爱得很。“左牵黄，右擎苍”，毕竟为“老夫聊发少年狂”的豪情增添了生动的陪衬。山前见到的那只小狗，长成了，就是这个品种，也是这种形象，那简直是不会错的。

传说唐五代时的贺元，得道不死。弟子乔仝在元祐二年十二月游京师时，亲口告诉苏轼，“吾师尝游密州，识君于常山道上，意若喜君者。”苏轼大为惊讶，遂作《送乔仝寄贺君》六首，其中有句回顾了那次神奇的邂逅：“觉知此身了非吾，炯然莲花出泥涂。随师东游渡潍郏，山头见我两轮朱。”与神仙失之交臂，苏轼未免扼腕叹息，不胜欣羡之至：“岂知仙人混屠沽，尔来八十胸垂胡。上山如飞嗔人扶，东归有约不敢渝。”有眼不识泰山，只能怪自己福薄缘悭喽。至于在这常山道上，到底苏轼遇见的是屠沽之辈，还是什么猫猫狗狗，也成了千古之谜。

山不在高，有仙则名。今天常山道上遇到的这只小狗，是咬过吕洞宾的那只的化身，还是密州出猎的那只的后裔？苏轼在此山道上与神仙都能当面错过，我遇到的难保不是冤亲债主……这样起心动念，竟有了些断舍离的纠结。

从西山门转出后，绕西环山道南行。一个小时后，终于走完一大圈，到达了南门。踌躇再三，我终于凑向前，问穿红马甲的守门老人，是否看见一只小狗。老人说，不是你领着上山了嘛，当是你的呢。我说不是我的，坏了，怕是走丢了。老人说没事，可能是东边果园的，自己就回去了，瞎不了！这样一来，我就放心了。

访雹泉

早听说安丘有一条乡村旅游公路，是网红打卡地，被评为“我家门口那条路——最具人气的路”，这条路蜿蜒于安丘西南群山丘陵，贯穿了五六个山区乡镇，也被当地百姓叫作“天路”。这条百里长的公路，沿途散布着名木古树、寺庙、古村落、游乐场等众多好玩的景点。

听朋友说，天路的一个突出标志，是红黄蓝三条中间隔离线，只要沿着这个彩色标志跑，就不会有错。五一假期，终于有机会踏上这趟旅程。我规划的路线是，雹泉—张家溜—城顶山—小麦峪，从小麦峪沿“天路”折返。

我们到达雹泉时，刚刚八点，景区还没有其他游客。一个守门的老人迎上来，办理了入门手续。

一进大门，就看见了泉池，四五米深，巨石砌成，周边围了栏杆。泉池一大一小，大的池子中间架起一座拱桥。院内古木参天，碑碣林立，殿宇亭台，清幽安静。

泉边的雹泉庙，也叫膏润庙。供奉的是西汉开国大将李左车。李左车本是赵国将领，被韩信擒拿，韩以师礼待之，遂归顺刘邦。李左车是一位军事奇才，战功赫赫。他为韩信献计献策，主张休养生息，慰劳将士，以德政安抚人心，以武力作威慑，以仁德服人心，恩威并举，取燕下齐，迫使敌人归顺。他还曾设十面埋伏之计，打败项羽。李左车著有兵书《广武君略》，还留下了“智者千虑，必有一失;愚者千虑，必有一得”这句名言。

传说韩信被杀之后，李左车为其鸣不平，冤屈而死，后追封阴灵侯。李左车死后，他生前居住的院子，裂开一道宽逾六尺的石缝，有水自地底汩汩流出，如镜面的水面上，一串串银白色的气泡争相簇拥，宛若珍珠，又如大大小小的洁白冰雹，人们啧啧称奇，都说是李左车显灵，死后不忘泽被桑梓。这就是珍珠泉，也叫雹泉。“灵泉细吐珍珠颗”，也是旧时安丘八景之一。

泉边并排立着两块石碑，一块写着“珍珠泉”，另一块黑色石碑上是两个擘窠大字“雹神”，据说是苏轼知密州时留下的手迹。

李左车在民间很有声望，死后被尊为雹神。人们兴建庙堂祭祀他，他便成了大庙的主神，四时享祭。院子正北居中就是大殿的主体，南面层叠的楼阁，是李左车纪念馆和神山庙，由台阶和空中廊道相连。阁楼里面供奉雹泉爷爷塑像外，还有马娘娘、郭娘娘等，神山庙则有观音殿等诸多建筑。

有意思的是，泉叫雹泉，庙是雹神庙，这个村子，也叫雹泉村。庙宇始建于何年已不可考，但有“唐王修庙不记楸”的传说。院子里靠西墙，矗着几根断裂的石柱，其中两根上面残留“六月飞冰十五国奸邪落胆，三时霖雨千万家善信逢春”的字迹，看出是以前的一副楹柱。旁边横着一个丈把长的巨型石马槽，都能够感受到岁月的沧桑。

蒲松龄在《聊斋志异·雹神》中，记述了雹神降冰雹于章丘，落满山谷沟渠而不伤禾稼的传奇故事。清顺治年间安丘通政使刘孟曾写诗赞叹："碧水漾明珠，雪花流素影。睹此真景鲜，顿觉尘思冷。"

这次造访，稍觉得有点滑稽，泉池已干涸见底，包括东墙外的一排龙头，都不见一滴水喷出。出得门来，我与守庙老人攀谈起来。老人干瘦，姓杜，七十四了，很健谈。我说从网上看到这泉水很旺啊，还有人在边上拍打栏杆，水底就有珍珠颗粒团团冒出的奇景，怎么现在就干了呢。老人说，你要早来一个月，还有水来。这周边村子打了几眼机井，都十多米深，打西山过来的那股水，截断了，水位下降了……也是没办法的事。

刚进门时老人跟我们讲每人要五元门票，说小孩就免了。他指的小孩，其实大学已毕业。这收费一点也不高嘛，看老人黑干焦瘦的，不知怎么想起一句老话来，"官清书吏瘦，神灵庙祝肥"。《道德经》也说过，"天无以清，将恐裂；地无以宁，将恐发；神无以灵，将恐歇。"我打趣地说是不是雹泉爷爷不灵了啊。老人忽地一下子站了起来，叫我跟他走。我又随着他重新走进院子，踏上大池中间的石桥。他指着栏杆与石板夹缝里的一棵植物让我看，这是石头缝里冒出的一棵小榆树。像所有墙缝、乱石间司空见惯的杂生的灌木，乱蓬蓬的，野蛮肆意地嵌在那里。老人滔滔不绝地介绍起来，别看这小榆树不起眼，我剪了它多回，剪完还发，剪完还发。你想想，这是在桥面上，没有水，没有土，上不着天，下不着地啊。能说没有神灵吗？……老人边说边扒拉着给我看，那根部的大疙瘩，竟像生生地从石头里冒出来似的。看着这光溜溜的石头桥面，和高高悬空的一个所在，我点头说是挺奇特的。老人见侄女用手机在录他，兴致又高了起来，说我为此还赋了一首诗呢，就朗声念了起来：

天灵灵，地灵灵，

雹泉大庙神真灵。

半点水土都不见，

一棵天榆长空中。

我说这话您不信，

请君到此看究竟。

老人这一念叨，让我刮目相看，直竖大拇指，您学问不低啊，出口成章的，还会作诗。老人说自家学问不高，念到初中，平常就是喜欢看点书。说着还教育起紧跟在我身边的侄子侄女，年轻人，得多看书，少看手机……

老人的一番话，让人回味无穷。雹泉不但滋润万物，且以灵秀福泽这一方。邂逅守庙老人这样有趣的人物，还有这样顽强的小榆树，就不虚此行了。泉水有没有，神仙灵不灵，倒在其次了。

告别雹泉，我们奔赴下一站——张家溜，那里还有千年的流苏在等着我们。

上峡山

培训中心的二楼连廊，靠着落地窗设有沙发和小桌，每次坐在这里小憩，一抬眼便能望见正南的峡山。山上的亭子、长廊，以及满山的翠绿，都清晰可见。院子与山之间隔着一片葱郁的原野，恰似落地窗上镶嵌的一幅绝美风景画。

那年秋天，我与张、马二位兄长也曾在此处培训，某夜趁着酒兴，三人结伴登上峡山。我们穿过一片苹果园和灌木丛，摸黑向山顶进发，跌跌撞撞地攀上了山顶。坐在长廊亭子的石凳上，晚风轻拂，头顶是璀璨的繁星，山下是闪烁的灯火。借着酒意，我们高谈阔论，指点江山，品评人物，心中涌起一股豪情。

除却那夜的登山经历，我每次只能远远地眺望峡山。在周边平坦的旷野映衬下，它孤独地矗立着，宛如小小盆景中的一座假山，显得突兀而令人称奇。

明日活动结束后，我们便要离开此地。若不能一睹峡山的真容，心中难免会有些许遗憾。

我决定明日一早去登山。清晨五点，我悄悄起床，不到四十分钟，便抵达了峡山大坝溢洪闸。闸门西面正对着峡山，山体巍峨，如桥头堡般坐镇水库北岸。走到闸门西头，仰头望去，才真切感受到山的雄伟与压迫感。

沿街房的一个拱棚下有石阶，这是登山的东北入口。沿着山坡缓缓而上，路边有篱笆围成的农家小院，篱笆上爬满了爬墙梅。随着海拔的升高，树林愈发茂密。山半腰有一条盘山路，入口旁是售票处，却无人值守。透过玻璃窗，可见屋内堆放着香烛等物品。山呈东西走向，南北两面均为陡峭的绝壁。盘山路一侧是砌成雉堞的矮墙护栏，沿着螺旋的步道上山，步伐也变得轻快起来。

山间异常幽静。随着海拔的升高，视野逐渐开阔，透过树丛，回望山下，广袤的麦田一望无际，远处不时传来布谷鸟的啼叫声。

行至一个转弯处，我忽然认出这就是那年夜间登山时的熟悉地段。穿过水泥步道，朝向山顶的峭壁，直上直下，毫无路径可寻。在黑夜中，我们手脚并用地攀爬，吃尽了苦头。若顺着步道，往西南绕行几步，便能轻松登顶，又何必在黑暗中摸索。

山顶的长廊，鳞瓦鲜明，宛如一条长龙横亘东西。山南一侧，群峰起伏，层峦叠嶂，零星的建筑点缀在各个峰头。那夜因视野受限，未曾得见山的全貌，不知山的另一面别有洞天。

上次夜游峡山时，我从盘山路上的短墙翻过，并折了一根树枝作为记号，以便返回时辨认。时光荏苒，如今张兄早已退休，含饴弄孙；马兄也开始闲居，到某个单位挂名退养。猛然忆起这些往事，仿佛就在昨日。

长廊东头是玉皇庙，小巧玲珑，别具匠心。三间正殿，院内设有香炉，几株苍松翠柏相伴。碑文记载，此庙始建于元大德二年，至今已有七百余年历史。院落设有东西侧门和正南门，西门镌刻对联：“窗含大地千重绿，门纳高天万里霞。”东门镌刻对联：“目断扶桑观旭日，神游沧海乐云天。”

一脚跨出南门，脚下是一溜几十米的陡峭石阶，这才发现玉皇庙高悬于峡山之巅。站在这个制高点上极目远眺，峡山水库尽收眼底。水波浩渺，渔船点点，湖心亭宛如青瓷盘中的一粒珍珠，山脚下一条笔直的堤坝向远处延伸。

峡山水库，位于潍河中游昌邑、高密、诸城、安丘四县市交界处，素有“齐鲁第一库”之称。当年修建此水库，旨在解决潍河下游两岸的洪涝灾害、农田灌溉和群众吃水问题。

《水经》记载潍水“出琅琊箕县箕屋山”。《淮南子》描述得更为详尽：“东北径诸城而东，浯水入焉。又北径且家，淮阴囊沙处。又北过高密，又西北至于安丘，合汶水。北至于昌邑入于海。”康熙《诸城县志》如此描绘其“形胜”：“潍水自莒州西南入境，复自高密东北出境，弥漫百里，襟带一方。观夫濞波鸣濑，白鸟翱翔，深潴澄潭，锦鳞潜泳，沧溟之下，此其巨浸。”

汉志中的“潍”，一作“淮”，故今俗名亦曰“淮河”。据当地百姓传说，因潍河频繁决口，泛滥成灾，给两岸百姓的生命财产造成巨大损失，所以老辈人都习惯称它为“坏河”。

20 世纪 80 年代，我在水库上游的曹家泊初中教学，当时班里的很多孩子，问起他们的年龄时，家长常说是“发水那年生的”。

1974 年 8 月，因连降大雨，潍河爆发了六十年一遇的特大洪水，两岸村庄、田地变成一片水乡泽国。洪水肆虐过后，墙倒屋塌，树梢都挂满了浮柴，这对沿岸百姓都是一个惨痛的记忆。灾情严重的凉台等地，青岛驻军还出动了飞机，空投食物、药品等物资救灾。

峡山，恰如中流砥柱，横亘于水库正北，扼住了潍河的咽喉，锁住了潍河奔腾的气势，镇住了百里平湖。峡山海拔仅一百七十多米，在地图上也不过是一个小点，周围是一马平川的昌潍大平原，山体因平地秀出而显得突兀峻拔。山水相依，这就像把一匹难以驯服的野马，一下挽住了缰绳，牢牢地拴上拴马桩。

资料记载，峡山水库于1958年11月兴建，1960年完成，总库容14.05亿立方米，是山东境内最大的水库。修建水库时，上阵民工多时达到七万三千多人，加上后勤人员超过十万之众。想象一下，在那个很少大型先进机械的年代，这么多人，凭着肩挑手推，用钢钎、篮筐、小推车这些原始的工具，以蚂蚁搬泰山的毅力，硬是将潍河拦腰斩断，这是怎样一项惊天地泣鬼神的壮举。

峡山水库建成后，成为山东省重要的战略水源地，实现了农、林、牧、渔的全面丰收。最有名的潍河鲤鱼，翅梢赤红，肉质肥美。它的神奇之处，据说有四个鼻孔，这是变成龙须的雏形，是奔向大海最终化成龙的标志。在水库周边的一些特色酒家，有一种全鱼宴，一条七八斤的潍河鲤鱼，从头吃到尾。哪怕钱币大的金鳞，拿热油一炸，喷香酥脆，也是一道上佳的美味……

峡山，外观像个横倒的楔子，一头大一头小，所以叫它楔山、斜山。“斜”有“峡”的古音，所以书面语也叫“峡山”。“斜”和“鞋”有时同音，也有人叫它“鞋山”。从某个角度端详峡山，不禁让人哑然失笑，可不活脱脱像老嬷嬷的三寸金莲？有人把东面的另一个小山包叫鞋山，因形赋名，说的怕是同一座山。峡山的外形，你也可以说它像箭镞、像卧虎、像野猪……都说“山东秀才念半边”，不少本地人干脆叫它“夹山”，也根本不会产生任何歧义。

山虽小，自然人文景观却不少。除了山顶的玉皇庙，还有天街、善栖亭、齐鲁第一“寿”、仙人桥、娘娘庙等景点。如韩愈《送李愿归盘谷序》中所言，“宅幽而势阻，隐者之所盘旋”，山势的屈曲处，还藏有吕祖洞、伯温洞等洞窟。不禁令人产生“穷居而野处，升高而望远，坐茂树以终日，濯清泉以自洁”的向往。

凭山四望，沧波碧草，盈眸无际。围绕水库周边，也有不少历史典故和传说。上游有韩信坝，东岸有郑公祠。从峡山往下游直通渤海，在革命战争年代是敌我拉锯争战的地方，峻青笔下《黎明的河边》许多人物故事，都是以这一带为背景。

在水库西南方向，还有一个不起眼的小高埠，叫盖公山。北宋熙宁年间，苏轼来密州后，得知盖公就是本邦人，仰慕其为人，踏访其故里，并在官署旁造“盖公堂”以寄托慕贤思古之幽情。苏轼在《盖公堂记》中记录此事，其中写道：

吾观夫秦自孝公以来，至于始皇，立法更制，以镌磨锻炼其民，可谓极矣。萧何、曹参观见其斫丧之祸，而收其民于百战之余，知其厌苦憔悴无聊，而不可与有为也，是以一切与之休息，而天下安。始参为齐相，召长老诸先生问所以安集百姓，而齐故诸儒以百数，言人人殊，参未知所定。闻胶西有盖公，善治黄老言，使人请之。盖公为言治道贵清净而民自定，推此类具言之，参于是避正堂以舍盖公。用其言而齐大治。其后以其所以治齐者治天下，天下至今称贤焉……

秦孝公以来，“立法更制，以镌磨锻炼其民”，即影射王安石变法。曹参为齐相，问计于盖公，用其“治道贵清净”的建议，使齐国大治。苏轼亲眼目睹了王安石新法的种种弊端，骨子里推崇无为而治，不愿意瞎折腾。见贤思齐，他当然与盖公有惺惺相惜之情，“求其坟墓、子孙而不可得，慨然怀之”，于是效

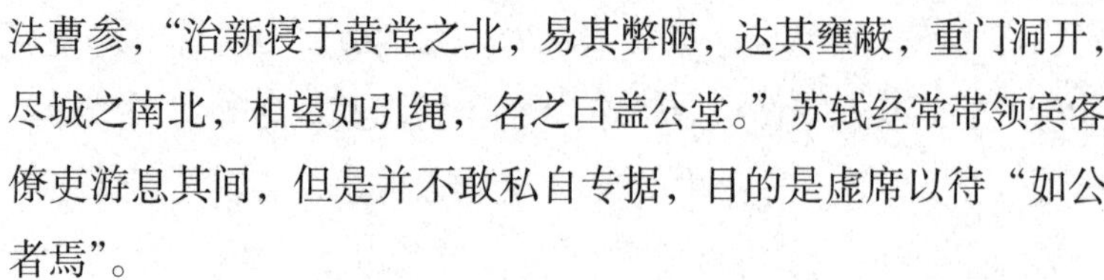

法曹参，“治新寝于黄堂之北，易其弊陋，达其壅蔽，重门洞开，尽城之南北，相望如引绳，名之曰盖公堂。”苏轼经常带领宾客僚吏游息其间，但是并不敢私自专据，目的是虚席以待“如公者焉”。

正史中并没有记载盖公的去向，只有这个以盖公命名的小山包供后人凭吊。以苏轼的揣度，“岂非古之至人得道而不死者欤？胶西东并海，南放于九仙，北属之牢山，其中多隐君子，可闻而不可见，可见而不可致，安知盖公不往来其间乎？吾何足以见之！”密州地方靠近大海，南部的九仙山，东北的崂山，历朝历代，得道隐逸之士多了去了。没能找到盖公后人，苏轼不免抱有小小的遗憾，考虑到盖公也许就是神仙中人，行踪不定，又释然了：咳！这又岂是区区我等凡夫俗子有缘得见的呢。

从玉皇庙转下来，是一小片环境清幽的开阔地，有一排房子，有人正在扫地。那人一见我，就赶紧凑上来，问我买票了没有。我说售票处没开门呢，大清早的上山，不用票吧。那人很坚决地说，得买票！我说人家好多名山，都有不成文的规定，晨练的某个时间点之前是对外开放的，不用买票。这位说，不行，下山出口，还要查验，你得补票！我质问，你是售票员吗？见我没有买的意思，不知从哪里忽拉一下子又围上来两位，打帮腔。还有一只小白狗，围着我兜来转去，呜呜地威胁，有想趁机咬一口的意思。其中一位头顶扎起发髻的还诱导我，也可以进殿去烧烧香。那意思是烧香的费用，就抵了门票钱。这种人到处都是，有的兼营看相算命，也算是景点的管理人员。我一人难敌四手，跟他们理论是白费唇舌。看人家那架式，“此山是我开，此树是我栽”，不按规矩来是走不脱的。一位进屋，拿出一张票来，说原价 30 元，收你 20 元算了。我说只付 15 元，不然我就下山再补吧。几位赶紧说“行行行”，我就痛快地扫码交费。摆脱了三人一狗的围堵纠缠，我赶紧离开。

峭壁下有一个山洞，拱形门，进去是直直的，一看就是人工开凿的，洞内一侧的平台上，一排花花绿绿的塑像，有的威严肃穆，有的面目狰狞。越往里走，越昏暗，冷气森森的，洞口的光亮越来越远，顿觉兴味索然，就赶紧退了出来。

出来回头看，山洞上方刻着“王母宫”三字。穿凿附会的一些东西，明知是假的，人们只大度地原谅，随缘附和，不愿煞风景去戳破。

在修建水库的年代，人们破除迷信，改造山河。不起眼的旧房，可能是当年的民工宿舍；某某殿，也许是当年的工程指挥部办公室；某某洞，可能是物料储存间；大大的“寿”字，也许就是“腰斩潍河”巨幅标语的位置……如果办一个峡山水库历史陈列室，不必附会神仙，只把工地用坏的小推车、“爬山虎”、打夯机、钢钎、筐篮等，一一陈列出来，就很震撼，说不定还会成为网红们的打卡地呢。

古昔羊叔子登岘山，对从事邹湛说：“自有宇宙而有此山，登此远望，如我与卿者多矣，皆湮灭无闻，使人悲伤！”羊叔子对生前功业不建、身后令名不彰颇多挂牵，他道出了所有登高者千古一辙的心声。与天地比起来，山不过如弹丸；但是跟山比起来，人连草芥微尘都不如。生而为人，太卑微，太脆弱，太短暂。生命短促得来不及做点什么，就匆匆结束了。青山不改，绿水长流，想来不禁使人喟然长叹。

这湖山就是一角舞台，扑朔迷离，鱼龙混杂，乱纷纷你方唱罢我登场。在这里，历史与现实，真实与虚诞，苦难与荣耀……在时空里交汇堆叠，共同构成了这方山水的迷人底色。

出得山门，才七点多一点。一路上没有再遇见其他人，门口也无人查问门票的事。顺着水库沿岸的木栈道，是正开得茂盛的樱花，微风吹过，片片花瓣飘落。“一片花飞减却春”，春天很快就要过去。

无意间，我瞅了一眼手里的门票，才发现打码的时间竟是上个月的。我顺手扔进了路旁垃圾桶，踏着落英缤纷的栈道往回赶。

障日山

我们从“下屋子”入山。不知这小山村为何叫此名，想来应该有个“上屋子”吧。

障日山就在眼前，从东面打量它，初夏时节，漫山青翠，谷深林密，中间高高耸起一座奇峰，名为“蛤蟆嘴子”的最高峰。人说晴天站其上，能见东海渔帆点点。远望极顶，如三只蛤蟆，头朝东南，昂首凸肚，吞吐日月精华。

《诸城县志》载：“障日山，在县东南四十里。”《水经注》：“密水西源出奕山，亦曰‘障日山’。苏诗‘莫教名障日，唤作小峨眉’，故后人亦呼峨眉山。”资料显示，障日山景区总面积 1.3 万余亩，海拔 461 米。障日山与崂山遥相呼应，并以姐东妹西之称而毗邻。这里道教、佛教鼎盛荟萃，孕育了障日山独特、浓郁的宗教文化内涵。

近距离方显其巍峨高大。我十二三岁时，冬天早晨去学校，行走在黄疃南岭上，往东南遥望，总能在这个山尖间，看见红日慢慢升起，刹那间，村野万物笼罩在一片红彤彤的暖光里。那个山尖，两个尖的那种，一高一矮，高的就是蛤蟆嘴子，矮的是下面的断崖。如周邦彦诗中所言：“冬曦如村酿，奇温止须臾。行行正须此，恋恋忽已无。”伴着冉冉升起的太阳，我走过了两个冬天。后来转学,就很少有机会再见到那样鲜美的朝阳初升图。对每天太阳冒红的山，我一直充满神秘的向往。

村子西去百余步有四合院，粉墙大书“东坡书院”四字，老远便见。院落再往西，是一六角亭子，亭中一口水井，井上加了盖，上了锁。亭无名额，碑被涂抹，这可能就是“东坡井”了。硬化的水泥路，在井边分了叉，折向西南是绕到山前的宽道，西向则是进入深谷的小路。这是山东面一条幽深的大峡谷，说是小路，其实是谷底羊肠小道，乱石横生，陡峭处偶尔可见人工修整痕迹，其余全是原生态。我们磕磕绊绊，迤逦前行，倒充满了一些天真野趣。山入口处可见几株老梧桐，进得谷里，除了松树，以刺槐居多。刺槐长在石头缝里，在山里长势缓慢，碗口粗一棵，需长几十年。刺槐棵棵耸立，高可参天，深谷里的树木为获阳光，只能尽力向上伸展，这是环境使然吧。因树荫蔽地，竟有习习凉意。我们走走停停，说说笑笑，爬山并不觉辛苦。山行六七里，愈行愈陡。“既窈窕以寻壑，亦崎岖而经丘；木欣欣以向荣，泉涓涓而始流。”谷口早已被甩在身后，四面是高耸的悬崖。只留心脚下的路,不顾四围的美景。一路走来，有鱼鼓、老虎洞、石门等景点。

一小时后，我们到了一个隐秘的地方。这是从山谷走向山顶平缓处的一片转折地带，高台上是一处废墟，断瓦残垣，掩映于密林之中。这是三进的院落，荆棘丛生，若非从成行成列的残存地基上分辨，看不出是一处建筑遗迹。门口位置，是一口古井，井台尚在，整块石头中间雕凿一个二尺大小的井口，光溜溜的，里面积满垃圾，已成为枯井。门外下坡拐角处，左手高墙下位置，是一盘石碾，碾滚子没了，碾盘尚在，孤零零地掩藏在杂草丛树之中。水井、碾盘,看出它曾经兴盛的烟火气。

在三进院落的最后一进，门口东面位置，矗立着一幢巨大的石碑，碑身碑座完好无损。碑额尚清晰，有“大山碑记”字样。细细摩挲辨认全文，文字磨灭厉害，十之八九不可辨识，仅看出“康熙”“会首”和一大串的“某门某氏”字样。碑文笔画朴拙，不像出自名家，很像是某位冬烘先生的手笔。这碑应当是记载了此处建筑兴废因缘和玉成其事的信众姓名。从其他记载中查询，这可能是障日山名刹“白云观”所在。密密麻麻的姓氏为当时募捐人员，以女性居多，猜测是一处尼庵。不管何人所居，栖身幽谷，希闻足音，真有白云出岫超然物外的意味了。

时间差不多了，我们驻足盘桓，略作休息。抬头看着“蛤蟆嘴”还在头顶老远，我们不准备再往上爬，就此打点返程。

忽然记起，听人说山中有一株老茶树，很是奇绝，不知在何处。同行李兄是当地人，讲了一个关于茶树的故事：障日山上的这棵茶树，年代久远。山上道士采这茶树秘制一道茶，某年赠山下某员外一包，老员外没当回事，顺手撂在门楼子上了。某天家里死了一头驴，员外让两个仆人处理，说犒劳一顿：吃驴肉！仆人听说有肉吃，很是勤快，连夜剥皮、剔骨、架火烧煮，做熟后就大吃大嚼起来。人的肚子毕竟是有限的，一会儿工夫，就吃得肚撑拄腹，到嗓子眼了。忽然想起门楼子上的茶叶包，就拿来冲泡着喝。没承想喝下茶水后，很快消食了。没了饱胀感，就再吃驴肉。吃了肉，再喝茶……这样反复，一夜之间，风卷残云，一头驴就被吃光了。第二天，老员外问，驴呢？仆人说，吃了。全吃完了？不好意思，全吃完了。员外怎么也不信，打死也不信。竟有如此大肚汉，一夜之间，吃掉了整整一头驴。仆人只好老实交代，说偷喝了那个茶，非常开胃消食，一直吃一直吃，就吃完了……这就是两个仆人和一头驴的传说，极言那茶叶的好处。至于这株茶树到底藏在哪个山旮旯里，只有道士知道。

倒是镇上有人繁育了一种新茶树，研发了一款新茶叶。因茶叶长相奇特，是五个叶片，呈手掌状，当地俗称“五叶茶”，名声大振，销路极好。培育者声称用那山上的老茶树做母本，到底是不是，就不得而知了。据闻当地有万亩茶园项目要上马，这里与崂山、日照在同一纬度上，有栽培茶树的历史。诸城东南山区，土壤气候适宜种植茶叶，被称为纬度最北的绿茶种植地，这确是真的。

从白云观折返下山，遗址下高台不远处，乱石丛生，陡崖杂树中，有一块大圆石，刻有“解蜕处”三字，字画古拙，斑驳漫漶，隐约填涂过石青，字迹快风化平了。细端详，与上山来一路所见石刻相异，大略似古迹。此字大概有两层意思，一是解脱，放下尘世负累，如东坡所言“此间有甚么歇不得处”，也就是辛劳路途随意歇脚的地方；另一层意思，是道家修炼的最高境界，挣脱肉身束缚，羽化登仙，亦即“尸解”，那么此处可能是安放遗壳的地方，这石头就是类似墓碑的东西。或者只是一个大而化之的随手涂鸦，是对整个清修场所的题记，对个体生存意义的阐发。眼见百年之下，风火激荡，人去屋空，剩下蝉蜕一样的一堆乱石败砌，悬置空山，引人遐想。这么一琢磨，它的内涵因为简单直白，反而更显得幽微有趣了。

下得山来，离开“下屋子”，北向转入大道。回头再看，终于知道，为什么叫它“障日山”了。这跟二郎神赶山的传说无关，跟“举头见日不见长安”的名人政治遭际无关，它只跟一个懵懂少年青涩岁月里的那抹鲜亮的底色相联系。不记得有多久没像福楼拜那样，认真看过日出了。我甚至臆测，最早为山命名的，会不会是居住山这边的什么人，他是霜晨月夕，雪霁天晴，曾经站在青葱少年走过的那道高岭上的某一位。

返程途中，驾车的老刘突然笑着说，你不是到处找“小峨眉”吗？那个就是了！我一看，道路西边，是三五人家的一个小村落，不超过十家的样子。老刘介绍，这里住户逐年减少，已经不成为自然村，编制也归在“树山”或者“岳阳”了。

北宋熙宁年间，苏轼自杭来密州，遍访邑内名山大川，策杖所及，见此山似故乡的峨眉山而略小，作《障日峰》，发出慨叹：“莫教名障日，唤作小峨眉。”村子得名，无疑来源于此。千载之下，“峨眉”村子，作为一个标志性地理名词，已经开始走向消亡。今后，还有几人记得“小峨眉”？念头至此，来不及再好好看一眼，车子飞一般绝尘而过。车后，是一阵愈来愈远的，模糊的烟雾……

此山唤作小峨眉

山东半岛的诸城，县城东南十多公里，有一座山，叫卢山。此山峭拔高峻，沟壑纵横，植被茂密，风景秀美。它西端接大士、烽火诸山，东与竹山、障日诸峰遥遥相对。山东头有一条河，叫卢河，卢河向北斜穿整个诸城平原，汇入潍河，是潍河主要支流。山南向阳坡半山腰有个山洞，叫卢敖洞。这座山的得名，就源于卢敖。

康熙《诸城县志》卷九“仙释”条目介绍：“卢敖，字士入，燕人。为秦博士。始皇帝诏采药海中，从黄冠负一瓢一葫芦，东至合丘，见洞口如斗，遂匿不出。今所谓‘休粮洞’也。”休粮洞，就是卢敖洞。

葛洪的《神仙传》，较为完整地记录了卢敖的故事——

燕人卢敖，在秦时曾游历北海，到了最北方的山中，直到了一个叫“蒙谷”地方，就是太阳进入的地方，在此卢敖遇到了若士。若士是上古时候的仙人，谁也不知道他的姓名。若士长得骨格不凡，丰神迥异。他双目深陷，鼻子高挺，大长脖子，像老鹰一样耸着肩膀，上半身强壮，下半身修长。若士正兴高采烈地迎风起舞，一看到卢敖，就扭头跑到了山脚下。卢敖仰着头撒眸，若士正伸着腿坐在大乌龟壳上，悠闲地吃着螃蟹蛤蝌呢。

卢敖向前搭讪："我叫卢敖，离开了人群，阅尽了上下四方之外的所有地方。我从小到大就喜欢游历，曾到达四方最远的地方，只有这个地方还没有来过。现在看到您在这里，大概我们可以做朋友吧？"若士不以为然地笑笑："唉！你这个中原人啊，不怕路途遥远，来到这里，也算是与日月同光，可被铭记于星空的行为了。但跟你去过的那些不知名的地方相比，还有更加幽深的地方。以前我曾游历过南方没有山的荒野，到过北方无声的地界，去过西方深远的尽头，穿越过漫无边际的东方。我去的地方,它的下面没有大地,上面没有天空。什么也看不到，什么也听不见。它的外面有洪大不息的流水，我跨一步就能行走几千万里，但还是不能了解它的全部。现在你才游历到这里，就说自己看尽了世界，岂不是太浅陋了吗？您呀，还是在这待着吧。我和汗漫在九垓之上还有个约会，不能长久待在这里。"若士说着举起两臂,纵身向上一跳,就升入云中。卢敖仰头看着，一直到看不见了才停下来。他感觉精神恍惚，像丢了什么东西一样……

在这个故事里，若士根本没搭理卢敖：我还有点事儿，您先忙着。人家拍拍屁股,走了。所以在故事的最后,卢敖不免慨叹："我跟若士比，就像黄鹄和蝗螂的差别。我整天游走，却没有跨出咫尺的距离，还自以为走了很远，这不是很可悲吗！"

卢敖的神通比起若士来，到底还是逊了点，但一点也不影响后人的追慕和遐想。

卢敖洞并不大，有一间普通屋子大小，三五米进间，高约两米，东北向有个洞，幽深狭窄，不知通向何方。洞内干燥平整，西壁和顶部，平坦处隐约能看出前人石刻，密密麻麻的，多数缺泐不可辨识。靠里正中是卢敖盘腿塑像，面前有香炉供果，地下有蒲团。洞口有残存的条石门限和础窝，看出是以前曾安有门扇。洞口左侧有一棵平柳，亭亭如盖，数抱粗细，据说是上百年之物。山南坡灌木丛生，多的是松树、柞树、刺槐等，都不甚高大，这棵平柳在丛林中突兀挺拔，秀出众木，特别显眼，成为登山者探寻山洞的一个标志。

光绪《增修诸城县续志》载，“洞中东北壁题刻云：陈行之携稚子知白、知晦、知（泐一字）、知素、知恪、知恭至此洞，至和元年九月初六日抵寔回（泐一字）州。……其左横题‘休粮洞’三字于石壁。洞前有古寺，今圮。《续志》载此石刻甚略，因系邑之古迹，恐年久剥蚀，故详纪之。”洞顶的一段文字，有人考证，其中所涉人物与苏轼有交集，在苏轼知密州前后时间。洞西壁文字较为清晰：“赵周宾、高大用、赵守中同游，宣和三年八月十日。”竖行，自左向右行文，与我们通常见到的旧时行文体例不同，这像一个谜团，让人颇费猜测。洞外正中是斗大的“卢山洞”题额，传为清末邑人张侗手笔。

不只此洞，山中还有若干胜迹与卢敖相关。如“饮酒台”，这是西峰顶一块平坦光洁的巨石，约有十几丈见方，下临绝壁，从山下遥望，在重重叠叠的山峦天际线中，唯有这一处，平整如案，煞是神奇。万历《诸城县志》“古迹”称，“饮酒台，在卢山巅，有巨石，可坐可凭。相传为秦博士卢敖隐此，尝饮客于上，因名台。”县境内景观称“台”的历史古迹，历数有十余处，包括斗鸡台、琅琊台、超然台、风台、将台等，“饮酒台”赫然在列。

另有“圣灯岩”，这是西南山坳一根拔地而起的石柱，顶部岩石攲侧，与主体形成通透的圆环状夹角，远看如一个带把手的灯台。它的神奇之处是，在一年里的某个特定季节，当日出之时，从西部山脚眺望，太阳刚从灯盏上方冒头的时候，整个岩石玲珑剔透，遍体金光，恰像一碗红光灼灼的灯盏。

苏轼知密州时，踏遍了密州的山山水水，苏轼是慕贤向道之人，这样的人间奇景岂肯当面错过。北宋熙宁八年(1075)三月，他挥毫写下了《卢山五咏》，其中就包括吟咏“饮酒台”“圣灯岩”的两首。

饮酒台

博士雅好饮，
空山谁与娱。
莫向骊山去，
君王不喜儒。

这好喝一口的秦博士啊，在这东土海隅的深山之中，是何人陪伴您呢？考虑到始皇帝的荒唐残暴，还是躲得远远的好。苏轼当年是自请外调，由杭州来到密州的，细细品咂，一定是感同身受，有着自身处境的影射。诗人在此委婉表达了一种惺惺相惜的自得之意：咱惹不起还躲不起吗，某家就是博士的同道啊！纪昀在《纪评苏诗》中道：“不必定是卢敖洞诗，而借以托意，语自可喜。”我们再看看苏轼来密州写下的其他有关饮酒的词句：“寒食后，酒醒却咨嗟。休对故人思故国，且将新火试新茶。诗酒趁年华。”(《望江南·超然台作》)“明月几时有？把酒问青天。不知天上宫阙，今夕是何年。我欲乘风归去，又恐琼楼玉宇，高处不胜寒。”(《水调歌头·明月几时有》)“酒酣胸胆尚开张，鬓微霜，又何妨！持节云中，何日遣冯唐？”(《江城子·密州出猎》)……谁要说苏轼在此只有达观乐天，而没有丝毫的落寞和牢骚，鬼才相信。

圣灯岩

石室有金丹，
山神不知秘。
何必露光芒，
夜半惊童稚。

在这扑朔迷离的深山石室，还能时不时让人一窥端倪，山神根本掩藏不住道家宝物的光芒啊。夜晚人静时分，闪闪烁烁的，总会迸出一些扑朔迷离的蛛丝马迹。可不带这样的，花花草草的，见怪不怪就算了；惊吓了小孩子，可不是闹着玩的。

密州地方山海相连，方志中记载的一些事件如山烧、山市、海笑（海啸）、海赦（海啸退潮），就够有趣好玩的。县志记载，万历己丑春，东乡人来言，卢山东麓崖塌，出龙肉。又曰：龙骨无数。邑中惊愕。后有人往视之，曰:“不灰木也。”其长莫竟，满涧皆是，色白而软。石类也，非木也。可以燃灯，类于龙骨，故讹传耳。据《齐地记》记载，东武城东南有卢水，水侧有胜火木，方俗音曰“铿子”。其木经野火烧，死炭不灭，故东方所谓“不灰”之“木”者也。

此神奇之物，野火烧不尽，未免偶有红光乍现的时刻。所以苏诗中所言“露光芒”的事，想来如惊鸿一瞥，恐非虚诞，是有来历的。

清同治甲子（1864）春，四川丹棱人彭仲尹来游卢山，这位机缘不浅，目睹了难得一见的“山市”。他在《游东武卢山记》中，如此精细地作了描述:“晨起，效东坡祷海神。巳刻，登山。山极峭，屐几损。至巅，忽见东南有青黑气屏挡如障，俄，五嶂结为浮屠，有僧来往。又顷刻，杰阁摩天，飞檐厂楔，气象直欲吞日，紧与浮屠对。其下，沃野中开，阡陌横袤，垂柳夹道，茅屋土垣隐露人家半面……”这种亦真亦幻的奇观，只能以仙境可以比拟。传说中的仙人，真的是可遇不可求，难怪连苏轼也兴叹：“还在此山中，相逢不相识！”在苏轼的眼里，卢山障日峰就是老家峨眉山的缩微版。但是“障日”一词还是犯了苏轼的禁忌，他当时难得君王青目，心中五味杂陈，遂直接为其正名：“莫教名障日，唤作小峨眉！”（《卢山五咏·障日峰》）

明代邑人侯廷柱，苦于“浮生役役，长羁俗缘”的现实，更是对卢敖连同苏轼都艳羡不已，直接把卢敖和苏轼一起供上了神坛，在《暮春登卢山怀古长短句》中写下这样的句子：“君不见，海上遨游秦博士，超然寄兴宋坡仙。令人千载仰遐轨，东有卢洞西雩泉。”古籍记载，通判刘庭式，也就是苏轼知密州事时的好搭档、好伙计，曾结伴循古城废圃采食杞菊的那位，也是在此山得道的。苏轼在元丰六年七月十五日的文字中，还转述了此事：“庭式今在山中，监太平观，面目奕奕有紫光，步上下峻坂，往复六十里如飞，绝粒不食已数年矣。”

卢敖人物的历史传说，加之后世历代文人的题咏，让这座小山变得底蕴丰厚，美丽迷人。

不光是卢敖，但凡有点仙风道骨的人物，在诸城这片土地上代不乏人，如于吉、贺元、雪窦、张三丰、明开等人，在方志中均有小传。县志在此等类目后又补充了一段，类似楚辞完结前的“乱曰”：“尧舜周孔之道，切于民生日用，如布帛菽粟，平易而精实，卑近而高远，而人自信从无厌，曷尝驾云空、役鬼神、制龙虎，出于宇宙之外乎？或曰：是不然也，盖彼既非正道而别为一端矣。则言其所言，行其所行，任其在彼，亦不必律以儒术而屑屑为之辩也。”这番公正开明的评论，可谓掷地作金石声，千载之下，读来犹让人拍案叫绝。“观之者当求于文字之外，其勿为所惑焉可也。”我们后人不必偏执儒术的正统，拘于成见，而全盘否认其他。你所见未必是实，你没见未必不存在。修史者对哪怕是异端外道也抱着开放包容的态度。如此说来，既是出于本邑的特色人物，拿来做老少爷们茶余饭后的谈资，又有何妨。

山水既以卢敖而得名，神则神矣，奇则奇矣。数年前，笔者曾踏访卢山，山北面的山窝窝里，原有一个四五十户人家的村庄，叫“卢山胡同”。仅有一条胡同状的峡谷进出小村，宛若陶渊明笔下的桃花源。村中确有卢姓人家，他们是卢敖的苗裔吗？可惜小村今已荡然无存，无从查考了。倒是新近有东亚某小国前领导人，与卢敖攀上了宗亲，在卢敖洞前堂皇地竖起一通亲题的巨大石碑……

寻访“孔子闻韶处”

到临淄，最想看的地方就是“孔子闻韶处”。很想一探究竟，到底是怎样的一个地方，让孔子“三月不知肉味”。手机地图搜寻一下，锁定在齐国故都的东北方向，靠近淄水的一个位置。我和片玉一到住处安顿好，立即搭车直奔目标而去。

车上想请教司机，闻韶处具体的情形，司机含含糊糊说不知道。我问：“您不是本地人吗？”司机爱答不理地呛了一下：“你管我是不是本地人呢，送到就是了。”这一点不像别处的司机，问一答十，滔滔不绝，一个劲科普当地名胜资源，下车时顺带提醒，别忘给点个满意哈。好家伙，年轻气盛。每个人脾气性格不一样，关注点、兴趣点不一样，可能就有这种尴尬情形。你要跟他聊聊足球八卦之类，眼睛一样就放光了。放平了心态，也就释然了。

越往东北走，视野越开阔起来。一些散乱的建筑与旷野交叉叠合，略显陈旧，显露出一些与新兴城市建设不和谐的景象。这地方地下沉埋着深厚的文化层，这里一座宫室，那里一个灰坑，都是摞压摞儿地堆积。考古的挖掘完一个古墓，得留心下面还藏着一层更早的古墓。像袁天罡、李淳风分头踏勘龙穴，完了一支簪子就扎在另一位预埋的铜钱眼里。风水就是这么神奇，好的宝地,大家都看着好。据说在一些农家,小孩子当院拉了屎,大人铲屎的时候，一铁锨下去，就能叮叮当当地挖出什么珍稀古币、陶片来。

看看这些街道的名字吧：太公路、晏婴路、遄台路……随便拎出一个，就是一个精彩的历史故事，沉甸甸的浓得化不开。据说现在保护性考古发掘，省级以上部门才可以着手，当地都没资格染指。所以这片土地还保持着部分原貌，恰也说明了齐文化的源远流长、博大精深。

二十多分钟的车程，十几公里一路行来。明显感觉出由城到乡，由乡到庄的变化。路越来越窄，周边景观越来越朴素。车子拐进一个胡同，突然停住，司机说到了。我们从窗户四下撒眸:不像啊，哪里？司机顺手往车后的拐角一指:那不！下车，付费，索要发票，司机说没有，自己网上打印吧。然后掉头一溜烟走了。

到胡同头上细一看，不禁哑然失笑。所谓“孔子闻韶处”，就是在胡同口的一个小小院子,粉墙,灰瓦,一个小巧的月亮门，铁栅栏，一把大铜锁锁住了。片玉一脸茫然：“就这？”我一竖大拇指，给出一个肯定的答案。

早听说是个小院子，但是没想到这么小。这是从一个大院落的东南方,像切豆腐块一样界出来一个角,四四方方的。说“弹丸之地”“瓢大个地方”，好像都不足以形容。这么说吧，二十个大人手拉着手，能将院子围一圈。院子里有两棵银杏树，都一搂粗细，因为局促，两树的枝叶都交互穿插在一起，像连理枝似的。婆娑的枝叶，将院子严严实实地遮蔽起来。东、南两面的墙，与大院子又是一体的。如果不好好找，真看不出这里还藏着一个小院落。

突然好像明白司机不搭理我们的原因了。以普通游客的心理，如果不是特殊癖好，这么一个小不点的景点，是不肯光顾的。司机一旦说这么个所在，稍加描述，单是规模一项，顾客一定会取消行程。难怪司机，来如风去无踪，小嘴闭得严严的，生怕一不小心说漏了嘴。

透过铁栅栏，看见正面墙上一排溜镶嵌着三通碑。正中就是那块“孔子闻韶处”的碑，有底座，目测通高近两米，宽约七八十厘米的样子，字为斗大的隶书，笔力苍劲。另两块碑刻呈长方形，形制略小，对称地分布在两侧，像两个封堵了的窗户。

据民国《临淄县志》记载，清嘉庆时，城东枣园村掘地得古碑，上书“孔子闻韶处”。遂易村名为“韶院”。至宣统时，古碑迷失。父老恐古迹湮没无传，于1911年另立石碑，仍刻“孔子闻韶处”。就是眼前砌在墙里的这块，是主件。另两块小的，西边的是“舞乐图”，刻二人席地而坐，一人执管横吹，一人端坐正视，似凝神屏息倾听；下刻两个仕女，扬袂舞蹈，翩翩欲飞。东边的是《韶乐及子在齐闻韶》简介，小字刻文，难以分辨。大致介绍，在远古虞舜时期，有一种叫做“韶”的乐舞，又称“箫韶”或“韶箫”。因韶乐有九章，故亦名“九韶”，是一种非常高雅的乐舞。到春秋时期，韶乐在齐国仍然盛行。

《史记·孔子世家》记载，孔子曾在洛邑与周敬王的大夫苌弘，探讨当时流行的“韶”乐和“武”乐的妙理。苌弘说：“韶乐，乃虞舜太平和谐之乐，曲调优雅宏盛；武乐，乃武王伐纣一统天下之乐，音韵壮阔豪放。二者虽风格不同，都是同样美好的。”孔子进一步请教，二者差别在哪里。苌弘说：“从内容上看，韶乐侧重于安泰祥和，礼仪教化；武乐侧重于大乱大治，述功正名。”孔子于是恍然大悟：“如此说来，武乐，尽美而不能尽善；韶乐，则尽美且尽善啊！”

此故事，也极精短地记录在《论语·八佾》中：“子谓《韶》：‘尽美矣，又尽善也。’谓《武》：‘尽美矣，未尽善也。’”这也是成语“尽善尽美”的来历。

孔子与苌弘论韶乐的第二年，就来到了齐国都城临淄。正逢齐王举行盛大的宗庙祭祀，孔子亲临大典，聆听了舜帝时代的《韶乐》演奏，这进一步印证了苌弘的见解。西边碑上画的那位入神聆听的，大约就是孔子本人了。孔子因闻韶而陷溺其中，久久不能自拔，也就有了“学之，三月不知肉味”的典故。

孔子重视礼乐教育，提出“兴于诗，立于礼，成于乐”，他个人音乐技艺方面有着较深的造诣。《史记·孔子世家》记录了这样一个故事：

孔子学鼓琴师襄子，十日不进。师襄子曰：“可以益矣。”孔子曰：“丘已习其曲矣，未得其数也。”有间，曰：“已习其数，可以益矣。”孔子曰：“丘未得其志也。”有间，曰：“已习其志，可以益矣。”孔子曰：“丘未得其为人也。”有间，有所穆然深思焉，有所怡然高望而远志焉。曰：“丘得其为人，黯然而黑，几然而长，眼如望羊，如王四国，非文王其谁能为此也！”师襄子辟席再拜，曰：“师盖云《文王操》也。”

老师视孔子熟练程度，一个劲地催促：可以提提进度了。但是孔子讲究的是稳扎稳打，不断地谦逊辞让：不行不行，还得练练。由皮毛而到精髓，直至出神入化，到后来，如天启一般，孔子由鼓琴中宛然见到了文王的真神。连老师都禁不住折节称赏：这支曲子，正是《文王操》啊！

孔子强调音乐的作用伟大，“礼云礼云，玉帛云乎哉。乐云乐云，钟鼓云乎哉。”（《论语·阳货》）孔子认为音乐不仅仅是用来让自己快乐的，还可以让别人也一起快乐；它不仅仅是让一个人自己品行端正，也能让别人的品行端正。孔子还亲自将诗三百零五篇皆弦歌之，“以求合韶武雅颂之音”。

由此，笔者想到自己的家乡诸城，相传是舜帝故里的诸冯一带，至今流传着一首《乐乐歌》：“尔乐乐，我乐乐，尔我同乐乐。”这支歌谣的作者，传闻就是虞舜。对比孔子的乐教思想，我们就自然触摸到了儒家正统思想的源头。难怪孔子闻韶乐后，如痴如醉，发出了由衷的赞叹，“不图为乐之至于斯也！”尧舜禹汤，文武周孔……他们原来是这样一脉相传的啊。

徘徊在小院门前，正午时分，烈日高照，村里街道空旷，难得遇到一个行人，竟显示出一片太古般的落寞和寂寥。商铺关门，家家闭户，周边的两个院子也像正在拆迁的样子。那块碑明明近在咫尺，而不得摩挲；两面靠街的院墙，踮脚就能手触瓦檐；院子里茂密的银杏，枝丫恣意地伸出墙外，伸手可以摘下低枝上累累的果子。

离开时，再端详这浓缩版的景点，偏于一隅，局促，冷落，甚至有些破败。就像刚才来的路上，张皇路边的地头上，立着一块石碑，赫然写着四个大字：“稷下学宫。”除了这块孤单的新补的石头，周边是一片收割之后的空荡荡的麦田，哪里有世界上最早的官办高等学府、“百家争鸣”策源地的一点点影子？但是你得承认，一千年、两千年之后，仍会有人来凭吊。不是为了一处断碑残垣，只是为了一个地名，一个人名，一个传说，甚至只是为了一个符号。

忽然想起另一个典故，鲁大夫叔孙武叔曾夸赞子贡“贤于仲尼”，子贡并不敢坦然应承，他说，用房舍的围墙作个比喻吧，我的围墙呢，只齐肩膀那么高，人们一眼就看到我里面的家底了；

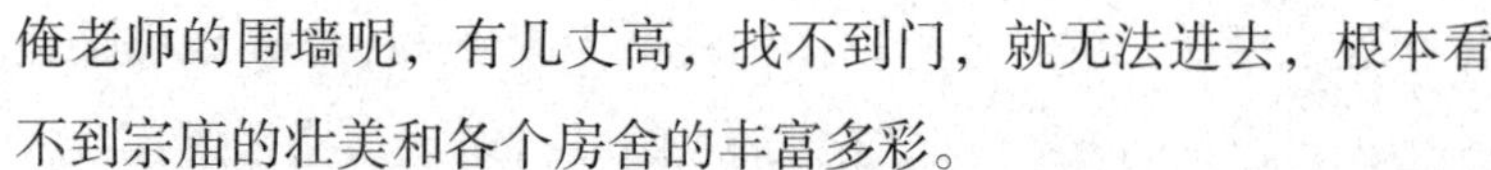

俺老师的围墙呢，有几丈高，找不到门，就无法进去，根本看不到宗庙的壮美和各个房舍的丰富多彩。

那么，我们在路上请教司机师傅，譬如子路问津于沮溺；这“闻韶处”的造门不得窥堂奥，就是子贡比之夫子的数仞宫墙吗？

萧统《与晋安王纲书》说：“立身行道，终始如一，傥值夫子，必升孔堂。”德行的修养，永远在路上。仰之弥高，钻之弥坚。见贤思齐，岂是容易的事。圣明如子贡也慨叹：“得其门者或寡矣！”以区区叶公好龙一样地附庸风雅，圣迹门前沾濡一点灵气，也就够了。因为低低矮矮的“孔子闻韶处”，树立的是人世间一道精神的高标，在我辈心中，又岂止是“万仞宫墙”呢！虽不能至，心向往之。

于此，也就不虚此行了。

第三辑

杏坛繁花

“薛蝌”到底叫什么

《红楼梦》中有一个人物，名字叫薛蝌，薛宝琴的胞兄，薛姨妈的侄儿，薛蟠的堂弟。因父亲去世，母亲又患痰症，作为长子，他带着妹妹薛宝琴进京聘嫁，投奔薛姨妈。这是原著中的相关介绍。

对于这个人物的名字，红学专家周汝昌先生心存疑问，作按语曰：“薛蝌之名，当是底本草书致讹。盖蝌蚪乃蛙之幼虫，至细至卑，无所取义。应作虬。”本文拟循着这一判断作如下考究。

古来起名，通常兄弟辈所用字均有密切联系，这是一种传统命名常识。薛家是公侯富贵之家，起名一事不能不在意。兄长薛蟠，“蟠”的意思是“盘曲，盘结”，从他的表字“文龙”（一作“文起”）可看出，他的名指“蟠龙”（盘旋环绕的龙）无疑。

而薛蝌，这一“蝌”字，就显得不伦不类。“蝌蚪”，民间俗称“田荡子”“趴鼓浪子”，出息好了也不过是一只青蛙，真的“至细至卑，无所取义”。“蝌蚪”一词在现代汉语里面，它是一个合成词，或者叫连绵词，两个单字在语境中一般不分开使用。将此毫无意义之单字用作人名，没有道理。这个“蝌”字与“蟠”字，怎么看也不搭边。

为什么猜测是“虬”呢？《说文解字》中对“虬”字的解

释是：龙无角者。另有“卷曲”之意，如“虬髯客”。这一意义也与蟠的“盘曲”意义相类。兄名“蟠”,弟名“虬”,其义相连，名字有大家气象。

本人另有一个臆测，这个“虬”字在传抄书写的过程中，扭曲变化了,是持续蜕变的结果。下面基于自己习书的一点经历，尝试谈谈这个字从“虬”变成“蚪”的流变过程——

“虬”的写法，是左“虫”右“乚”，而在书法表达中，右边的部分，也会被写作“丩”。

规范一点的如赵孟頫《后赤壁赋》中的“虬”字，到了王铎的《李贺诗帖》中，右边“乚”部就明显夸张，成了起笔、尾笔基本平齐的“凵”。这个部首在书写过程中，很容易人为地处理为两笔，并且会因为连带下字的关系而被有意拉长，自然就有了“丩”的形状。“虬”经常被写为左“虫”右“丩”，如赵孟頫在《楚辞远游》帖中，“玄螭虫象并出进兮，形蟉虬而逶蛇”一句中的“虬”字写法，“丩”最末一竖笔，极度拖长，达到左竖笔画的两倍之长。

至此，还不足以说明“虬”是如何变为“蚪”的。要紧的是下边的两点：

一是,古人书法作品中的“虫”部,写法是上面带一小撇的，即“虫”。单字书写，如《圣教序》中的用字，也是如此。此偏旁若作行书，外观与“禾”有很大的混淆性。

二是“丩”的起笔写法，竖提的竖，通常不是直的，而是弯曲的，拐了两拐，就是将“竖提”处理为缫丝形状；或者更直白地说，略像数字“3”。而这个形同缫丝的笔画，如“斗”字的左边两点写法相同。即有的“斗”字的写法，其两点也是如“3”的连续外撇，而不是想当然地连续点两点。这在欧阳询的《皇甫诞》和颜真卿《颜家庙碑》中的“科”字楷书中，可很清楚地看出其独特的笔法。

这么说来，这个“虬”字在书写的过程中，会被人认成“蚪”字，但并不是“蝌”啊。注意，《红楼梦》成书年代，并无“蝌蚪”二字，前人是写成“科斗”的。这个左边是“虫”右边是“丩”的“虬”字，在辗转传抄过程中，被抄手进一步错认成“科”字了。上面提及例字，不论是赵孟頫还是王铎，他们的“虫”部都是带小撇的，那么将“虬”字误写为“蚪”字，进而被错认为“科”字，这大约就是以讹传讹的过程了。

手抄本的写手，有些是文化水平不高的被雇佣者，他们偶尔会歪曲误读原作者底本而出现笔（刀）下误，这种古籍在流传中，因错讹产生多版本并存现象很多，不烦细述。至于后来再演变为“蝌”字，是后人排版出于汉字规范的需要所致。

也有人论及薛氏兄弟原型，提出薛蟠原型是钱肇修，其三弟钱来修，字“幼鲲”，说与水里的小蝌蚪意思很近。薛蝌在书中是薛蟠的弟弟，薛蝌原型之一就是钱肇修的弟弟钱幼鲲。从而认为周汝昌所言为不经之论。

《广雅·释鱼》按：“龙子一角者蛟，两角者虬。”“虬”字另一说是指古代神话传说中没有角的幼龙。不论有角无角，幼龙无异义，那么其与“幼鲲”说，也是完全合榫的。

所以，“薛蝌”最早的写法应当是“薛虬”。

读《诗经》如逢故人

朱熹在《诗传序》中写道："诗者，人心之感物而形于言之余也。心之所感有邪正，故言之所形有是非。惟圣人在上，则其所感者无不正，而其言皆足以为教。"《诗经》对于国人的教化和滋养，在我们的日常生活、读书、学习中会时时遇见：有时是不经意间迎面而来，那些最熨帖、最温暖的句子如同甘泉从心底汩汩涌出；有时擦肩而过，回头细思，觉得似曾相识，我在哪里见过呢！有时虽然失之交臂，却在很长的一段时间之后，于别的地方，又惊喜地猛然撞个满怀……下面采撷几个片段，看看它是怎样与我们的生活交织在一起，品味一下其"用之乡人、用之邦国、以化天下"的艺术魅力。

一副楹联

2010年10月2日，我在五莲九仙山深处的"柱史丁公祠"牌坊石柱上，抄录下这么一副楹联："一咏一觞，畅百年之逸兴；勿伐勿剪，绵千载之遐思。"上联化用王羲之《兰亭集序》："一觞一咏，亦足以畅叙幽情。"下联则来源于《诗经·召南·甘棠》：

甘棠

蔽芾甘棠，勿剪勿伐，召伯所茇。

蔽芾甘棠，勿剪勿败，召伯所憩。

蔽芾甘棠，勿剪勿拜，召伯所说。

这是一首怀念召伯，颂扬其德政的诗，“棠梨枝繁叶又茂，不要修剪莫砍伐，召伯曾经住树下。棠梨枝繁叶又茂，不要修剪莫损毁，召伯曾经歇树下。棠梨枝繁叶又茂，不要修剪莫拔掉，召伯曾经停树下。”全诗由睹物到思人，由思人到爱物，人、物交融为一。《诗义会通》引旧评称为“千古去思之祖”。

祠堂主人丁公惟宁，诸城人，明嘉靖四十四年（1565）进士，曾授直隶清苑县知县，升四川道监察御史，巡抚直隶，万历十四年（1586）督饷陕西，授湖广郧襄兵备，为官“治行第一”，风度严正，刚直不阿，一说是《金瓶梅》的原作者，弃官“拂衣而归”后筑石室隐居于此，死后石室改为祠堂，堂前牌坊为其子丁耀斗所建。看祠堂内四壁上密密麻麻刻满后世文人雅士凭吊纪念的题咏，就不难理解石柱上这副对联的深刻含义。而这座牌坊中间题写的斗大的题额：“仰止坊”，更是出自《诗经·小雅·车辖》：“高山仰止，景行行止。”

一个地名

笔者所在当地南部山区有一个乡镇，叫“皇华”，在地方志里关于村庄名称来源，乡人释为“秦皇华盖”。秦时诸城为琅琊郡治所，秦始皇登临琅琊台，应当路过此地。但以“秦皇华盖，驻跸于此”来解，总觉得有些牵强，按通行的缩略说法，即使“秦盖”“皇盖”也别扭。当我读到《诗经·小雅·鹿鸣之什》的时候，豁然开朗，几乎脱口而出：原来你在这里！

皇皇者华

皇皇者华，于彼原隰。駪駪征夫，每怀靡及。

我马维驹，六辔如濡。载驰载驱，周爰咨诹。

我马维骐，六辔如丝。载驰载驱，周爰咨谋。

我马维骆，六辔沃若。载驰载驱，周爰咨度。

我马维骃，六辔既均。载驰载驱，周爰咨询。

《左传》认为这是首“君教使臣”之诗，诗意委婉而寄意深长：“灿烂的花枝，盛开在原野上。衔着使命疾行的征夫，常怀思难以达成使命的地方。驾车有少壮的驹马，六辔润泽鲜妍。驰驱在奉使的征途上，博访广询礼士尊贤……”从《诗经》中提取出“皇华”，就顺理成章，这地名就变得饶有趣味，丰厚且有底蕴了。以原义“明艳灿烂的鲜花”来理解，也与地理环境、风物特点完全相契合，此与俚人望文生义所解相较，雅俗立见，“秦皇华盖”岂能比其万一。

这是我的附会，也算一说。莫说诸城这小城，土人没有文化。与《诗经》原产同时代的，孔子七十二贤弟子之一，那个懂鸟语的公冶长，就是咱家乡邻呢。

一本好书

孔子对诗有很高的评价，他说：“小子何莫学夫《诗》，《诗》可以兴，可以观，可以群，可以怨，迩之事父，远之事君，多识于鸟兽虫鱼之名。”（《论语 · 阳货》）孔子对儿子伯鱼的庭训也强调：“不学诗，无以言。”

我手头有本《忠经·孝经》，是寒假刚刚读过的。“忠”和“孝”是古代中国最讲究、最被看重的两大思想观念，“忠孝两全”无疑是对一个人最完美的评价。非常奇特的是，几乎每一章的结尾，都以《诗经》或《尚书》的一句来收束。据说《孝经》是孔子与曾子的谈话录，来分享一下：

“开宗明义”章：“《大雅》云：无念尔祖，聿修厥德。”牢记祖德永勿忘，继承祖德发荣光。

“诸侯”章：“战战兢兢，如临深渊，如履薄冰。”忧惧小心，如同面对深渊，如同足踏薄冰。

“卿大夫”章：“夙夜匪懈，以事一人。”日日夜夜不敢懈怠，尽心尽力侍奉君王。

“士”章：“夙兴夜寐，无忝尔所生。”起早贪黑地去做事，不要辜负生你养你的父母。

“三才”章：“赫赫师尹，民具尔瞻。”威严而显赫的太师尹氏，人们都在仰望、效法着你。

“孝治”章：“有觉德行，四国顺之。”天子德高行洁，四方万民归心。

“圣治”章：“淑人君子，其仪不忒。”善人君子，最讲礼貌，他的容貌举止，一丝不差。

“广至德”章：“恺悌君子，民之父母。”和乐平易的君子啊，你是人民的父母。

“感应”章：“自西自东，自南自北，无思不服。”从西到东，从南到北，四面八方没有不忠心归顺的。

“事君”章：“心乎爱矣，遐不谓矣。中心藏之，何日忘之。”事君之心，虽远犹近。铭记心中，永不忘记。

《诗经》句子放在篇末，总括全章，醒目、典雅而精粹，有“卒章显志”的意思。十八章《孝经》，有十章引用了原诗句，可见孔子对《诗经》的推崇备至。

模仿《孝经》的《忠经》也是如此，马融《忠经序》中说：“定高卑以章目，引《诗》《书》以明纲。”“吾师于古，曷敢徒然。”看其对《诗经》的大量引用：

“圣君”章：“昭事上帝，聿怀多福。”明白怎样侍奉上帝，招来幸福无限量。

“百工”章：“靖共尔位，好是正直。”认真办好本职事，亲近正直靠贤良。

“守宰”章：“恺悌君子，民之父母。”和乐平易的君子，你如同民众的父母。

“政理”章：“敷政优优，百禄是遒。”施行政令很宽和，百祥福禄就会汇集。

“武备”章：“赳赳武夫，公侯干城。”武士英姿雄赳赳，公侯卫国好屏障。

“观风”章：“载驰载驱，周爰谘诹。”赶着车儿快快跑，遍访天下老百姓。

“保孝行”章：“孝子不匮，永锡尔类。”孝子孝心永不竭，神灵赐你好前程。

“广为国”章：“济济多士，文王以宁。”济济一堂人才多，文王安宁国富强。

“广至理”章：“不识不知，顺帝之则。”好像不知又不觉，顺乎天理把国享。

“报国”章：“无言不酬，无德不报。”没有一句话不予以应答，没有一次恩德不予以回报。

忠不可废于国，孝不可弛于家。子曰：“吾志在《春秋》，行在《孝经》。”如果把《忠经·孝经》看作是爱国孝亲的人生指南，里面大量引用《诗经》原典可以理解。我们日常生活口头积累中，也有大量的成语警句，如“万寿无疆”(《诗经·小雅·南山有台》);“忧心忡忡”(《诗经·召南·草虫》);“执子之手，与子偕老”(《诗经·邶风·击鼓》)；“如切如磋，如琢如磨”(《诗经·卫风·淇奥》）等，因为熟悉通俗，朗朗上口，人们倒忘记了它的出处。

一个俗语

国风即来自民间民谣，我们在阅读的时候，字里行间经常蹦出一些与当地方言俗语相同的字眼，让我们不时感受到跨越两千年的亲切可爱。

如《国风·召南·鹊巢》，这是一首描写婚礼的诗。《毛诗序》说："《鹊巢》，夫人之德也。国君积行累功以致爵位，夫人起家而居有之，德如鸤鸠，乃可以配焉。"以此诗为国君之婚礼。朱熹《诗集传》说："南国诸侯被文王之化，其女子亦被后妃之化，故嫁于诸侯，而其家人美之。"以此诗为诸侯之婚礼。从诗中描写的送迎车辆之多可以知道，婚礼场面之盛大。

鹊巢

维鹊有巢，维鸠居之。之子于归，百两御之。

维鹊有巢，维鸠方之。之子于归，百两将之。

维鹊有巢，维鸠盈之。之子于归，百两成之。

我谈的重点是诗里面的一个"将"字，这明明白白是我们当地的一个方言嘛,娶媳妇,诸城当地就叫"将媳妇""将媳子"。以男方为陈述主体，"将"的意思就是迎娶。但是看过几种翻译的版本，都是将"御"释为讶，迎。"将"释为送。这意思就完全反了。从词典中查询，"御"的意思是载，装运。"乘六马，御妇人以出正闺。"这是《说苑》中记载的景公在大白天披散着头发，坐着六匹马拉的车，车上载着个女人出了正门。"御"就近于"运送"的意思。那么"将"字释为"迎"是不是就不算勉强呢。

《诗经》中的方言像活化石保存在我们日常的语言里，跨越两千年没有什么变化也是正常的。傅斯年就曾注意到方言的问题：“历来论古昔者，不以方言为观点之一，故每混乱。我们现在有一部《广韵》，由若干名家整理的《诗经》韵，两个中间差一千年；若就扬子云《方言》为其中间之阶，看《诗经》用韵有循列国方言为变化者否？此功若成，所得必大。”

“将”字，我愿意以当地熟悉不过的意思来阅读理解，自然、贴切，顺理成章。不以名家训诂来强矫正自己，“六经注我，我注六经”，也是阅读有乐趣的地方之一吧。

经典是民族精神的函封，无论何时打开，都能解读出那些闪烁邦家之光的密码。你始终摆脱不了她潜移默化的影响，在耳鬓厮磨中受之启迪、规范和浸润。譬如阅读《诗经》，其美艳，其淳厚，其堂皇，其庄严，如影随形，摄人心魄，不容你视而不见。你可以把它看成是先贤、智者、美人，或者好伙伴，不论什么，它早已化作我们血肉和基因的一部分，让我们一生受用不尽。

断肠一曲《江城子》

北宋熙宁八年（1075），是苏轼来到密州的第二年，正月二十这天晚上，他做了一个梦，梦见了去世十年的结发妻子。醒来写下了这曲《江城子·乙卯正月二十日夜记梦》，以表达对亡妻的悼念之情：

十年生死两茫茫，不思量，自难忘。千里孤坟，无处话凄凉。纵使相逢应不识，尘满面，鬓如霜。

夜来幽梦忽还乡，小轩窗，正梳妆。相顾无言，惟有泪千行。料得年年肠断处，明月夜，短松冈。

这首词缠绵悱恻，痛断肝肠，在历代为数不多的悼念亡妻的诗词中独树一帜。九百多年后，不禁引起我们的好奇和疑问：这是怎样的一个女人，亡故十年，还令苏轼如此魂牵梦绕，不能释怀？

关于苏轼和王弗的相知相遇，还有一段浪漫的传说。王弗，是青神县乡贡进士王方的女儿。蜀中有个叫“中岩”的地方，风光秀美，当时王方主持这里的书院，青年苏轼在此读书。中岩下有绿水一潭，师生经常在此游玩，此水潭有一个特点，只要人一击掌，就会有游鱼出现。这么好的所在，应当有名字啊。苏轼倡议大家给水潭命名，同学们都纷纷参与，但是命的名字不是太浅显，就是太俗气。最后苏轼命名“唤鱼池”，得到了老师的赞叹。给鱼塘命名的事同时传到了闺中，王弗听说后也派丫环送来一个纸条，写了她的命名，打开一看，竟然也是“唤鱼池”，真是心有灵犀一点通。后经双方家长撮合，王弗嫁给苏轼，成就了美满婚姻。一位是风流倜傥的青年才俊，一位是冰雪聪明的美貌娇娘，郎才女貌，是一对天作之合的神仙眷侣。

从苏轼年谱中得知，宋仁宗至和元年甲午（1054），苏轼19岁，娶四川青神县进士王方之女王弗为妻，王弗时年16岁；治平二年（1065）5月28日，王弗病卒于京城，年仅27岁。从年表中可以看出，天妒红颜，苏轼与王弗的美满婚姻，像一道流星，仅过了十一年，就戛然而止，王弗的生命永远定格在27岁。

传说毕竟只是传说，还是让我们把目光投向文献和史料，从苏轼亲书的《亡妻王氏墓志铭》中，去详细了解一下王弗其人吧。

通读这篇荡气回肠的墓志铭，我们至少可以发现王弗身上有四种美德：

一是聪明娴静，稳重内敛。“其始，未尝自言其知书也。见轼读书，则终日不去，亦不知其能通也。其后，轼有所忘，君辄能记之。问其他书，则皆略知之，由是始知其敏而静也。”王弗过门后，苏轼并不知道她是识字的。她喜欢静静地陪伴在苏轼身边，看着他读书，在苏轼有所遗忘时，她会适时地提醒一下。经了解后，苏轼才知道王弗读过很多书，不仅仅是粗通文墨而已。

“敏而静”，就是聪明、沉静，为人不急躁。读书识字，对于一个古代女子来说很不容易。王弗幼承家训，有着良好的家庭教育，知书识礼，但是她并没预先告知苏轼，不卖弄、不张扬。

在婚后的伴读中，她为苏轼偶然了解。这一点意外之喜，也算得上是天下奇闻了。

二是孝顺贤惠，勤谨庄重。“君之未嫁，事父母；既嫁，事吾先君先夫人，皆以谨肃闻。”未嫁侍奉父母，出嫁侍奉公婆，安分孝顺，这样的女子一定深得长辈欢心。王弗有着“谨肃”的好名声，“谨”是谨慎、小心的意思，“肃”是严肃、庄重的意思，这是外人的评价，是口碑。这样天资聪慧、通晓事理的好媳妇，到哪里去找，自然能讨公婆的喜欢。

“始死，先君命轼曰：‘妇从汝于艰难，不可忘也。他日，汝必葬诸其姑之侧。’”在王弗刚刚去世的时候，父亲曾吩咐苏轼：“媳妇是和你同甘共苦的人，你不能忘了她啊。以后有机会，一定把她埋葬在你母亲的墓旁。”不到一年，父亲也去世了。苏轼就遵奉父亲的遗嘱，把她安葬在家乡墓地中：“葬于眉之东北彭山县安镇乡可龙里，先君、先夫人墓之西北八步。”

王弗能够最后葬在公婆墓边，这是长辈留下的意见。曾经跟着苏轼颠沛流离的乳母、朝云，包括苏轼、苏辙兄弟二人，死后都没有埋葬在故里。让王弗魂归故里，也可以看作是苏洵对这个儿媳妇的偏爱。

三是深明大义，尊亲相夫。在陪伴苏轼作官的过程中，王弗一直担当着贤内助的角色。“从轼官于凤翔。轼有所为于外，君未尝不问知其详。曰：‘子去亲远，不可以不慎。’日以先君之所以戒轼者相语也。”在凤翔作官的时候，王弗对苏轼在外的所作所为，一直是密切关注，详细了解，不断地提醒：“你在外作官，没有家大人在身边照拂，不能不慎重啊。”生怕有任何闪失。并且她所做的这些，都是秉承尊长的意旨，是以前父亲曾经对苏轼那些提点、告诫的翻版。王弗对苏轼的劝诫，很注意把握分寸，有着平等中的尊重。她从不揽功，不会站在道德的制高点上颐指气使，不出风头，不抢镜头，这是一个标准的贤妻良母形象。

四是通晓世故，见识过人。王弗能够通过语言识人，通过侧面观察来识人。每次苏轼与访客在外间交谈，王弗都会站在屏风后面静听，“退必反覆其言，曰：‘某人也，言辄持两端，惟子意之所向，子何用与是人言。’”客人走后，她一定会将宾主交谈重新复盘，有时会委婉提醒：“这一位，说话模棱两可，没什么底线，只会投其所好，看您的意思说话，您何必跟这样的人多费唇舌！”

“有来求与轼亲厚甚者，君曰：‘恐不能久，其与人锐，其去人必速。’已而果然。”有来与苏轼攀交情套近乎的，对于那种太过亲热的，王弗劝说：“恐怕不能长久，这样的人与您交往来得热络快速，以后离弃您也会很迅速。”这样的事，往往说得很准，不久后就应验了。

其实王弗并非先知先觉，听其言，观其行，人焉廋哉？人焉廋哉？王弗在此提醒苏轼，在人际关系中对这两类人应保持警觉，一种是见风使舵、投其所好的，一种是结交过于轻率的。

苏轼本身生性率真、坦诚，对任何人都掏心掏肺。他在《密州通判厅题名记》中这样描摹自家：“余性不慎语言，与人无亲疏，辄输写腑脏，有所不尽，如茹物不下，必吐出乃已。而人或记疏以为怨咎，以此尤不可与深中而多数者处。”苏轼毫无城府，对任何人不设防，这在待人处世上，很容易吃亏。妻子恰恰在这一点上，是苏轼最好的弥补。特别是“将死之岁，其言多可听，类有识者。”都可看出王弗识人断事，都有先见之明。

一个成功的男人背后，一定站着一个伟大的女人。因为妻子的清醒、精明，苏轼在那一段时期仕途较顺，省去了很多麻烦，少走了若干弯路。在这篇墓志铭中，苏轼对王弗自始至终以“君”相称，这也与通常的夫妻之间的称呼不同，这可以看作是“特别的爱献给特别的你”，我们从中也可约略窥见夫妻相敬如宾的情形。

在墓志铭的最后：“君得从先夫人于九泉，余不能。呜呼哀哉！余永无所依怙。君虽没，其有与为妇何伤乎。呜呼哀哉！”你可以陪伴婆婆长眠于九泉，我做不到。真是悲痛啊！我永远失去了依靠和怙恃。你虽然死了，在作为媳妇的本分上没有一点差池，在为妇之道上没有半点毛病。唉呀！痛杀我也。

连续两遍长叹“呜呼哀哉”，感情深挚，回肠九转。这也似乎超越了常情，看出苏轼的确是难以自持，表达了深切的沉痛和悼念。

清人沈德潜曾评价此墓志铭：“着墨不繁，而妇德已见。铭词可哀，不在语言之中。”通过读《亡妻王氏墓志铭》，一个深明大义的妻子，一个有血有肉的奇女子，仿佛从苏轼《江城子》的文字中，从苏轼迷离的梦中复活过来，形象鲜明地出现在我们的面前。从而我们也找到了，这首《江城子》被称为千古第一悼亡词的答案。

荒凉生命的“后花园”

——读萧红《呼兰河传》

萧红的长篇小说《呼兰河传》，记述了发生在北方边陲呼兰县的故事。从一个五岁的儿童视角，展现了一个特殊年代东北小城形形色色的人物和发生的形形色色的故事。

“我”生活在一个能温饱甚至小康的家庭，有自由自在、无拘无束的生活，有 个喜欢自己的慈祥的祖父。这个祖父的身份当然是地主，但没有其他文学作品中常见的那种残酷和狠毒。我们看到的是和其他普通老头一样的勤劳、慈祥，且时时感到一种祖孙之间的舐犊情深。

后花园就是“我”成长的乐园，这与鲁迅笔下的“百草园”有一比。所不同的是，“百草园”中只有孤单成长的儿童身影，而呼兰城里的“后花园”中有着儿童的贴心人生导师。“祖父一天都在后园里，我也跟着祖父在后园里。祖父戴一个大草帽，我戴一个小草帽，祖父栽花，我就栽花，祖父拔草，我就拔草。当祖父下种种小白菜的时候，我就跟在后边，把那下了种的土窝，用脚一个一个地溜平。”后园中的一切都是生机勃勃的，“花开了，就像花睡醒了似的。鸟飞了，就像鸟飞上天了似的。虫子叫了，就像虫子在说话似的。……都有无限本领，要做什么，就做什么。要怎么样，就怎么样。”太阳朗照下的后园，“是健康的，漂亮的，拍一拍连大树都会发响的，叫一叫就是站在对面的土墙都会回答似的。”“我”就是在这样一个可以捉蜻蜓、捉蚂蚱的地方，无拘无束地快乐生活着。

“祖父的眼睛是笑盈盈的，祖父的笑，常常笑成和孩子似的。”祖父遇到小孩子，会玩突然藏起孩子帽子的游戏。祖父是“我”最好的玩伴，不厌其烦地和我絮叨，呵护我，娇惯我，教我念诗，“早晨念诗，晚上念诗，半夜醒了也是念诗。”对于懵懂无知的“我”，祖父是唯一的避风港。这在用针扎“我”指头的祖母，甚至父母身上，都是从来没有过的。整部小说读下来，你会发现，这些人物，若即若离，面目模糊，都不是“我”亲近的。

小说对于场景的介绍，是亮丽的，热闹的，是生机勃勃、充满喜感的。火烧云的壮美景色，后花园的无穷趣味，街道上的几所学校的师生趣闻，读着读着，都能让读者会心地笑起来。譬如东二道街上的大泥坑，淹死过猪，闷死过狗，猫鸡鸭也常常死在这泥坑里，人和马也有差点淹死的危险经历。这才有了全镇子人吃便宜猪肉，明知是瘟猪却当淹猪而闭眼大嚼不已。其间，有一只淹死的小猪被祖父要回，用黄泥裹了烧制一番，让“我”大饱其腹，从而不禁向往有一只掉到井里淹死的鸭子，也如法炮制来吃一吃。这些都充满了童真童趣，无限美好。

周边人物的生活，并不特别乏味。开粉房的住着嚓嚓作响摇摇欲坠的房子，却可以从房顶上采到新鲜的蘑菇。当鞋子从房顶漏到锅里，他们会看着那鞋子在锅里翻滚，并不着急捞出来，反正那粉条是卖的，不是自己吃的。

有意思的生活内容，还包括听野台子戏、逛娘娘庙、放河灯，都有浓墨重彩的一笔，是人生舞台上不可缺少的热闹聚会。日子就这么一直美好下去固然好，但生活本来的样貌却不是这样。

世情画面也有灰色阴暗的调子，到处充满了苦难和不堪。如小说中时常提到的“我家的院子是荒凉的”，隐隐透露出生活光影之后的本真。一些不美好，固有的缺陷，都赤裸裸地展示出来，让阅读者心底不时掠过一阵阵寒凉。

粉房旁边的小偏房里，住着胡姓一家赶车的，老少三辈，终年生病的老太太，两个儿子，两个孙子，一个孙媳妇。“老胡家人旺，将来财也必旺。”“再过五年看，不是二等户，也是三等户。”但是团圆媳妇进门，噩梦就开始了。由开场的围观，“黑乎乎的，笑呵呵的”，健壮的女孩，正一步一步走向死亡的深渊。“没过几天，那家就打起团圆媳妇来了，打得特别厉害。”婆婆在井边饮马，和周三奶奶说：“回去我还得打她呢，这小团圆媳妇才厉害呢！没见过，你拧她大腿，她咬你，再不然，她就说她回家。”后来越打越厉害，不分昼夜地折磨，彻夜地哭泣，“到了冬天，这哭声才算没有了。”

团圆媳妇被打坏了，园子西南角上又跳起神来。婆婆的解释是，“她来到我家，我没给她气受，哪家的团圆媳妇不受气，一天打八顿，骂三场。可是我也打过她，那是我要给她一个下马威。我只打了她一个多月，虽然说我打得狠了一点，可是不狠哪能够规矩出一个好人来。……有几回，我是把她吊在大梁上，让她叔公公用皮鞭子狠狠地抽了她几回，打得是有点狠了，全身也都打青了，也还出了点血。……人在气头上还管得了这个那个，因此我也用烧红过的烙铁烙过她的脚心。谁知道来，也许是我把她打掉了魂啦？……”看香，抽帖，都试过，都不见效。最后一回，在众目睽睽之下，被跳大神的，用热水烫了三次，彻底送上了绝路。“没有到二月，那黑乎乎的，笑呵呵的小团圆媳妇就死了。”

老胡家的结局，小团圆媳妇死了不久，大孙子媳妇跟人跑了。奶奶婆婆后来也死了。两个儿媳妇，一个为着那团圆媳妇瞎了一只眼睛，另一个因为她的儿媳妇跟人跑了，半疯了。

后园磨房的磨官冯歪嘴子，彻夜地打梆子，像那头毛驴一样，腿瘸了，也一样坚持在磨道里走，戴着笼嘴，遮着眼睛。除非一头栽倒，不会发生任何变化，这就是驴的命运，也是磨官的宿命。听他越到天明时分，梆子越敲得起劲，不禁让人悲从中来。这么一个没有什么前途的拉磨的，竟有了喜事，找了一个女人，并生了儿子。在四下透风滴水成冰的磨房，被“我”发现了。实在没办法，磨官后来求救于祖父，祖父让将磨房南头装草的房子暂时栖住。虽然是一样地透风，妇人孩子就猫在草窝里。这毕竟是一个遮风避雨的地方啊。这些情节，又让我们看到了人性慈悲和柔软的一面。

呼兰城中，卖麻花的、卖凉粉的、卖豆腐的、开染坊的、开扎彩铺的……庸庸碌碌地活着，无声无息地死去。假如有人问他们，人生是为了什么？他们并不会茫然无所对答的，他们会直截了当地不假思索地说了出来："人活着是为吃饭穿衣。"再问他，人死了呢？他们会说："人死了就完了。"

人们领受自古以来的四季轮回循环的选择，完全听天由命："风霜雨雪，受得住的就过去了，受不住的，就寻求着自然的结果。那自然的结果不大好，把一个人默默的一声不响的就拉着离开了这人间的世界了。至于那还没有被拉去的，就风霜雨雪，仍旧在人间被吹打着。"

譬如跳大神，这黑土地上长出的野艳的红罂粟，是神秘宗教的遗存。治病、祛灾，兼娱神娱人。“唱着的词调，混合着鼓声,从几十丈远的地方传来,实在是冷森森的,越听越悲凉。……那鼓声就好像故意招惹那般不幸的人，打得有急有慢，好像一个迷路的人在夜里诉说着他的迷惘，又好像不幸的老人在回想着他幸福的短短的幼年。又好像慈爱的母亲送着她的儿子远行。又好像是生离死别，万分的难舍。”满天星光，满屋月光，人生何似，才有这样凄凉的夜?

“我”在这样的环境里，饱受浸润，耳熟能详，甚至也学了几句，“小灵花啊，胡家让你去出马呀……”这种无心无肺的吟唱,带了极大的嬉笑成分,也合乎孩童顽皮的特征。这也就像《火烧云》片段，我们往往拿生活中光鲜的一面来极尽欣赏。那泪水和不堪，都被淡化和隐去了。正如这个孩童眼里的世界，除了淡淡的落寞，听到的多是笑声。那种种不幸和人间惨剧，经过黑土地粗砺的北风扫荡，“过了三年两载，若有人提起那件事来，差不多就像人们讲着岳飞、秦桧似的，久远得不知多少年前的事情似的。”死者长已矣。对于活着的人来说,不喜又如何!

老胡家二儿子的大孙子媳妇，笔墨不多，给小团圆媳妇当药的半斤猪肉，她能偷偷匀出一点给奶奶婆婆做碗面疙瘩汤，并嘱咐别声张,“你老人家吃就吃吧,反正是孙子媳妇给你做的。”这么一个人物，最后的结局却是跟人跑了。其实在这个人物身上，有萧红自己的影子，她 1911 年生于黑龙江呼兰河畔一个地主家庭，当年逃婚离开家庭，走上半生漂泊之路，足迹遍布北京、青岛、上海、东京、武汉、香港等地。“在那个时候，烽火漫天，居无定所，爱国爱人都是一件很艰难的事，而她又是个爱得极切的人，正因如此，她受伤也愈深。”(《斯人寂寞》小思）年仅 31 岁，死于香港。

萧红洞察生活于贫困小城的农民性格，她熟悉了解这些性格，这些都是中国民族性的重要组成部分，她用了相当恳切的感情，不留余地的态度，把这种沉潜入骨的病根挖出来。茅盾1964年为《呼兰河传》作序，表现出对萧红的理解："她同情他们：她给我们看，这些屈服于传统的人多么愚蠢而顽固——有的甚至于残忍，然而他们的本质是善良的，他们不欺诈，不虚伪，他们也不好吃懒做，他们极容易满足。"

呼兰河，一条苦难的河，悲怆、低沉、凝重。呼兰河，充满着作家的热爱，和她的留恋，她的梦，她的诅咒。它就是这么一个爱恨交织的，复杂难言的，无可奈何的所在。

何妨一读“子不语”

寒假期间，我阅读了袁枚的《续子不语》，发现其内容颇为有趣。虽然是作为休闲读物，但我却舍不得轻易放下，于是做了零星的摘录笔记。

“子不语”出自《论语·述而》中的“子不语怪力乱神”，从字面上可理解为“孔子不谈论怪异、暴力、叛乱和鬼神之类的事”。这意味着这些内容是儒家话语的禁忌。而袁枚却将其作为自己的书名，这本身就很清奇，仿佛是一个歇后语：你孔子避而不谈的，却是我大书特书的内容。书名先吸引读者眼球，让人眼前一亮，引人一探究竟。书皮上赫然印着“子不语”，翻开正文，满是后半截的“怪力乱神”。作者竟与圣人开了个不大不小的玩笑，显出一股冷峻的俏皮劲。

袁枚，字子才，号简斋，又号随园主人，浙江钱塘人。生于康熙五十五年（1716），卒于嘉庆二年（1797）。他少年早慧，学业中多得贵人提携,成长经历顺风顺水。年轻时做过几任县令，因无意仕途，三十多岁便挂冠归家，终年82岁。他以优游与入仕相比，给自己身心完全放假的时间长达五十年。此公是个奇才，与赵翼、蒋士铨合称“江右三大家”。他“广采游心骇耳之事，妄言妄听，记而存之”(《子不语·序》)，写成《随园戏编》

二十四卷，即《子不语》。后又撰成《续子不语》，续篇写作时间较晚，故文笔老辣，描写更加细腻，风格率意自然。有的篇目仅寥寥数十字，故事情节完整，人物形象呼之欲出；有的篇幅较长，达数千言，但条理清晰。我读的这册正是续作。

袁枚是思想比较自由开放的诗文大家。他提倡人道天性，反对程朱理学禁锢和扼杀人性的说教，对敢于冲破封建礼教束缚、大胆向异性表露爱情的女子抱着赞赏的态度，同时对青楼卖笑的妓女充满了同情和怜悯。掩卷玩味再三，梳理一下，将自己喜欢的几种罗列如下：

一、鞭挞礼教

如《几上弓鞋》，记述同年储梅夫宗丞在都统家作塾师，"一日早起，见几上有一女子弓鞋，大怒，骂家人说：'我在此做先生，而你们竟在几上放这样的东西。倘若主人见到，会怎么看我呢！赶快把它扔掉！'家人看几上并无此鞋，但储梅夫仍痛骂不止。都统闻声进入，储梅夫便钻到床下，用手掩面说：'羞死羞死！我见不得大人了。'都统正要为他辩白，储梅夫已在床下用一根棒子自打，脑浆迸裂。都统以为他疯了，急忙喊医生，但储梅夫已经气绝。"一个腐儒因一只女鞋无端羞愧，竟把自己活活打死了，这便是礼教对人的束缚，荼毒之深，真能杀人。

袁枚思想自由开放，反对汉代诸儒烦琐的经学考据和宋代程朱理学对人的禁锢束缚。还有一篇，题目就是《子不语》，与儒家传统公开叫板："……袖中出一木偶，长寸余，赠刘说：'这人姓子，名不语，是服侍我的婢女。她能知道过去和未来的事。你若打扫一楼供养她，有事可向她请教。'刘惊讶地问：'子不语难道是怪吗？'回答说：'是的。'刘又问：'怪可以供养吗？'"

精彩的是下面一段对话，直接剥下礼教的遮羞布。“女说：‘我也是怪，你为何与我做夫妻呢？要知道，万物不齐，有人虽为人却不如怪，有怪虽为怪却比人贤良，不能一概而论。只是这婢女貌丑，所以我给她取名子不语，她不肯与人相见，只需把她供养在楼中，听她的响声即可。’刘听从了，在楼上供养木偶，并供以香烛，呼她为‘子不语娘娘’，木偶便应声如响。”

这“子不语”，主人给人当媳妇，还能给人指点迷津，竟是招人怜爱。对话数句，更是道破“有人虽为人却不如怪，有怪虽为怪却比人贤良”的虚伪现实，不啻当头棒喝，耐人寻味。

二、标榜人性

《沙弥思老虎》讲，五台山小沙弥，3 岁入山，十余年不曾下山。一日随禅师下山，遍览人间风光。“一个年轻女子走过，沙弥惊问：‘这是何物？’禅师担心他动心，正色告诉他：‘这是老虎，人靠近它，必被咬死，尸骨无存。’沙弥答应着。晚间上山，禅师问他：‘你今日在山下所见之物，可有心里想念的吗？’沙弥说：‘一切物都不想，只想着那只吃人的老虎，心里总觉得舍不得。’”小和尚青春懵懂，情窦初开，人性自然天成，终究不是外力所能拘束的。

有一首流行歌曲《女人是老虎》：“……小和尚暗思揣，为什么老虎不吃人，模样还挺可爱？老和尚悄悄告徒弟：这样的老虎最呀最厉害！小和尚吓得赶紧跑：师傅呀！呀呀呀呀……坏，坏，坏！老虎已闯进我的心里来，心里来……”才知道歌词创作灵感来源于此，并在原作基础上有延伸升华，让小和尚的形象更显蠢萌可爱。

《狐仙惧内》：“纪仪庵有质库在西城，其中一小楼被狐仙占据。夜里常听到狐仙说话，但它们并不害人，久了也就相安无事。一天晚上，楼上突然传来激烈的争吵和鞭笞声。众人前往倾听，忽然听到有人带着伤痛大声喊道：‘楼下的各位，都应当明理，世间有妻子打丈夫的事吗！’恰好其中一人正被妻子打，脸上爪痕还未愈。众人哄然大笑，说：‘这本就存在，没什么好奇怪的。’楼上的群狐也哄然大笑，它们的争斗于是平息，听者无不绝倒。”

狐狸这类本为怪诞之物，惧内之事，穷急智生，复请教于人，而人回答说“不足为怪”：这样的事儿，人间、天上、魔界数见不鲜，兄弟还是忍了罢，读之令人忍俊不禁。

三、讽刺虚妄

袁枚身为一代诗文巨擘，文学造诣极高，深得六朝志怪和唐人传奇笔法，嬉笑怒骂皆成文章，写来自然是得心应手，书中有不少讽刺类小品。

如《枯骨自赞》说，苏州上方山僧寺阶前地下经常有人语声，疑有鬼诉冤，最后请高僧德音禅师来看，揭开了谜底：“禅师弯腰于地，许久后斥责道：‘不必理它！这鬼前世做大官，惯于被人奉承。如今死了无人奉承，便在棺材中自称自赞。’众人听后大笑而散，土中的声音也渐渐微弱了。”

有些人沉迷于过去的显赫，耽于众星捧月的时光，死后变为枯骨也不能忘情，只能徒惹人嗤笑。

袁枚为人放荡不羁，又公开反对儒家、理学许多封闭的思想。如《有子庙讲书》，记述西江周驾轩太史的梦中经历：

路过邹鲁间，梦人引至一处……上座有一位穿着古衣冠的人，约五十岁，头发和眉毛苍秀，他作揖请周驾轩太史入内，命他坐在一旁，说："你这位西江名士，可知《论语》第二章'孝悌也者，其为仁之本欤'该如何解释？"周驾轩太史回答："仁为五德之首，孝悌又为仁德之首。"古衣冠者说："不对。古字中'人'与'仁'相通。我首句是'人也孝弟'，末句'孝弟也者其为人之本欤'。其义是一致的。汉、宋诸儒不识'仁'字即为'人'字，将孝悌置于仁外，反添枝节。你回到世间，替我告知诸生。"周驾轩太史答应后退出。

在此，袁枚借西江周驾轩太史之遇，讲自己的见解，文末直接加"余按：'并有仁焉'之'仁'即'人'字，则此章'仁'之为'人'，当亦无疑。"对腐儒寻章摘句、望文生义，进行了无情的嘲讽与批判。

四、探索悬疑

《虹桥板》记载，在福建武夷山大藏峰的山洞中，有千百条大木，历经千万年不朽不落，色泽如陈楠。朱熹曾言："这些木是尧时居民为躲避洪水所栖之处，洪水退后木留存至今。"这些木条未经斧斤加工，洞中罗列如民间木行。山下滩水湍急，舟船难以停泊。袁枚到武夷山时曾亲眼见过此景，后在杭州又见孙景高家藏虹桥板一片，木有清香，纹理细润，梁同书侍讲在其上镌刻诗句。

《全州兵书匣乃水怪奔云之骨》中提到，全州是诸葛亮藏兵书之处。甲辰年袁枚再次经过全州，已近五十年，仰视发现丝毫无损，不禁怀疑世间怎有如此不朽之木。广西布政司奇公使用千里镜观测，确认是木匣而非石匣。后来《涌幢小品》记载，嘉靖皇帝命南昌姜御史取兵书，招募健卒架云梯进入，发现匣中有白骨头颅，大如车轮，两牙锋利。姜御史夜梦虎头人，自称是水神巫支祁的第三子奔云，能出入风云，吞噬虎豹。大禹治水时，父子与之大战，败后伏于山泽。伯益放火烧之，受伤后逃脱，禹王命天将庚辰用神霄剑斩杀，尸掷江中。其父命群水怪取阴沉木为棺葬于此。文末作者注：“阴沉木，乃洪荒以前之木，经劫灰者，万年不坏，故历千百年，巍然不朽。”

这些传奇故事虚实相间，并非道听途说或凭空杜撰。有些神秘现象超出了当时人们的认知，作者将其记录下来，留给后人研究。根据现代考古结果，悬崖上的悬棺是西南少数民族僰人的墓葬习俗，兵书宝剑峡的山洞因三峡蓄水而被淹没，抢救性发掘工作已解开诸葛兵书的谜团。这些篇章与历史相印证，增添了神秘色彩。

五、褒贬佛道

书中还有不少褒贬佛道的篇章。如《执锡二童》，顺治进士蒋封翁名伊，求嗣于灵岩，梦禅僧指执锡二童为之子。后生子名“陈锡”，官至云贵总督。晚年又梦中堂曝锦被，一龙蟠裹其间，恰逢佃户曹姓女裹旧锦被嬉笑，遂纳之，生肃公。这故事充满生活气息，小孩对晾衣绳晒被子等物多很喜爱，常会钻来钻去或裹在里面转圈纠缠。

六、记录传闻

本书格调既是子不语，大凡耸人听闻的事件，作者搜罗起来不遗余力，有一些是人与怪物、动物相角的故事。以下是两桩人与虎的事件：

绍兴西乡，溪水甚深。一儿戏溪上，见虎来，儿窜入水，泅而出没，且觇之。虎坐岸上，眈视良久，意甚躁急，涎流于

吻。忽跃起扑儿，遂堕水中，愤迅腾掷，溪水为沸。数跃数堕，竟不能起。儿获免而虎溺死。(《虎投河》)

樗里王姓童子携藤斗籴米，时暮雨，过溪边林桥，童子即以斗加头上，手扶木栏过桥。有虎在桥下伺，前咬童子头，得其斗而去。童子仆地，谓是人所推跌，摔其斗而去也。

明日，山中人见虎狂走遍山，则虎衔藤斗不可脱也。虎口合则藤斗随合，虎口张则藤斗随张，斗塞满口，藤性韧，丝丝嵌入虎牙缝中。虎性躁不可耐，走三日而伏毙于山中，头犹仰，张其口，犹含藤斗也。(《虎困藤斗》)

笔者本乡有一段瞎汉打虎的故事，载于《诸城县志》："邑故无虎。成化中，窜来一虎，出伏东乡间。有瞽目男子，曳杖独行于野，虎遇搏之。瞽固半年，有胆力，然初不知为虎，误谓击已也。怒而詈曰：'汝何人，敢无故打我？'即弃杖，双手抱虎腰。觉有毛，始骇而大呼。虎亦惊窘，急不得脱。瞽抱之愈力。辗转间，适路旁有窅井，皆落于中。瞽号呼愈厉。行路人闻之，窥井见虎，于是集众操戈，缒而下刺虎，出瞽。其上体被虎啮数处，流血模糊，疮病月余方起，竟不死。"

这个也是老虎的故事，不同之处，后者盲而后知是虎，搏虎而终脱险，另二者为童稚不知是虎，不畏虎而幸免于难。两者读来均有惊无险，都让人得到轻松释然后的莞尔一笑。附录于此，作《续子不语》之补篇。

《续子不语》中，与敝县密切相关的故事，还真有呢。试看《黑眚怕盐》：

丁宪荣，诸城人，言其地有殷家村在城外，多古圹。旧传圹中有怪物形如人面，无质，仅黑气一团，高可丈许，每夜出昼隐。其出也，遇人于途，隔一矢地，辄作啸声如霹雳，令人心惊胆落。惟见者闻,他则罔觉也。啸毕以黑气障人,至腥秽触鼻晕绝。里人相戒,视为畏途,昏暮无行者。有盐贩某,市盐他所,贪饮,醉中忘戒,误蹑其地。时月上已二鼓,前怪忽突出,遮道大啸。某以木桃格之,若无所损。骇极,不知为计,急取盐撒之,物渐逡巡退缩入地,因举萝中盐悉倾其处而去。晓往踪迹,见所弃盐堆积地上,皆作红色,腥秽难闻,旁有血点狼藉。此后怪遂绝。

披阅全本《续子不语》,薄薄一册小书,有关"诸城"的竟有三篇之多!另两篇,一为托名"诸城刘上舍怡轩"讲的关于禽鸟兽类交配的《形交气交》,一为"诸城王氏仆名王三"讲"古路哥子"的一篇《蜜虎》。何谓作者如此偏爱诸城?后查阅资料得知,邑人刘墉担任江宁知府时,袁枚逛荡不羁、败坏风俗的事传到他耳朵里,刘墉就想兴师问罪前往按压。据说袁枚得信后赶快写诗剖明心迹,写下"月无芒角星先避,树有包容鸟亦知"的诗句。刘墉是什么样人啊,人家身段放得极低,态度这么谦恭,纵是火冒三丈的人,也会心软,不忍加害。想是刘墉心中先点头了,自然是放他一马,这也是英雄相惜的一段风流佳话。那么,臆测一下,跟敝邑相关的三则小文,可否看作袁氏向刘诸城示好的一种秀才人情呢?

鲁迅先生在《中国小说史略》中对《子不语》的评价较为中肯:"其文屏去雕饰,反近自然。然过于率意,亦多芜秽。"玉石杂糅是其特点,但并不影响以其卓越的艺术成就成为《聊斋志异》《阅微草堂笔记》之外,最负盛名的文言笔记小说之一。大凡世间有阴必有阳,有白必有黑,有正必有邪,有"不语"必有"非不语"。所以圣人"不语"的,不妨碍凡人喜闻乐见。袁枚书中所言所记,并非一味搞怪制造惊悚博人眼球以自娱,而是处处指陈时弊，匡正人心，以促人进德修业为导向。在此，本人也学学“有子”斥食古不化者：“子不语”者，非子从来不语，乃实不轻易语也。庶几近之。

古人说，“读经味如稻粱，读史味如肴馔，读诸子百家味如醯醢。”如《续子不语》之类，算是主食之外的油盐酱醋，细细咂摸，大概像胡椒粉吧，虽不是人人都喜欢，但有一股辛苦、麻辣的冲劲，对四平八稳的味蕾也会产生致命的诱惑，咀嚼出别样的味道来。逐篇一一读来，惊悚、愕然、失笑，乃至齿颊留香的奇妙感觉，一层层油然袭来，足慰身心。所以，在此跟诸君推荐，阅读正经主流书籍的闲暇，《续子不语》这类“不正经”的小书，也不妨一读。

圣人的幽默与智慧

《论语》记圣人之言，内含圣人智慧，自古以来便受世人推崇。班固《汉书·艺文志》中说："《论语》者，孔子应答弟子、时人及弟子相与言而接闻于夫子之语也。当时弟子各有所记。夫子既卒，门人相与辑而论纂，故谓之《论语》。"《论语》二十篇，宋朝宰相赵普有言："昔以其半辅太祖定天下，今欲以其半辅陛下极太平。"

今人读《论语》，有一些不妥的地方。因为年代久远，语句晦涩拗口，语言障碍，先是让人望而生畏。我们经常看到的孔子，是宽袍长带，佩戴长剑，抱拳秉手，施古礼的一尊塑像，这也固化了我们心目中的圣人形象。圣人既被供上了神坛，读者也不知不觉地端起了架子，倒不知怎么读好了。《论语》因为文字极度精炼，是真正的咳唾成珠，每个字都闪闪发光。阅读的时候，读者只觉光芒耀眼，竟遮蔽了那些自自然然的元素，过滤忽略了一些烟火气的东西。

孔子是圣人，孔子成为圣人之前也是常人。而今人往往混淆了这一点。《论语》在南宋光宗绍熙元年（1190），才由朱熹将其与《孟子》及《礼记》中的《大学》《中庸》两篇合在一起，作为一套经典"四书"刊刻于世。即使到董仲舒标榜"罢黜百家，独尊儒术”的时候，也是孔子死后三百多年的事。

圣人是活脱脱的人，圣人也要吃喝拉撒，也会碰壁受困，也会发脾气骂人。凡人身上有的苦恼、无奈，缺陷、毛病，他也全有。读《论语》，把圣人当凡人来看，读起来就顺溜，就有意思多了。我们选读一些诙谐幽默的语录，撩开神秘的面纱，看看圣人可爱的真面目。

《论语 · 为政》篇有子游请教“孝”的事：

子游问孝，子曰：“今之孝者，是谓能养。至于犬马，皆能有养。不敬，何以别乎？”

子游请教孝道，孔子说：“现在所说的孝，多指养活父母。那么养狗、养马，也都是人喂养。如果对父母的赡养没有恭敬顺从的心，那和饲养狗马有什么区别呢？”

孔子在此用养狗、养马作比，将孝道的概念提高到一个层次。只是经济的给予，生命的维持，算不得真孝。孔子拿狗来作比，差不多是因其贱无比，骂人的话里也都好夹带“狗”字。孔子拿“狗”来开涮，也并不忌讳拿“狗”来说自己。《史记·孔子世家》里有这么一段：

孔子适郑，与弟子相失，孔子独立郭东门。郑人或谓子贡曰：“东门有人，其颡似尧，其项类皋陶，其肩类子产，然自要以下不及禹三寸，累累若丧家之狗。”子贡以实告孔子，孔子欣然笑曰：“形状，末也。而谓似丧家之狗，然哉！然哉！”

对于郑人的一番描摹，孔子不恼不怒，乐呵呵地坦然承认：说我是“丧家之狗”呢，真对啊！真准啊！只是孔子想不到的是两千年以后，有养狗者，供以专门狗粮，住于精致小窝，衣以华服，命以昵称，尊贵宠溺积于一身，更有甚者以儿女呼之。不知孔子对此有知，另要如何作比。

《论语·雍也》篇中记载：

子曰："贤哉，回也！一箪食，一瓢饮，在陋巷，人不堪其忧，回也不改其乐。贤哉，回也！"

在此，圣人给后人建树了一个安贫乐道的千古标杆。孔子对颜回夸赞不已，一句"真贤良啊，颜回！"就说了两遍，在字字珠玑的《论语》中，略显得有点唠唠叨叨。这却让读者仿佛听到了圣人的轻轻叹息，看到了圣人啧啧赞叹的同时频频点头的动人情景。

在《论语·公冶长》篇里，有孔子与子贡谈论颜回的记录，孔子要子贡评价一下："女与回也孰愈？"子贡倒也老实，评论得恰如其分："赐也何敢望回？回也闻一知十，赐也闻一知二。"孔子首肯："是的，不如他！"接着补充："我和你，咱俩，都比不上他啊。"在此孔子并不是客套，而是由衷地赞叹。

圣人是真人，不虚伪，不矫情，还表现在对别人的理解与同情上。孔子讲了下面一个故事："孟之反不伐，奔而殿，将入门，策其马曰：'非敢后也，马不进也。'"是个什么事呢？鲁国大夫孟之反，从不夸耀自己。吃了败仗，撤退时，他在后面做护卫，进城门时，他用鞭子狠狠抽打坐骑。他跟人诉苦："不是我敢于殿后，是我的马不肯快跑呀！"论功行赏的时候，一般人是遮掩自己贪生怕死的事，而孟之反如此诚实，承认自己并不无私高大，得到了孔子的赞扬。

有一个相似的小笑话：旅游景区水塘边聚集了很多游人，忽有人落水，危急之际，有人跳下水施救。事后采访此人何以能见义勇为，问及他最想说的一句话是什么。施救者惊魂未定："我只想知道，是谁推的我！"……孟之反、拯溺者，与孔子一样，言辞里有了一股子冷峻意味，令人喷饭，引人深思。

圣人并没有金刚不坏之身，也怕死，也懂得保护自己。《论语·述而》篇有另一则语录：

子谓颜渊曰："用之则行，舍之则藏，惟我与尔有是夫！"子路曰："子行三军，则谁与？"子曰："暴虎冯河，死而无悔者，吾不与也。必也临事而惧，好谋而成者也。"

孔子对颜渊说："用我呢，咱就去干；不用我呢，咱就躲起来。只有我和你才能做到这一点啊。"子路表示不服气了，问孔子："老师您如果统帅三军，那么您乐意跟谁在一起共事呢？"子路素以勇武著称，言下之意，这时候您老人家用得着我吧。孔子不正面回答他，而是这样说的："赤手空拳和老虎搏斗，不用工具徒步过大河，死了都不会后悔的人，我是不会和他在一起共事的。我要找的，一定要是遇事小心谨慎，善于谋划而能完成任务的人。"孔子借此敲打子路，不谋无成，不惧必败，小事亦然，何况于行三军乎？子路才有些洋洋得意，就不软不硬地碰了一鼻子灰。这足能引发他的警醒，收敛一番秀肌肉的莽撞心思。在此，圣人拿打老虎、过大河说事，也给我们留下了一个精美的成语："暴虎冯河"。

子路生性刚直，孔子并非一直温情脉脉地跟他说理，如子路请教鬼神和生死的对答，"未能事人，焉能事鬼？""未知生，焉知死？"直接反诘，一点不留情面。这也是基于深透了解自己学生而施教的夫子之道。

孔子的幽默和机智，也影响着他的弟子。《论语·先进》篇有一段孔颜对话：

子畏于匡，颜渊后。子曰："吾以女为死矣。"曰："子在，回何敢死？"

一伙人死里逃生，狼狈之状可想而知。孔子气急败坏地劈头一句“我以为你死了呢”，这是真情的自然流露，包含了老师的许多担心。颜渊满肚子冤屈，回答更有趣：“老师您还活着，我哪敢先死啊！”我要死在您前头，那不是我不孝嘛！这回答真是俏皮可爱，深得老师真传。

《论语·泰伯》篇还有一段曾子的临终感言：

曾子有疾，召门弟子曰：“启予足，启予手。《诗》云：‘战战兢兢，如临深渊，如履薄冰。’而今而后，吾知免夫，小子！”

曾子病重，把弟子召到身边说：“来，敞开被子，摆弄一下我的脚，摆弄一下我的手。”眼见到自家手脚完好无损，很是释然。注意了，大约是曾子垂危之际，躯体已经开始僵化，四肢不举，神智还清醒。“《诗经》上说了，战战兢兢，如临深渊，如履薄冰。从今以后，我不用再担心自己再犯错了。小子们！”什么意思？《诗经》告诫我们，做什么事都需小心谨慎，人生在世，如临深渊，如履薄冰。身处这些危险之境，只是因为人有手脚啊：有手，可以任意攫取；有脚，可以妄涉险境。现在好了，我手脚不能动弹了，不必担心再犯错；行将入土了，还能不缺胳膊不缺腿，保全了父母遗体，也算尽孝了。这不是万幸嘛！沉重压抑的氛围，竟让他三言两语给点破了，死亡变成了一种解脱的喜乐。曾子临死，还没忘捎带着幽他一默。轻松的言语中，诠释了《诗经》精句，包含着深刻的人生感悟：小子们哪，记住，告别这个世界的时候，你才可以完全放松下来。

《论语》表述简明扼要，人物语言精粹。给后人留白了无限解读的可能，值得我们用一辈子去玩味咀嚼。品读圣人幽默风趣的对话，不过是走进经典，触摸血肉丰满人物形象的一点尝试。让我们一窥圣人并非毫无生气地天天正襟危坐，真理也并不玄妙，教育原来也不是枯燥乏味的事儿。

重读《繁星·春水》

近日重新翻阅冰心的《繁星·春水》，这个诗集，薄薄的一小册，内文增加了四篇小说和五篇散文，但仍然显得薄薄的。然而，捧读每一页，内心都充满了温暖和感动，字句清新隽永，如春风缕缕扑面而来，如波浪轻轻抚慰心弦。因为篇幅短小，所以在两天之内就通读完了。掩卷回味，齿颊留香。

短，是这个小册子的突出特点。全书很薄，每篇都是小诗，长者十余行，短者三五行。如“《繁星》16 青年人呵！为着后来的回忆，小心着意的描绘你现在的图画。”“《繁星》20 幸福的花枝，在命运的神的手里，寻觅要付与完全的人。”“《繁星》23 心灵的灯，在寂静中光明，在热闹中熄灭。”“《繁星》27 诗人，是世界幻想上最大的快乐，也是事实中最深的失望。”《繁星》48 弱小的草呵！骄傲些罢，只有你普遍地装点了世界。“《繁星》61 风呵！不要吹灭我手中的蜡烛，我的家远在这黑暗长途的尽处。”“《春水》4 芦荻，只伴着这黄波浪么？趁风儿吹到江南去罢！”“《春水》11 南风吹了，将春的微笑，从水国里带来了！”“《春水》22 先驱者！你要为众生开辟前途呵，束紧了你的心带罢！”

而更短的诗句，只有两句。如：“《繁星》14 我们都是自然的婴儿，卧在宇宙的摇篮里。”“《春水》15 沉默里，充满了胜利者的凯歌！”“《繁星》20 山头独立，宇宙只一人占有了么？”“《春水》25 吹就雪花朵朵——朔风也是温柔的呵！”“《春水》27 大风起了！秋虫的鸣声都息了！”“《繁星》155 白的花胜似绿的叶，浓的酒不如淡的茶。”“《春水》38 秋深了！树叶儿穿上红衣了！”“《春水》44 旗儿举正了，聪明的先驱者呵！”这些短短的诗句，轻轻地激荡着读者的心弦，富含哲理，耐人寻味。

即使这本小书的两个序言，也是精短的范例。《繁星》的“自序”中写道，1919 年冬夜，诗人与弟弟围炉读泰戈尔《迷途之鸟》，弟弟建议可以如泰戈尔这样将零碎的思想收集起来，从而开始“有时就记下在一个小本子里”；1920 年夏日，二弟从书堆里翻看，又写了“繁星”两个字在第一页上；1921 年秋小弟问“这些小故事可以印在纸上么？”就又写下最后一段，发表了；“两年前零碎的思想，经过三个小孩子的鉴定”，就这样出炉了。“序言”就这么简单的四小段，来龙去脉，交代得明明白白，真是清澈透底！

而《春水》的“自序”，更简洁，是这样一首小诗：“母亲呵！这零碎的篇儿，你能看一看么？这些字，在没有我以前，已隐藏在你的心怀里。”（《繁星》120）

诗歌多是围绕“童真·母爱·大自然”这一永恒主题。

写小孩子的诗篇特别多。“小弟弟呵！我灵魂中三颗光明喜乐的星。温柔的，无可言说的，灵魂深处的孩子呵！”（《繁星》4）“小孩子！你可以进我的花园，你不要摘我的花——看玫瑰的刺儿，刺伤了你的手。”（《繁星》15）“万千的天使，要起来歌颂小孩子；小孩子！他细小的身躯里，含着伟大的灵魂。”（《繁星》35）“婴儿，是伟大的诗人，在不完全的言语中，吐出最完全的诗句。”（《繁星》74）“小弟弟！你恼我么？灯影下，我只管以无稽的故事，来骗取你绯红的笑颊，凝注的双眸。”（《繁星》83）“小弟弟！感谢你付与我,寂静里的光明。”（《繁星》162）“弟弟！且喜又相见了,我回忆中的你,哪能像这般清晰？”（《春水》61）“婴儿，在他颤动的啼声中，有无限神秘的言语，从最初的灵魂里带来,要告诉世界。”（《春水》64）“笠儿戴着,牛儿骑着,眉宇里深思着——小牧童！一般的沐着大地上的春光呵，完满的无声的赞扬，诗人如何比得你！”（《春水》153）“婴儿！谁像他天真的颂赞？当他呢喃的，对着天末的晚霞，无力的笔儿，真当抛弃了。”（《春水》180）在这些诗中，小孩子的一颦一笑，一举一动，都是那么可爱，童真意趣里，充满着人世间原初的美感。字里行间满含着诗人对孩童的一腔挚爱和赞颂，饱含了诗人无尽的怜惜。

冰心童年时代记忆所及的母亲，是个“极温柔、极安静的女人，不是做活计，就是看书，她的生活是非常恬淡的。”（《我的童年》）母亲对冰心产生了深刻的影响。写母爱的,“母亲呵！撇开你的忧愁，容我沉酣在你的怀里，只有你是我灵魂的安顿。”（《繁星》33）“母亲呵！我的头发，披在你的膝上，这就是你付与我的万缕柔丝。”（《繁星》80）“母亲呵！天上的风雨来了，鸟儿躲到它的巢里；心中的风雨来了，我只躲到你的怀里。”（《繁星》159）母亲的怀抱，是人铭记一辈子的幸福港湾。在母爱光辉的笼罩下，世间所有孩童的心中都是一片安静和祥和。在这些诗句中，诗人写出对母亲的留恋和讴歌。

写大自然的诗篇，以对大海的描写最多。冰心在《往事（一）——生命历史中的几页图画》中写道：“在别人只是模糊记着的事情，然而在心灵脆弱者，已经反复而深深地镂刻在回忆的心版上了！索性凭着深刻的印象，将这些往事，移在白纸上罢——再回忆时,不向心版上搜索了！”而第一个厚的“圆片”就是大海。冰心有一个当海军将领的父亲，她从小随父亲生活在烟台海边，海的浩淼雄浑，造就了她博大壮阔的胸襟，她与大海朝夕相对，海边的一草一木，都有无限的亲切。她常常独步沙滩，看潮来的时候，仿佛天地都飘浮了起来；潮退的时候，仿佛海岸和自己都被吸卷了去。“海的西边，山的东边，我的生命树在那里萌芽生长，吸收着山风海涛。每一根小草，每一粒沙砾，都是我最初的恋慕，最初拥护我的安琪儿。”“坐久了，推窗看海罢！将无边感慨，都付与天际微波。”（《繁星》90）如她在诗中所说,“哪一次我的思潮里,没有你波涛的清响？”（《繁星》131）

童年时期，冰心的家，总是邻近海军兵营或者海军学校，四周没有同龄的玩伴，她没有玩过“娃娃”，没有学过针线，没有搽过脂粉，没有穿过鲜艳的衣服，没有戴过花，环境把童年的诗人造成一个“野孩子”，丝毫没有少女的气息。诗人与海军将士交往，学骑马，穿男装，着军服，童年的这段难忘的生活，无忧无虑，时间久了，她也对大海的神秘、扑朔迷离产生好奇和思考,不时发出一连串的叩问:“我的朋友！你曾登过高山么？你曾临过大海么？在那里,是否只有寂寞？只有‘自然’无语？你的心中,是欢愉还是凄楚？”（《繁星》135）大海这个“圆片”重叠着无数诗人“快乐的图画，憨嬉的图画，寂寞的图画，和泛泛无着的图画”。

这使得在她的笔下，经常出现大海和父亲的形象：“父亲呵！我愿意我的心，像你的佩刀，这般的寒生秋水！”（《繁星》

85）“澎湃的海涛，沉默的山影——夜已深了，不出去罢。看呵！一星灯火里，军人的父亲，独立在旗台上。”（《繁星》128）对父亲的爱上升为一种崇敬和仰慕，甚至爱屋及乌，连同父亲的海，也是诗人赞美向往的对象：“父亲呵！我怎样的爱你，也怎样爱你的海。”（《繁星》113）“海波不住地问着岩石，岩石永久沉默着不曾回答；然而它这沉默，已经过百千万回的思索。”（《繁星》116）“荡漾的，是小舟么？青翠的，是岛山么？蔚蓝的，是大海么？我的朋友！重来的我，何忍怀疑你，只因我屡次受了梦儿的欺枉。”（《繁星》126）

“万顷的颤动——深黑的岛边，月儿上来，生之源，死之所！”（《繁星》3）“故乡的海波呵！你那飞溅的浪花，从前怎样一滴一滴的敲打我的盘石，现在也怎样一滴一滴的敲打我的心弦。”（《繁星》28）“创造新陆地的，不是那滚滚的波浪，却是它底下细小的泥沙。”（《繁星》34）“儿时的朋友：海波呵，山影呵，灿烂的晚霞呵，悲壮的喇叭呵；我们如今是疏远了么？”（《繁星》47）“海娃！可知道人羡慕你？终身的生涯，是在万顷柔波之上。”（《繁星》67）“父亲呵！出来坐在月明里，我要你说你的海。”（《繁星》75）“早晨的波浪，已经过去了；晚来的潮水，又是一般的声音。”（《繁星》79）“小岛呵！休息显出你的挺拔么？无数的山峰，沉沦在海底了。”（《春水》24）“晚霞的孤帆，在不自觉里，完成了‘自然’的图画。”（《春水》42）“山有时倾了，海有时涌了。一个庸人的心志，却终古竖立！”（《春水》45）

如果认为冰心的诗作只是囿于自然儿童母爱，那就大错了。因其较早的敏感，在对自然的对照中，爱的体悟中，对生命甚至死亡引发较早的认识和喟叹，面对黑暗的大海和闪烁的灯塔，

“幼稚的心，也和成人一般，一时的光明朗澈”，她遐想，她深思，她数着灯光明灭的数儿，数到第十八次。“对着未曾想见的命运，自己假定的起了怀疑。人生！灯一般的明灭，飘浮在大海之中。我起了无知的长太息。”

跟随父亲生活的童年时代，接触的是大海、军舰、像父亲一样“裘带歌壶，翩翩儒将”的军人，冰心幼时的理想，就是想学父亲，到了十一岁才回到故乡福州，生活起了很大变化，用她自己的话说：“我也不能不感谢这个转变，十岁以前的训练，若再继续下去，我就很容易变成一个男性的女人，心理也许就不会健全。”童年的经历留存在她性格上的，第一是对人生态度的严肃，她喜欢整齐、纪律、清洁的生活，她怕看怕听放诞、散漫、松懈的一切。她尊重生命，宝爱生命，喜欢爽快、坦白、自然的交往，对于人类没有怨恨，并且觉得“许多缺憾是可以改进的，只要人们有决心，肯努力”，所以在她的诗集中，我们发现有不少的篇章，是对于青年人的希望和告诫：“我的朋友！倘若春花自由的开放时，无意中愁苦了你，你当原谅它是受自然的指挥的。”（《春水》73）“青年人！只是回顾么？这世界是不住的前进呵。”（《春水》87）“当青年人肩上的重担，忽然卸去时，他勇敢的心，便要因着寂寞而悲哀了！”（《春水》100）“青年人！你不能像风般飞扬，便应当像山般静止。浮云似的，无力的生涯，只做了诗人的资料呵！”（《春水》3）“红墙衰草上的夕阳呵！快些落下去罢，你使许多的青年人颓老了！”（《春水》17）“青年人！从白茫茫的地上，找出同情来罢。”（《春水》34）“信仰将青年人，扶上‘服从’的高塔以后，便把‘思想’的梯儿撤去了。”（《春水》67）“星星——只能白了青年人的发，不能灰了青年人的心。”（《春水》113）“青年人！觉悟后的悲哀，只深深的将自己葬了。原也是微小的人类呵！”（《春水》131）对青年的谆谆告诫，也是出于博爱的情怀。

冰心的这部诗集被茅盾称为“繁星格、春水体”,并称赞“在所有‘五四’时期的作家中，只有冰心女士最属于她自己。她的作品中，不反映社会，却反映了她自己，她把自己反映得再清楚也没有。”大海，养育了冰心的童年，滋养了一颗纯挚的诗心。不论是满天的繁星、荡漾的春水，都可以放在大海的背景下去欣赏，海一样的博大，海一样的深邃，而它们的主题，都集中于一个，那就是“爱的哲学”。

2013年暑假，我到福州，去过“三坊七巷”，在入口处即看见有“冰心故居”的标牌，本想浏览回来的时候再参观一下，但是归途暮色四合，闭馆时间到了，没有看成。四年后的2017年7月，有缘到烟台山，我忽略了山坡上树丛中那些花花绿绿的各国领事馆，独独详细参观了“冰心纪念馆”，那竟是她全部童年生活的所在。冥冥之中，算是一个小小的补偿吧。

苏轼知密州时，在《登常山绝顶广丽亭》中，发出“人生如朝露，白发日夜催”的感慨，于此，引用冰心的诗句来结束这篇小文：

“青年人！珍重的描写罢，时间正翻着书页，请你着笔！”（《春水》174）

读书离不开批注

小时候上学，每当新学期发下新课本，第一件事是包书皮。用稍硬一点的牛皮纸剪裁、折角，将书面仔细保护起来。老师也叮嘱要爱护书本，不要随便涂画。学期结束，书都保护得好好的。那些不着一字、崭新如故的，还会受到老师表扬。

从培养爱护书籍、保持洁净的好习惯，以及对文化的敬畏心来看,这是不错的;但以读书学习和使用价值的充分发挥来说，则不然。书本是用来读的，不用就失去了价值。特别是读书过程中必要的勾勾画画，甚至连自己的名字也不敢写上，这就太过了。

其实，大可不必拒绝课本上的乱涂乱画。见过有绘画天赋的孩子，将韩愈、杜甫等一干人物头像，添上身子、凑上构件，画成驾摩托车的，打电脑的，玩滑板的，搞怪搞笑，好像没一点正经，但你不能否认孩子们天才的创意。课本是他们自家的园地，涂鸦又有何妨？那些干干净净的课本，束之高阁外再没有其他用处，再放上几年更不知所踪。

——这是想起过去禁止涂抹课本的事。

此文专要提倡读书须学会勾勾画画，就是批注读书法。

古人读书，读到得意处，夹批一句："当浮一大白！"这是前人读书会心处，情不能自禁，细细品咂，甘之如饴，拍案叫绝之际，就写上这么一句，真佳兴忽来书能下酒也。

“贯华堂”本金圣叹批《水浒传》，正文里时时夹个批注，一路读下来，倒像带着一本完整的助读工具书，随时参照，相当方便。第二回写三位头领挽留史进：

史进道：“我若寻得师父，也要那里讨个出身，求半世快乐。”（可见英雄初念，亦止要讨个出身，求半世快乐耳。必欲驱入水泊，是谁之过与？此句是一百八人初心。）朱武道：“哥哥便在此间做个寨主，却不快活？只恐寨小，不堪歇马。”史进道：“我是个清白好汉，如何肯把父母遗体来玷污了！（王进教法。乃所愿，则学王进也。此句为一百八人提出冰心，贮之玉壶，为数不少单表史进。）你劝我落草，再也休提。”

读着这样的夹批，有助于读者对一部大书中人物来龙去脉的提领。诚如批评者所言，“天下之文章无有出《水浒》右者”，“读之即得一切书之法”。再如鲁达与金老儿对话一节：

鲁提辖又问道：“你姓甚么？（一句。）在那个客店里歇？（一句。）那个镇关西郑大官人？（一句。）在那里住？”（一句。一连四句，写出鲁达如活。）老儿答道：（次是老儿答。）“老汉姓金，排行第二。孩儿小字翠莲。郑大官人，便是此间状元桥下场内的郑屠。人称镇关西。老汉父子两个，只在前面东门里鲁家客店安下。”鲁达听了道：“呸！（只一字，可以抹倒天下人。）俺只道那个郑大官人，却原来是杀猪的郑屠！（一朝发迹，便起别号，寻根讨源，总成一笑也。）这个腌臜泼才，投托着俺小种经略相公门下做个肉铺户，（十七字成句。上十二字何等惊天动地，读至下五字，忽然失笑。）却原来这等欺负人！”回头看着李忠、史进道：“你两个且在这里，等洒家去打死了那厮便来！”

（快人快语，觉秋后处决为烦。）

紧要处，点评是一句一顿，如快刀斩乱麻。读这些批语，觉得作书人、读书人，真知己佳音。金圣叹自己就说，“写鲁达为人处，一腔热血直喷出来，令人读之，深愧虚生世上，不曾为人出力。孔子云：‘诗可以兴。’吾于稗官亦云矣。”这哪里是读书，这分明在进行二度创作，将全部言外之意，意外之趣，一条条指点给你看。如同看戏观影的时候，你忘情了，你笑了，你哭了，你愤怒了……这些夹批，就是那样的痕迹符号。

《脂砚斋重评石头记庚辰校本》，更是朱批、墨批交叉进行，连篇累牍，如第十七回，“大观园试才题对额”一节：

此时，林黛玉未得展其抱负，自是不快。因见宝玉独作四律，大费神思，何不代他作两首，（[朱眉]偏又写一样，是何心意构思而得？畸笏）也省他些精神不到之处。（[墨夹]写黛卿之情思，待宝玉却又如此，是与前文特犯不犯之处。）想着，便也走至宝玉案旁，悄问：“可都有了？”宝玉道：“才有了三首，只少‘杏帘在望’一首了。”黛玉道：“既如此，你只抄录前三首罢。赶你写完那三首，我也替你作出这首了。”说毕，低头一想，早已吟成一律。（[墨夹]瞧他写阿颦只如此，便妙极！）便写在纸条上，搓成个团子，掷在他跟前。（[朱眉]纸团送递，系应童生秘诀，黛卿自何处学得？一笑。丁亥春）宝玉打开一看，只觉此首比自己所作的三首高过十倍，真是喜出望外。（[墨夹]这等文字，亦是观书者望外之想。）

不但在此情节随处见墨批朱批，对作者构思、人物心理、读者感受等探微赜奥，对后面的诗作，还要继续批注，时时迸出如“妙句”“刻画入妙”“甜脆满颊”“双起双敲”“真是好诗”等点评语。

一本好书，经手不同的读者，其中批注往往挨挨挤挤，新陈叠加。这代人批注完了，后来者再作夹批。如《石头记》评者脂砚斋之外，又有畸笏叟、棠村、松斋诸人，之后又有绮国、鉴堂及未落款者等。阅读中，对照这些批注，时时感受到前人手泽的温暖。一些模糊困顿的地方，被人提点一下，顿时豁然开朗。并由此生发开去，彼时彼地，是何等样貌？可是风月之夕，雨雪之朝？是窗明几净，还是油灯如豆？……引发读者种种无限遐想。

读书作批注，常见的有以下几种情况：

一是留痕式批注。用简单的线条、符号，将字、句圈点勾画出来，就是将亮点，那些抢眼的地方，让它更醒目地呈现出来。也包括对于存疑的地方，用问号、三角、叉叉等的符号标记出来。这种批注比较随意自由。

曾国藩致父母的家书，谈到自己读书必圈点："男在京身体平安，近因体气日强，每天发奋用功。早起温经，早饭后读廿三史，下半日阅诗、古文，每日共可看书八十页，皆过笔圈点。"他给六弟家书，推荐的读书经验之一也是圈点："香海言时文须学《东莱博议》，甚是。尔先须过笔圈点一遍，然后自选几篇读熟。"

曾国藩所谓圈点，当是以朱砂笔点句读为主的一种留痕式批注读书法。

二是感受式批注。记下读文章时的见解与感悟。对于引发思考，触动内心的一些灵光一现，进行即时点评书写。或者赏析，或者矫正，或者补充……尤其阅读中自己的独到见解，这是有批判意义的个性化阅读。少则三言两语，甚至一个字、两个字，多则敷衍成篇，洋洋洒洒。这种感受式的批注，能帮助阅读者深入理解文本，把握文章主旨。这也是让阅读者获益最多、最常用的读书方法。

三是联想式批注。这是发散特征的批注方式。由此及彼想到的一本书，一段话，一个人，一件事。阅读中引发思维的拓展延伸，有时天马行空，是纯属于个体的，私密的，别人看不懂的。

汪曾祺有回忆沈从文先生的文章，说沈先生读过的书，大都作了批注。看一本陶瓷史，铺天盖地，全都批满了，又还粘上了许多纸条，密密地写着字。这些批注比正文的字数还要多。很多书上，作了题记。有的是记一个日期，那天天气如何，也有时发一点感慨。有些题记有着本人知道的“本事”,别人不懂。如一本书后写着:“雨季已过,无虹可看矣。”还有一本后面写道：“某月某日，见一大胖女人从桥上过，心中十分难过。”这两句话汪曾祺一直记得,前一条约略可以猜测,后一条可是大费脑筋,大胖女人为什么使沈先生十分难过呢？一直不知道是什么意思。

由此看来，批注法读书，上手根本没什么门槛。从勾勾画画涂鸦开始就好了，用审视的眼光，带着思考的头脑，养成不动笔墨不读书的好习惯，阅读的品位自然也会逐渐高起来。

“愚”不可及的苏东坡

林语堂评价苏东坡，说他“是一个不可救药的乐天派，一个伟大的人道主义者，一个百姓的朋友，一个大文豪、大书法家、创新的画家、造酒试验家、一个工程师、一个憎恨清教徒主义的人，一位瑜珈修行者、佛教徒、巨儒政治家、一个皇帝的秘书、酒仙、厚道的法官、一位在政治上专唱反调的人、一个月夜徘徊者、一个诗人、一个小丑。”一个人集这些耀眼的光环于一身，一定是一个聪明绝顶的人。但是这些“还不足以道出苏东坡的全部”。在此专要说说其“愚”的一个方面。

北宋庆历七年（1047），苏洵赴京赶考落第返乡后，写了一篇寓意深厚的小品《名二子说》，介绍了两个儿子名字的寓意：

轮辐盖轸，皆有职乎车，而轼独若无所为者。虽然，去轼则吾未见其为完车也。轼乎，吾惧汝之不外饰也。天下之车，莫不由辙，而言车之功者，辙不与焉。虽然，车仆马毙，而患亦不及辙，是辙者，善处乎祸福之间也。辙乎，吾知免矣。

一部车子上，车轮、车辐、车盖、车轸这些部件，都各有职能，唯独车轼好像是没有什么用处。“轼”是个什么东西呢？就是古代车厢前面的横木，人乘车时手把着的一个扶手。虽然这样，如果去掉“轼”，那么我们看见的就不是一辆完整的车了。轼啊，我担心的是你过分暴露不会掩饰自己。天下的车没有不从辙上碾过的，而谈到车的功劳，辙从来不掺和；虽然这样，遇到车翻马死的灾难，祸患也牵连不到辙，辙是善于处乎祸福之间的。辙啊，我知道你是可以免于灾祸的。

俗话说，知子莫若父。当时苏轼和苏辙，一个年方十岁，一个才八岁，距离他们崭露头角亮相历史舞台还有十年之遥。"老泉之所以逆料二子终身，不差毫厘，可谓深知二子矣。"（杨慎）苏洵借命名的字源对两个儿子的人生作了预言，并不幸一一言中。苏辙淡泊中和、含蓄深沉，作老子的是不必担心的。在这里，苏洵对苏轼的前途命运倒是捏着一把汗，心里悬着一丝丝隐忧。因为毛病就是，这个儿子太聪明了！

苏轼在接下来的仕途中，就颇吃了聪明的亏。因为放达不羁、锋芒太盛，故不为世所容。特别是经历"乌台诗案"一番磨折后，苏轼死里逃生，反思切肤之痛，他在一首《洗儿诗》中，表达了对"聪明"的人生感悟：

人皆养子望聪明，我被聪明误一生。惟愿孩儿愚且鲁，无灾无难到公卿。

人们生下孩子，都希望孩子头脑聪明。但是我却因为聪明耽误了一辈子。我只希望自己的儿子愚笨迟钝，没有灾难没有祸患，而能够官至公卿。

苏轼对新生儿的满腔期望，跟当年老苏的舐犊情深，如出一辙。这是教子的人生最高目的，只要有大官得做，平平安安的，宁愿愚钝一点。常言道，"惺惺常不足，懵懵作公卿"。苏轼在这里，表达的也是对自己的告诫和期许。

历史上有很多名人，深谙"机关算尽太聪明，反误了卿卿性命"的道理，不敢耍小聪明过度追逐圆满。曾国藩致六弟九弟书中说过：

尝观《易》之道，察盈虚消息之理，而知人不可无缺陷也。日中则昃，月盈则亏，天有孤虚，地阙东南，未有常全而不缺者。“剥”也者，“复”之几也，君子以为可喜也。“夬”也者，“姤”之渐也，君子以为可危也。是故既吉矣，则由吝以趋于凶；既凶矣，则由悔以趋于吉。君子但知有悔耳。悔者，所以守其缺而不敢求全也。

曾国藩以盈满为戒，还将自己的书房取名为“求阙斋”。

陶渊明在一首诗中，也曾对自己的五个儿子，一一数落：“阿舒已二八，懒惰故无匹。阿宣行志学，而不爱文术。雍端年十三，不识六与七。通子垂九龄，但觅梨与栗。”如果以一个慈祥父亲戏谑口吻来读的话，就会显得乐不可支。黄庭坚就评价过，“俗人便谓渊明诸子皆不肖而渊明愁叹见于诗耳，可谓痴人前不得说梦也。”山谷可谓善窥测人物内心而能得其大意趣者。

当然，东坡所言之愚，并非真正的愚蠢。《论语·公冶长》中有这么一段，“子曰：宁武子，邦有道，则知，邦无道，则愚。其知可及也，其愚不可及也。”孔子说：“宁武子这个人，在国家政治清明时就聪明，当国家政治黑暗时就糊涂。他的聪明，是别人可以做得到的；他的糊涂，是别人赶不上的。”

政治开明的时候，尽量地施展自己的聪明智慧，很多人都能做到。可在政治昏暗之时，能够做到明哲保身，不为利害缠缚而装糊涂的人少之又少。这种“大智若愚”，可以说是做人智慧中最玄妙的一种境界，尤为难得。

纵观苏轼走过的道路，这无处安放的一身才华，可把自个坑得不轻。想要遮掩一下而不能够，实力不允许啊！神宗熙宁年间，苏轼来知密州，在《超然台记》中说“予既乐其风俗之淳，而其吏民亦安予之拙也。”他以“拙”自况，相信不是自谦的客套话。终其一生，他都是在由聪明转入糊涂的这条路上奋力挣扎。

这，也许就是孔子所言“愚不可及”的真正含义吧。

第四辑

岁月履痕

非关文字

年少时，曾有观摩大人们挥毫染翰的记忆，几个人围在几张桌子排成的长案上挥毫，在花花绿绿的大方块纸上作字，每纸一字，墨汁淋漓，都是时兴文样。打下手的小伙计忙着伸纸、按纸，将写好的一张张墨字平端到空地上晾干。一帮人书写完，我就有被吩咐去东小坝洗涮碗笔等用具的活，乐颠颠地得令而行。

穿过村子，但有空白处，禁不住手痒，就以残墨信手涂抹。走过自家屋后时，见新簇簇粉墙光鲜平整，即大书三字，端详后满意而去……多年后回看，窃笑不已：还有谁将自家名号张手张脚地大书于自家屋墙的。当时人从西来，书式亦是从右往左写的，不知者还以为是旧式传统范儿。若被追查，无异“杀人者打虎武松也”的呈堂供状。幸喜无人举报，又无家长横加干涉。更惊叹于自己行不更名的胆色。其实以当时文化水儿，也就写写自家小名儿而已。

那字离地面也就一米多，历经多年风雨剥蚀，新屋成了旧屋，旧屋在 2004 年又翻盖为新屋——稚拙的印记终于灭迹了。大毒太阳的晌午，一个三四岁的孩子，满头大汗地，一手端着墨碗，一手拿着毛笔，踮脚在屋墙上认认真真地涂鸦，顺着由手至腕，至胳膊肘，至胸膛，都是滴滴答答的墨汁，这成为我跟文字结缘最早的记忆。

汉字是神奇的，它的产生就充满了神秘色彩，据说仓颉仰观奎星环曲走势，俯看龟背纹理、鸟兽爪痕、山川形貌和手掌指纹，从中受到启发而创造了文字。先人造字，直观又朴素。见山写山，见水写水，看见鸟就写鸟，看见鱼就写鱼。汉字的出现，结束了结绳记事的历史，把人从蒙昧中解放出来。

汉字在数千年的流变过程中，产生了甲骨文、金文、篆书、隶书、草书、楷书、行书等种种书体，每一种书体都美丽不可方物。汉字具有特有的表意功能和独特的线条美，每个汉字是可以当一幅画来欣赏的。其读音因分四声，朗朗上口，念起来又像唱歌。小城东南百里即是琅琊台，有秦碑，是李斯的手笔，此公是小篆的创始人。历经两千年风雨剥蚀，加以雷击，原碑早已面目全非。虽经历代地方官如宫懋让、苏轼等人悉心呵护，建亭遮掩，熔铁粘合，也难逃成住坏空的命运。在原址见到的只是有内容无形制的仿制品。诸城博物馆中的那个，也是复制品，保存了原貌，黑黢黢的，单薄破烂，如果不是放在玻璃柜里，跟那些猪圈、茅厕边常见的破砖烂石毫无二致。超然台保存的一通，是当年苏轼委托小篆高手文氏的临摹版。劫后余存的原碑，现珍藏于中国历史博物馆。恨不能跟儿子牵黄狗游于上蔡东门的李斯，被赵高陷害腰斩于咸阳，他的刻石摹本，却被后世学书者奉为千古圭臬。

汉字是鲜活的，见到它，再读出来，就有了灵性和温度。“万世师表”，多么令人景仰；“精忠报国”，多么赤诚豪迈；“天下为公”，多么博大深邃……像有血有肉一样，充盈着一片活泼泼的天机。即便单单一个“福”字，也饱含了世人满满的祝愿和期许。传说慈禧某次写“福”字,不小心把“示”部旁写成了“衣”

部旁，一班撮屁捧臀的连连叫好，老佛爷洪福齐天，福气都比别人多一点。恭王府中有一个康熙御笔之宝的“福”字，书写巧妙且意味深长，其字可分解为多子、多才、多田、多寿、多福，是独一无二的五福合一之“福”字,因而被称为“天下第一福”。一个字，不单是一幅画，简直就是一个故事。其他如陈抟老祖的“寿”字，有人竟从中读出了动静结合、内外兼修、天人合一的丰富内涵，更是闻所未闻、奇之又奇……

汉字是如此之美妙动人，怎能不让人心存敬畏。

正儿八经地学习写字，是上师范时师从刘金星老师。刘老师身材胖墩墩的，眉眼慈祥，幽默诙谐。他的课时很少，每回必有深刻印象。讲课内容跳宕不拘，自由洒脱。如讲某氏吹牛浮夸，自立门户，先从“中国烟草”打头，至“山东省总公司”，至“诸城县分公司”，至“昌城公社烟站”，一路缩水，最后抽抽到“道口烟叶收购点”。讲汉语交际言语之简短直接，说屋外两人摸黑撒尿相遇，彼此看不清眉目，互相问询搭话，只需四字表达：“谁？”“我！”“抓（略近阳平，拉长发音。不知何处方言，意即“干什么”）？”“尿！”咯嘣生脆，如爆燎豆，何其明快，何其传神，令人绝倒。听其讲“蚕头雁尾，雁不双飞”之印象，深刻程度倒远逊于此等插科打诨。师有两种：人师，经师。刘老师属前者。

每周一节书法课，老师因有社会兼职，活动牵扯多，就空了一些。很多课，都是课代表发纸、分墨，学生自己对帖练习。有一两回拿作业到办公室，接受老师面批指点：“这个回儿是有不同的样子……”老师不曾把“竖”念作“直”,但确乎把“横”念作“回”。随老师学书，也偶有小成。从老师推荐的欧柳颜赵四家中,本人选择率更为入门之阶。一方临摹“董美人墓志铭”,

被学校选中在礼堂左前橱窗内展出。颇受鼓舞，激动了好一阵子。当我们知道后来走上工作岗位，事务会冗杂，日子会仓促，整日为衣食奔忙，人也有根本坐不下来的时候。能安安静静坐在教室里，老老实实地临帖，享受耳提面命的亲炙，是多么美好，多么珍贵。

20世纪90年代末，某次参加市政协会议，休息室偶遇刘老师。他端坐在沙发上，慢悠悠抽着烟，喝茶闲谈，簇拥的一群多是门人弟子辈。有人问及老师身体状况，刘老师深吸一口烟，沉思片刻，慢条斯理地说："人生七十古来稀，当今八十不稀奇。活到九十回头看，七十还是小弟弟。"说完哈哈大笑，并咳咳地咳嗽不已……老人表现出一种乐天知命的达观。其时健康已经很差。此后不久，即惊闻恩师归道山矣。想起受业种种场景，令人唏嘘不已。

刘老师书法苍润沉雄，貌丰骨劲，有本家石庵神采，在小城书界也是一方巨擘。现在老师的作品几成绝迹，偶见手迹，音容宛在，倍觉亲切。

1986年秋天，我们五位青年学生相约登五莲山，顺"仙人炕—弥陀佛石—奇秀岩—锡扣泉"路线上山，瞻仰了苏轼手书摩崖石刻"奇秀不减雁荡"。天竺、望海诸峰怀抱处，光明寺大殿正在修复，到处是断砖残瓦，一片狼藉。门口一对青石狮子饱经沧桑，雄踞在高高的台阶尽头，却是完好无损，显示出岁月恒久的魅力。

县志载，光明寺开山祖师明空，俗姓庞，成都人氏，少时与塾师校论，言及黄金空聚集难过鬼门关，遂勘破生死，顿悟禅机，由蜀地顺江而下，云游至诸邑，得臧姓居士所舍，结舍栖止于此。后为万历皇帝母后治好眼疾，得皇帝恩准，敕建护国光明寺，自此开辟道场。小时候听老人“扒瞎话”，说五莲山五百个和尚，共分一个梨，怎样让每个人都吃到？谜底是用石臼捣烂，掺和一缸水就成喽……由此可以想见往昔山门之兴盛。

光明寺后的大悲峰，危峰兀立，乃莲峰五朵之一。一行人攀爬至陡峭狭窄处，意外发现石壁有摩崖痕迹，有擘窠大字隐现于青苔之中。共六个字符，每字一尺见方。兴致勃勃地仔细辨认后，大伙面面相觑：一个也不认识。曲溜拐弯，是真正的蝌蚪文字。恰好随身携带纸笔，就摹拓下来，带回学校请见多识广者看看，兴许认得。可惜博学如语文老师、书法老师等人也视为天书，个个摇头。这事就撂下了。

2010年5月，有缘过青海塔儿寺。这是黄教创始人宗喀巴的出生地，随处可见的风马、酥油花、香火、藏药、壁画，装点着这一高原佛教圣地。廊檐下，白塔边，总能见到磕长头的人：站立，合掌，匍匐，五体投地；再站立，合掌，匍匐，五体投地……虔诚执着，好像永无休止。

以随喜的心态，买了一个小小的转经筒。这物件又叫“嘛呢轮”，红漆木柄，古铜色金属筒子，上面镶嵌五色彩珠，筒上一段细巧的金色链子，末端是一个心形坠子，借其重力惯性，可以摇动经筒。惊叹于它的做工如此精巧细致，筒面装饰雕刻的花样符号吸引了我，突然有一种似曾相识的感觉。旋开经筒后，从里面抽出一卷白纸，上面是密密麻麻的经符，仔细一看，竟是筒子表面这六个字符的无限次循环重复。像黑屋子猛然打开了窗户，脑海中刹那间闪出了一个久远的所在：大悲峰！这正是五莲山大悲峰上见过的那六个神秘符号啊！

据僧人介绍，这是六字大明咒，也叫六字真言，是梵文。难怪我们不认识！它的正确读法是：唵（ ōng）嘛（mā ）呢（n ī ）

叭（bēi）咪（mēi）吽（hòng）。此咒含有诸佛无尽的加持与慈悲，是诸佛慈悲和智慧的声音显现，蕴藏了宇宙中的大能量、大智慧、大慈悲。常诵具有不可思议的功德和利好。刻于经筒，每转动一次就相当于念诵经文一遍；重复写在纸上，表示反复念诵着成百倍千倍的“大明咒”。

世间所有的相遇都是久别重逢。当年见得只言片语，不过一点零碎记忆捡拾在心里，多年后却收获了丰富的答案。难道真的是一饮一啄莫非前定吗？

又一个周末，偕爱人重游五莲山，循“烟雨坊—水帘洞—铁胡同—风动石”一线上山。此时，光明寺早已扩建成一座宏伟宝刹，山门匾额由赵朴初题写，对联高悬：“名山自是无双地，妙法仍然不二门。”香火旺盛，游人如织。

绕过光明寺后面时，我说等一下，我得上去再找找那几个字。这回不用手脚并用了，去往“寥天阁”“流云峡”方向修砌了台阶，拾级而上，走了几个来回，总算找到了，阴文字迹被人填涂了红油漆，并凿刻添加了拼音注脚。康熙年间的落款，周围挨挨挤挤凿满了善男信女的名字。整块石壁刮削得干干净净，绝无藤萝青苔覆盖。正像一个涂了大红嘴唇，穿得“花不棱登”的村姑，让人觉出一点点伧俗之气。是当年没注意周边这些涂鸦，还是今人又增补了这些？也弄不明白了。

语言文字，包括各类符号，传情达意上总有不尽言不尽意的短处。转而细思，又是一种妙处。六祖《坛经》里面就有这样的记载，修为到了一定品阶，不识字也无妨证道。

头直上，新开的摩崖大佛，头顶琅琊日，耳听东海潮，慈眉低垂，安详地注视着芸芸众生。现世安稳，岁月静好，一定也是佛陀的心愿吧。《金刚经》中有世尊与须菩提的一段精彩问答，“须菩提，于意云何，如来有所说法否？”答案竟是“如来无所说”。聪明如苏东坡也慨叹“人生识字忧患始”。我们对字符的认知，是形体、音声、意义的结合就够了吗？人生一世，识一肚子字，与大字不识一个，哪个更好？对于情感、情绪的表达和传承，字符是最好的工具吗？……这些都毋须纠缠，不必根究。

归途中，打开车载音响，歌声如缓缓摇动的嘛呢轮，在车内轻轻飘起：

那一天，我转动所有的经筒，不为超度，不为来生，只为你的温暖。

那一世，我转山转水，啊！只为途中与你相见。

啊！转山转水转佛塔，只为途中与你相见……

过 麦

庄户人称呼麦收季节，叫“过麦”。过麦是农村一年里最忙碌的季节，劳动强度也最高。

农谚云“芒种三日见麦茬”，芒种前面三五天，是山东半岛收割小麦“大溜阵”时段。麦熟一晌，经过一两个毒辣太阳的中午，才几天还一片正青的麦田，转眼就变得金黄。这时节，必须抓紧挥镰开割。错过最佳机会，麦子就会减产。

割麦最好的时机是麦穗灌浆最饱的当口。俗话说“青割麦子多打面”，不能待到完全焦干。割早了，晒干以后，秕子多，麦粒是瘪的。如果麦穗晒得焦黄再割，就熟过了。当地有句俗语“麦子都掉头了”，就是指时机太老，错过了最佳时间的意思。麦穗半青不干的时候灌浆最饱，淀粉的沉积转化已经完成，晒干后的麦粒最成实，出面率最高。正如“湿柴装大窑”，看似矛盾的两面真能和谐地同处一体。这种深刻的道理，都是在朴素的生活实践中检验得来的。

三夏、三秋，都是农家繁忙的节骨眼。徐光启的《农政全书》里载：“古语云‘收麦如救火’，若稍迟慢，一值阴雨，即为灾伤。”潍河中游的冲积平原，自古就有“金巴山，银枳沟，黄疃洼的好土头”的美誉，这时节放眼望去，沃野千里，麦浪滚滚，到处人欢马炸，一派抢收小麦的景象。

收割、打场、晾晒、入仓……多数劳动都是暴晒在毒辣的太阳底下。有时刚上场的麦子，来不及脱粒，碰上下雨，就得先垛起来。堆麦垛是技术活，一叉一叉地转着圈往上码，垛得又大又高，还得结实，不能坍塌。

大包干后，庄上有个堆垛高手二老汉，这年垛了个好麦垛。真是漂亮，直溜清爽，拔地而起，像一座小炮楼，人见人夸。二老汉一时竟舍不得拆，意思是要让大伙好好饱览一下这手艺。别人都劝他，趁天晴，快打了吧。二老汉抽着旱烟眯着眼瞅天，慢悠悠地说："再看两天，不急。再看两天。"这样一天不揭，两天不摊，后面又接上了一场连阴雨。等再捣开麦垛一看，完了！麦垛里面发热，麦子都发了芽，整垛麦子全"鸡屎"了……这以后有人碰上二老汉都喜欢打趣："二子爷，再看两天吧？"

二老汉的事件给出的惨痛教训是，麦季所有节点都讲究火候，过犹不及。

过麦的时候，为了抢收抢割小麦，壮劳力都是在地头吃饭的。每天快到天晌的时候，后街上传来五子娘嘹亮的吆喝："送饭喽——"陆陆续续地，就有妇女出门来，将备好的饭菜送到五子娘的篮筐里。五子娘专管三队送饭，一副钩担，一头挑着热水桶，一头是大大的柳条提篮。各家的饭菜层层叠叠地堆放在篮子里。小包袱里是面食，碗里有菜，还有小碟的咸菜疙瘩、蒜泥之类。这是一年里一场丰盛的饮食博览。白居易《观刈麦》中有这样悲悯动人的描写："妇姑荷箪食，童稚携壶浆，相随饷田去，丁壮在南冈。"不同的是，在大集体的年代，五子娘一个人承揽了"妇姑""童稚"的全部活计;"丁壮"则是一如既往地，"足蒸暑土气，背灼炎天光。力尽不知热，但惜夏日长。"这辛苦劳作的场景，如同定了格，千百年来无多大的改易。

“过麦”一个重要的特点，是下苦力。日子再怎么紧巴，这时候的伙食也得改善一下。当然各家要拿出最好的口粮，日常吃的瓜干、高粱，甚至玉米饼子，是不适宜拿出来的。平日里每将一个蛋放进坛子，大人都会告诫那些眼巴巴的孩子：“等着，过麦吃！”这给了孩子们一个希望，畅想着“过麦”，该是一种怎样的奢侈和隆重的活动呢。半年来攒下的鸡蛋、鸭蛋，都腌好了，这回派上用场了。饭包里，家家都有一碟一切两半或四半的蛋，蛋黄上汪着一圈金黄或黑绿的油。

过晌时候，后街又准时传来吆喝：“拿饭家什喽——”这是五子娘上坡送饭归来的通知。女人或孩子，又陆续地走出家门来，领回各家的包袱碗筷。这个时候，大田里下半天的劳作也早已经开始了。

鸡蛋是难得的东西，除了寒食、端午这些节令能吃得到，平日有生病的孩子，头疼脑热了，老人才舍得炒个把鸡蛋。铁勺子盛一点豆油，磕入一个鸡蛋，就着锅底火慢慢煎炒。没等炒熟，香气早已弥漫了屋前屋后两条胡同。这待遇是只给专门人物的破例，可不是轻易能得到的。

有一回，我在东小湾洗澡，呛了水，哭哭啼啼地回家。奶奶得知后立即拿起铁勺子，踮着小脚，去东小湾舀回一点水，羼水煎好了一个鸡蛋，神神秘秘地说：“噤么声的！吃了，包好。”那是最好的一剂安慰，连奶奶都是笑着说话的。有这么香美的东西以膏馋吻，什么惊吓、什么毛病，早都忘得干干净净了。一只鸡蛋的额外犒赏，就是孩童的灵丹妙药啊！

鸡蛋是如此金贵。清早起来，放鸡出窝时，必要逐个过筛检查一番。各家老太太都练就了一项探测技术，一手捉住鸡翅膀，一手探到“蛋窝子”部位。有蛋没蛋，一摸了然，比X光透视、照B超都准。如果有蛋，这一天就拦在家里，不准它出门。如果没蛋，老太太就失望，且有生气了的，两手抟住，往院墙上方死命一掼，随着一声“去恁娘的”，那鸡就扑棱着翅膀，“嚯嚯嚯嚯”地飞越院墙。

早晨，常能看见飞鸡出墙的壮观场景。十有八九，是因为它不生蛋。胡同里的行人，要时刻防备天降飞鸡。鸡毛飞扬，粪灰扑面，冷不丁地也会让人吃一惊。有些鸡因而练就了一套滑翔的本领，上宿地点改为高居树巅。当然，这也不全是为逃避老太太每天抠抠搜搜的例行体检。因为《诗经》中早就有“鸡栖于桀”的描写，“桀”就是指鸡睡觉的木桩。

鹅鸭之类，行动迟缓，可以轻易地捉住，鸡是必须拦在窝里逐一探测放行才方便。也有一种怪事，明明诊断它怀了一只蛋，它漏网出逃逛荡一天，回来后竟没有了！老太太就会呶呶不休地咒骂“不甜和人”。村外的池塘里、草窠里、柴垛边，经常能拾到鸭蛋、鹅蛋、鸡蛋。它们可没有那样的自觉，也不具备那样的责任义务，非得回家来下蛋不可。

春天来了，有些母鸡要抱窝，毛支棱着，翅膀耷拉着，眉低眼懒的，不下蛋了。这一定会惹恼老太太。光骂是不管用了。用黑布蒙住鸡眼让它站在铁丝上，保持平衡，它站不稳，必然恐惧紧张；或者在鸡腿上拴上红布条，一起动，布条晃动，它就吓得直蹿；或者挖来湾泥，又黑又臭的，涂满母鸡的全身，像一只倒霉的泥猴，从形象上彻底摧毁它。也有人在它鼻孔眼里横关上一根硬鸡翎的，真是无所不用其极。经受这样一番摧残炮制，母鸡就放下抱窝的心思，重新回归下蛋的行列。现在看这个做法，既不人道，也不禽道。不是生活所迫，谁乐意做那些下三滥的事啊！

过麦，孩子们也有若干的乐趣。麦子开始灌浆的时候，掐一节青嫩的麦秸，下端留一个结节，把一根一端打结的棉线，挡头插到麦秆筒面，从顶部慢慢拉到底端，劙一个长口子，就是一个简单的麦哨，能吹出纤巧尖细的乐音。麦穗开始青黄的时候，掐几支肥大的，两手掌心一搓，吹去浮皮，就是绿莹莹的饱满的大麦粒子，一把揞在口里，一嚼，是满嘴的软糯清甜。如果讲究一点，先将麦穗在火上燎一燎，再搓了来吃，那是另一种带有特殊焦香的味道……

放麦假，小学生要参与拾麦穗，这是学校组织的集体行动。这样的劳动，麦假、秋假都有，统一集合、作息、点名、记工。倒出麦茬的时候，老师带领学生走向空阔的田野，每人把着一个畦埂，顺着田垄捡拾遗漏的麦穗。“保证颗粒归仓”，麦假开始前的个人保证书里，都会有这么一条。吃得差一点，日子苦一点，但并不能埋没孩子们对劳动的热情，对土地的热爱。“放学以后去劳动，割草积肥拾麦穗，越干越喜欢……”那时候是唱着这样的歌，伴着欢声笑语参加劳动的。如果论收获，不浪费一粒粮食的好习惯，人生初始的点滴美德，就是这样从小养成并植入骨子里的。

割麦子，不仅下苦力，还考验技术。特别幼小的，管叫你挥汗如雨，腰酸背痛。人小手小，一镰下去，揽不过来，抓在手里的就没有几根。那些老练的人，蹲踞式前进，割的麦子，掖在大腿和肚子之间夹着，割个五七把，就打一个“葽子”，将割好的一抱麦子拦腰收拢来，狠劲一刹，草葽一拧，一掖，一套动作如行云流水，就捆成了一个漂亮的麦个子。扎好的麦个子扔在身后，继续挥镰不慌不忙地推进。

老把式打草葽子简洁麻利，随便抓过两小把麦秆，随手拧一个花，像鸡脑袋挽在翅膀底下一样，即可用于捆扎。生手则不行，挑出两撮麦把就费劲，有时抽拉几回，还看着两把分量不相当。在地上闯齐了，两把麦穗头交叉，上面的绕着另一个扭过来，再将其中一把劈成两份，叉过另一把，明明拉紧了，还怕不结实。这一套弄下来，老手那边早打好了两三个。且很少见老手有闯齐、交叉、分岔、膝盖点跪等动作，这些在老把式眼里都显得笨拙、花哨、多余。

捆扎“麦个子”的标准是齐整、结实、漂亮，不管怎么扔来扔去，都不散。运到场上后，铡刀切掉麦穗，麦渣腚还是捆得牢牢的，是囫囵个的。

新手割麦，割一会儿，就起身擦一把汗，捶捶腰，顺便查看一下前面。越是频繁地观望，麦田越像凭空拉长了许多，大半天了还是一眼望不到头。如果割到半途，有人突然截在你前面，默默地迎着你开割，相向奔赴；或者背对着你割，同向前进。人就会如释重负，仿佛一下子就能结束战斗，浑身轻松愉悦起来……这算是最高兴的事。

20 世纪 90 年代，我在城北学校工作的时候，教毕业班，周末也要轮流上班，有时半天安排一个学科的自习。我曾带几个学生回老家帮助割麦。老家麦地到学校直线距离不过三四里地。好家伙，出场的个个如龙似虎，跃跃欲试。这些都是工厂职工子弟，打小不知稼穑艰难，根本没干过什么农活。能把枯燥的学习暂时放一放，谁不喜欢？那时在麦垄当中还会套种一行玉米，因为种得晚，比畦埂上的要幼小。这些小玉米苗，稀嫩，一碰就完，必须小心躲着它。我的那些弟子，摩拳擦掌，抡开膀子，一顿操作猛如虎，只恨场合小了些。踩坏玉米苗也没办法，以后再补吧。帮自家干私活，老师万不能批评，晚饭还要好好招待一番。在老师家里，他们放得很开，可逮着机会放松一下子。听信了老师说的多喝点解解乏，有两位就喝大了，蹲在天井里直接吐开了。

这事要拿到现在，任谁也不敢这么做了。别说帮助老师割麦子、喝酒，就是出校门正经的活动都不敢组织了。安全第一，孩子们都成了温室里的花朵。那个时候，我可是带着他们春天去放过风筝，秋天去逮过蚂蚱的。

那次的支农活动过后，邻居大嫂，见面笑着跟我说："兄弟这回可找来棒劳力了。涅犁玉豆（玉米）可遭了殃，碌碡碾得一样，匀溜溜儿的！"

镰刀挂起来，麦子入仓了，麦季才算过完了。艰苦紧张的劳作之后，是殷实的希望在等着人们。麦草香味弥漫了整个村庄。那些麦穰垛起来了。打完场的麦穰，很光滑，巧手的人们，可以编织小狗、小猫、螳螂、蚂蚱等精巧的小玩意，或者扇子、墩子等物件。梳好的麦秸码起来，是坯屋顶、盖墙头、打苫子的重要原料。

椿树结了红红的花，一嘟噜一串的，小孩子欢喜地拍手唱着："勾勾翅儿，红一遍，吃地瓜面；勾勾翅儿，红两遍，吃炒面……"新麦子下来了，不只能吃上新炒面，就是蒸饽饽、擀饼，白嘴吃都是香的。

现在农业早已机械化，收割脱粒一条龙。麦收时候，都是大型联合收割机在大田里作业，苍茫的田野竟看不到几个人，早不是金黄麦田里一片银镰飞舞可以比拟的了。那些握着镰刀抱一捆麦子，头戴草帽，肩搭毛巾，满脸笑容的喜人景象，已成为年画上永远的历史记忆。

要跟现在的孩子,谈谈割麦子,共同的语境越来越少了。“夜来南风起，小麦覆陇黄”，需要到古人的诗句中去找寻;割麦子，拾麦穗，得有条件预约安排，才能有机会变成孩子们游学“农家乐”的珍贵体验。

“过麦”，作为一个特殊的时令，会一直存在下去。只不过对于不同的人群，在不同的年代，它会以不同的形式呈现罢了。

屎溺之间

这是北乡的一个医院，名为市第二医院，在乡驻地西边的一片野坡里，四面是玉米地，玉米已经长到齐腰，房檐上醒目位置写着“将医疗卫生工作的重点放到农村去”，是阳文的立体水泥字，早先应该是红色，已经褪净油漆露出水泥的本色。那年我的公费医疗关系就在这里。“公费医疗”，得解释一下，就是当时公职人员的一种医疗保障制度，看病只要拿着小红本，就可记账取药，不用花钱，相当优惠的一个医疗福利。

当时我已经调离北乡。热天外出学习培训，因换环境水土不服，失眠，加之感冒，一只耳朵有了炎症，怪痒痒的，整天是个心事，弄得苦不堪言。遍访大大小小的医院，大夫都是开点呋麻液之类的打发走人了事。由于太过迫切想治好，就变得性情急躁，恓恓惶惶。有个女医生曾开玩笑说，搞对象？她的意思，这点小毛病，犯得着那么抓龙抓虎，神经兮兮的嘛。其实她说中了，我正与一女孩谈着恋爱。

这回我来到北乡医院，一来是医疗关系在此，再者有人推荐说这里有个大夫水平很高。所以我不辞路远，又来到这里。当天上午来得晚些，大夫简单看了下说，鼓膜凹进去了，现在快下班了，下午吧，我给你吹吹。我小心地问，怎么个吹法。

他顺手拿起一个弯头的器械说，用它吹。

我满怀希望等他下午给我调理一下。时间正是中午，最热的时间，我在院子树荫下坐等，整个院子非常安静。正百无聊赖的时候，忽然肚子咕噜咕噜地响，是闹肚子的症状，我赶紧跑厕所。

那个年月，乡村医院的厕所，都是露天的旱坑。我快步奔入厕所，踮脚踩着一块块垫脚的砖头，就近找个坑，急慌慌地宽衣解带。刚一蹲下，腹内污物一泻如注。虽然轻松了一些，但蹲在那里滋味并不好受。厕所内黄汤遍地，臭气熏天，成群的苍蝇嗡嗡地围着新鲜目标转悠。挥手一赶，轰地一声四散飞开，但是仅一霎，它们又顽强地愤然围攻，挑衅地落在我的脸上、手上。

为了抵抗成群的猎食者和恶浊的气味，我点上了一根烟，慢慢地熬时间，盼着肚疼快快平复。

这时，听见外面传来窸窸窣窣的声音。我耳朵上火害得重听，但是这个声音还是听得真切。从烦人的嗡嗡声中，能分辨出一丝丝异样的动静。别是蛇吧，我一激灵，过电一样，顺着裤腿就有一种蜿蜒的感觉滑过。荒郊野坡的，这些蹊跷玩意儿并不少见。就是蹿出个老鼠什么的，也够吃一场惊吓的。

但接下来，我就放松了。老半天，进来的是两个人，一个小青年，二十上下的模样，行动非常迟缓，简直像蜗牛爬，他光脚踩倒了鞋帮，趿着鞋子，基本上是鞋底贴着地面一点一点蹭过来的。另一个陪伴的，看样子像是哥哥，一手搀扶着小青年的腋下，一手高高地举着一只吊瓶。小青年面无血色，如果没有搀扶，一阵风都能把他刮倒，是那种一眼就能看出的疾病缠身的模样。他们非常小心地挨近小便池——就是紧贴墙根，高出地面的一溜水泥槽子，被尿碱腐蚀得破败不堪。哥俩背向着我，又是老半天的缓缓动作，像电影里面的慢镜头。哥哥一手搀扶，一手举着吊瓶，帮不上什么忙，任由小青年慢慢腾腾地解腰带。我盯着他们的后背看，半天，好像时间停止了，终于，听见了并不响亮的小便的声音，我也像松了口气似的，继续抽我的烟。

好歹尿完了，看出小青年没有力气再重新系好腰带，只用双手提着裤腰。哥俩缓缓地转过身来，当他们正面朝向我，小青年的眼光与我的眼光交汇的一刹那，电光石火般，我发现他那死灰的眼睛，迸出了一丝亮光。他的眼睛很明显地活泛起来，在我和一排茅坑之间逡巡了几下。拉屎当然没有什么好看的，我认为小青年闻到了烟味，勾起了馋虫。当过学生并有抽烟经历的人都知道，他们的抽烟历史一般都是从厕所开头的。所以很容易识别，那是一种馋痨的眼神。

接下来，我知道自己搞错了。我听见哥哥轻声地问:"怎么，还想蹲蹲儿？" 弟弟眼光回到哥哥脸上，嘴角抽动了一下，没有说出什么。我猜想，他是希望看到肯定的脸色。见识了刚才的撒尿过程，我都替他犯愁，他要蹲到坑上，该是多么大的一项工程。

很快地，没容弟弟说什么，哥哥又接着发话了，"算了，回去拉吧。"语气中带着一种不容置疑。弟弟其实根本没有说什么。我发现，那双眼里刹那的光亮，又一下黯淡了下去。他忸怩地低了头，嘴角还闪过一丝笑意，好像为自己不切实际的想法感到惭愧。

兄弟俩像刚才进来时一样，慢慢地相扶着离去了……

我的心底刮过一阵寒意。人，有时是多么脆弱无助，连蹲在坑上大大方方拉泡屎，都会变成一种无法企及的奢望。我忽然有一种异样的感觉，与这位比起来，我能蹲在简陋的茅坑上自在地拉屎，我是多么幸运！我为自己的一点点病痛而失魂落魄感到羞愧，与小青年比起来，这算什么啊！小青年的年龄和我相仿，我四肢强健，有一份工作，还有一个喜欢的女孩。不是有人说过这么一句话吗？“当我哭泣没有鞋子穿的时候，我发现有人却没有脚。”

古人说“饮食男女，人之大欲存焉”，饮食，也不过就是吃喝拉撒这档子事。季羡林先生晚年，曾对自己的生活自评“吃得下，拉得出，睡得着”，颇为乐观满意，这就是人生在世最大的幸福啊！而这几点，非个中人不能深刻理解。

许多年过去了，如厕的条件早已发展到抽水马桶，甚至升级到了智能化的冲洗烘干，但是我总是不能忘怀北乡看到的一幕，脑中常掠过那失望的眼神。不平，委屈，疾病，噩运……每个人都可能遇到，作为生活的一部分，它能把人击垮，也能使人历练得更加坚韧。从那以后，对于个人境遇，我慢慢懂得了知足，对现世的安稳，一直充满了敬畏和感恩之心。

东郭子曾问于庄子道之所存，庄子最后的回答是，在屎溺之间。从这点来看，我有一点觉悟，得一点惕厉之心的话，果真得益于厕上了。

我们曾是少年

20 世纪 80 年代初的“重点班”，是为应对中考的产物，好像每个乡镇都有这么一所学校。诸城酒厂东邻，第四饭店对过，就是城关“重点班”所在地大华学校。我在此度过了初中生活的最后一年。

同样是少年时代的一段求学经历，有的人可以拿来作为励志故事，说得天花乱坠；有的人是不愿提及的噩梦，独自在暗夜里醒来，默默向隅舔舐伤痛；有的人则无关痛痒，只呵呵一笑，视为过眼云烟……我的记忆是五味杂陈的。

一

走进校门，甬路东第一进小院是教育组，内有男生宿舍和伙房，第二排才是教室。教室是青砖大瓦房，最东头的两个班级，八年级一班和八年级二班，每班五十人左右，都是从全镇上千名学生里选拔的尖子生。

报到那天，我随父亲在覆瓦的车棚里暂驻脚，等着老师招呼办理手续。我平生头一次独自离家生活，自行车上捆着草褥子、被子、脸盆等行李。这是一个熟悉又陌生的环境。熟悉，是因为大华学校妇孺皆知，这是全镇孩子求学上进的唯一门槛。

这里是由东关进城的必经之路，我不止一次从门口打量过这个院子。两侧大门垛上各有一个大大的灯泡，乳白色，圆溜溜的有篮球那么大，这是那个年代大院门口的标配。像古时官员出行时高高的“回避”“肃静”的牌子，自有一股威严庄重之气。

小地方的大门，虽然也叫大门，当然比不上这样的堂皇豪华。如村庄里的大队部，门垛上也有两个水泥抹的圆疙瘩，像两个不饱满的小西瓜，局促又土气，只能起简单的装饰作用。

县政府前的这条路，是小城从东到西的一条主干道，路基高，打路上经过，从校园墙头密植的玻璃瓦碴上，就能看见里面的操场，城里的孩子在打球、做操、游戏。

村里学校就没有操场的概念，甚至连围墙也没有，黑屋子、土台子才是乡村孩子的配置。我上过的小学，叫“大庙”。院子当中倒是矗立着一个篮球架，但是单个的，没有篮圈；有水泥垒的一个乒乓球台，中间经常隔着一排砖头，从没见过拦网；唯一像样的运动设施是一个沙坑，因为学校南边靠河滩，不缺沙子。

我是第二回进入这个大院。上一回是五年级的时候，参加全镇的语文竞赛，在某个教室里吃过午饭。当时偶尔翻阅过学生的作文本，惊讶城里孩子写的跟我们不一样啊，他们会用成串的陌生的成语，还有修饰过的精美句子。在那个暖洋洋的午后，油条和肉脂渣的美味，和令人称奇的作文本混合在一起，在一颗小脑瓜里种下了城乡差距的最初印象。

像所有没见过世面的少年一样，宽大气派的校门，水刷石的墙面，层叠飞檐的大门楼，铁网格焊接的花式栅栏，扶疏的花木……这些都让一个土包子充满了激动、好奇和无限的向往。

二

邻村戴老师在此任教，他曾在六年级时短暂教过我，算是我唯一认识的熟人。因这一层关系，父亲就主动承担了去商店代买“敌敌畏”的任务。上届学生离校后，宿舍闲置了一个暑假，要喷药消杀一下。后来才知道集体宿舍里虱子之多，超乎想象。

上课时，你会突然发现前面小伙伴的衣领上，有虱子爬出放风的奇景。入学后学习任务吃紧，一天从早到晚课程安排得满满的，根本没有空，也没有精力打理个人卫生。

曾经某个晚上，大家都躺下了，一位学友，把他脱掉的两只袜子并排摆在枕头上，一边搓着脚丫一边津津有味地看书。那双袜子竟像打了糨子挂了底子，硬挺完好地站立着。有人被熏得受不了，忍不住嘟囔了几声。此生恼羞成怒，大吼一声：“来！你给我时间！”经他一喊，所有人都一缩脖子，钻到被窝里面，把头蒙了起来，不作声了。他这么理直气壮，好像连洗脚、洗袜子的时间都操控在别人手里。

我的同桌，是一个胖圆脸的，扎着两条小辫子的女生，聪明伶俐，漂亮泼辣。她一手扶着课本大声地背书，一手自然地抓挠头发，一会儿工夫，就会擒获一两只虱子，顺手搁在我的画着武松打虎的铅笔盒上，兰花指一碾，就地正法。人声鼎沸的嘈杂里，仿佛能听见吸饱人血的俘虏，崩裂出啪啪闷响。

同桌背书又快又好，一场书背下来，爬梳秀发的过程，也会有少则两三个，多至五六个的灭虱斩获。背书捉虱子两不误，这让我这鲁且笨者，艳羡不已。虽然如此，我还是经常偷偷挪走我的铅笔盒，并扭头不看，以躲开“哔哔剥剥”后肢体狼藉的展览。

虱子泛滥，并不算成灾。因为大家有更要紧的事做，注意力根本不在此。同学们大多是农村出来的孩子,能将就,就将就,没有人去过多计较这些。

虱子可能是与人类相伴而生的一种东西。古人有“有时扪虱独搔首，目送归鸿篱下眠”的诸多雅趣，东晋王猛见桓温也留下“扪虱而谈”的风流佳话。看来虱子并不十分令人讨厌。

多年以后，我们搜遍衣裤的角角落落，难得再找到一只虱子。这倒不免让人讶异，作为一个曾经与人朝夕相处的物种，大约真的要濒临灭绝了。

三

阴差阳错地落到一个优秀生群体，才知道自家的底子有多么烂。

全镇十几所联中，教育教学水平本来就参差不齐，从这样一些学校选拔出的学生，收拢到一堆，经过几轮考试，很容易鉴别出了高下优劣。一些在原来学校有点骄傲的学生，到此也就闭了气。很不幸的，本人就是这样的一个。

无形的压力之下，一时竟看不到前途，看不到一丝希望。在一个陌生的环境，哭告无门，没有人可以倾诉。寒冬时节，晚自习后，在大通铺躺下后，久久不能入睡。铸造垫钱的校办工厂，彻夜咕咚咕咚的机器冲压声，单调又刻板，平添了惨淡的氛围，让人孤独又伤感。

自家也承认底子薄弱的事实，那是上的什么学啊。上六年级的时候，需要到七年级去借英语课本；上七年级时，则需要到六年级去借课本。每当有英语课时，就是两个年级学生之间频繁串动的时间。老师到县里临时参加一段短期培训，再现学现卖地回来教我们。英语老师板书示范一个字母“t”，写完了，还要在左腋处，添画一提。当时觉得很厉害，又美观又来派。后来才明白，这是快速书写的自然连带，在单个字母的正楷书写中，属于画蛇添足。老师如此水平，何况这些邯郸学步的弟子呢，那点底火可想而知。

每次考试过后必是排队，大张旗鼓地张榜公布成绩。期中期末还在宿舍后墙上，用大幅白纸毛笔誊录张贴。这种办法，对优秀生永远是最好的奖赏，而对于弱者，无疑是一种示众和羞辱。

有的老师更出格，发卷子时，喜欢从最末一名念起，学生须一一上台亲领。每次登台前的唱名，对部分学生都是一种凌迟的煎熬。老师轻飘飘地吐出名字，附带一个意料之内的干瘪的分数，领受者真是无地自容，脚趾恨不得将鞋底抠出十个洞。很是羡慕那些成绩再差，而面无愧色的同伴，他们该有着一个多么强大的内心和厚厚的脸皮。

我一直对此做法深恶痛绝，并心存戒惧。不幸的是，当有一天自己也做了老师，站到那样的讲台上，忘记了当初曾经的痛楚，也学会如法炮制。不管换了几茬演员，这种不良传承仍然阴魂不散地笼罩着课堂。

对于弱者，老师每回祭起考试的大棒，就是又一次忍心制造若干的落寞和无助。十三四岁的少年，都有一颗敏感脆弱的心，委屈、打击和压抑，梦想跟现实的巨大反差，都变成了伤害的层层累积。不断地雪上加霜，如同压倒驴子的最后一根稻草，总有一天让你轰然崩溃。

在不到半年的时间里，经过几回考试的淘洗，一起入学的个别小伙伴，因不适应这样的学习生活，不跟趟了。断断续续地，就有人或者病休，或者退学，神秘地不知所踪了。

我略感欣慰的是语文总算考得不坏，庆幸在最难熬的时刻，咬牙坚持了下来。春节过后，其他学科的成绩也渐渐有了起色。

四

“重点班”的师资配备无疑是最棒的，这里集合了全城关拔尖的老师。有的业务素养甚至在全县也是首屈一指的，如被教育局领导称为全县教师队伍小字辈优秀代表的我的语文老师兼班主任张善法老师。

教历史和地理的是一个李老师，满脸胡子，鬓角有些斑白，显得老成持重。讲地理时，从东北的大“丁”字干线起，边讲边画出全国的铁路网，连枝枝杈杈的小支线也无一遗漏。最后完成的版图，如蛛网密布，满满登登一黑板。徒手画世界各国的地图，也是有模有样，跟书本上印刷的大差不离。

讲历史，如话家常，娓娓道来。穿插各种史料、段子，深入浅出，让知识变得通俗易懂，课堂颇不寂寞。譬如他会把“皇后”，说成是“皇帝的对象”，这粗俗的称谓拉近了学生与文本之间的距离，也拉近了师生之间的关系。

最让人叹服的是，老师带着教材和备课本进教室，但从来没见他打开过。每回下课铃声一响，他拍打着满身的粉笔灰，原样拿起那摞材料，夹在胳肢窝下，从从容容地走出教室。

物理老师，女的，个子矮，板书只能写到黑板的半腰。这恰与其深厚的业务素质相映成趣,形成对比。单是她演示的“滚摆”等实验，就让我们眼界大开。老家学校的物理老师，只会因陋就简，把塑料管子一头封堵了，钻一串小眼，装满水，从一排小眼喷水的远近来观察“压强”现象。那水管子还滑稽地

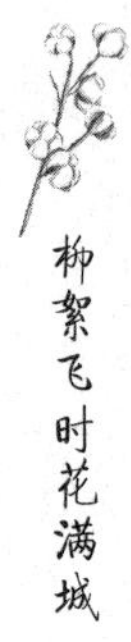

打着弯儿，不能抻直。那样的“土要”，跟眼前的演示教具比起来，简直是一个天上，一个地下。

数学老师，高冷，严肃，对待错误如秋风扫落叶一般不留情面，令人望而生畏。虽然他在课堂上一再声明：“不会的，就问哈。”但是我发现，即便如多数的男生，上厕所也是喜欢绕道而行，以免与他正面相撞。更别说哪个敢撄其锋芒，当面讨教了。

英语老师，面白，有活力，火气也大。学生不会的，他比学生还着急，经常高八度地说话，并带着诸城东半天口音大声地要求：“背个（过）！”

……

我的那些老师，每一位都是满腹经纶，且性格鲜明。他们是如此的可爱可敬，遇见一群优秀的老师，是我少年求学岁月中的一大幸事。

五

班里经常丢失针头线脑，失主都懒得找寻。也有拾金不昧，将捡到的饭票之类交到讲桌上的，老师照例要表扬一番。

我丢失的是脸盆，一只深绿色的塑料盆。我发现就着水龙头洗脸更方便，三把两把就完事，就放弃使用脸盆，随意地扔在院子里了。所以脸盆具体什么时候失踪的，我也不知道。

伙房里有两位大师傅，一高一矮，高者面白，矮的面黑，都是胖墩墩的。这二位年轻师傅，干净、麻利、敬业。他们做的馒头又软又香，煮的面条，没有一点油星，却是我们的最爱。

临近毕业的某一天，我忽然发现伙房窗口菜案上有一只盆子，似曾相识。天下一样的东西多了，并不敢贸然断定是自己丢失的。虽然油腻掩盖了它原有的颜色，但在反复熟视之下，我最终断定那就是我失踪的脸盆。

内心经过一番激烈挣扎，我并没什么底气地指着那个盆子说：“这个，像我的脸盆。”没想到，胖师傅瞅了我一眼，二话不说，将最后的剩菜“撧哧撧哧”三两下，划拉到一位同学的菜碗里，完了又用勺子在盆沿上响亮地磕磕，利利索索地，确信干干净净了，顺手递给了我。

众目睽睽之下，我一手端着饭盒，一手端着菜盆，弄得不好意思起来。看到同伴们瞠目结舌的样子，我后悔指认那是我的脸盆了。

十五年后，我又有机会来到大华学校，这回是以市教研室教研员的身份，来跟老师们研究课堂教学的。在会议室休息时，进来一个提壶续水的员工，我一眼认出是那位肤黑个矮的伙房师傅，就是啥也不说立马还我脸盆的那位。人是依旧的胖，只是身板和脸面都有了岁月的痕迹。他目不斜视地给暖瓶灌满了水，又悄悄地离开。我看着那背影，人有些佝偻，腿脚也不怎么灵便。

他不认得我，我也终究没有说什么。

这就是缘分吧。属于自己的东西，可能失而复得；曾经的旧人，也许再次相遇。但是世间有更多的人和事，经历了就匆匆而去，失之交臂，永不再来。

六

在大华度过的一年，老师对我们的要求是温情的，也是严苛的。校园里除了两个“重点班”，更多的是普通班，我们生活在完全不同的两个世界里。近在咫尺，却像两股完全不融合的流水，泾渭分明。

普通班的学生是享受普通的教育，自由地享受课间操、音体美劳全套的课程，该有什么活动就参加什么活动。“重点班”被圈于校园东南一隅，过着免打扰的隔绝生活，一个月才允许回家一次。

有一次回家，被守初老汉碰上，大概是农村很少见这种肤色的人，他笑嘻嘻地咧着没牙的嘴说：“小青年，俏白！”他怎么会知道，这是长时间在日光灯下照射的结果，是一种捂白了的病态肤色。

六一节快到了，窗外传来伴着脚踏风琴的小合唱：“春风阵阵吹心窝哩，我向党来唱支歌哩……我们在您的怀抱里，您在我们的心窝窝……”那时候想得最多的，就是什么时候春风也能吹到我们这个角落呢。

一年，是那么短；但是在那时，觉得又是那么漫长，长得看不到尽头。

初三毕业，我如愿考上了诸城师范。那时候，跳出农门，吃国库粮，就是大多数庄户人的最高理想。临近报考的时候，才知道班里好多厉害角色原来是复读生，难怪他们平日表现得比同龄人更成熟、更老练。当时的招生政策是不允许复读生报考师范的。我的升学，也只是侥幸罢了。

每次路过母校，我对那个生活了一年的院落，都忍不住要多望几眼。

后来几经变迁，院墙改了，大门换了，平房又变成了一幢幢漂亮的楼房。

再后来，学校改制变成了一所市直小学。学校的名字，连同我的一段青葱岁月，像飘忽的烟尘一样，渐渐地隐入了历史。

回首那段青涩的少年岁月，种种的无奈、苦涩，炼狱一般的煎熬，都变成了生命的一部分。即使不一一发光，也不能一一剔除剥离。从这里出发，我走过更广阔的人生旅途后，才蓦然发现，这好比生命之树的一段结节，有过伤痕，受过摔打，它才是肌体上最坚韧的一部分。

对于眷顾我的全部生命时光，我只能匍匐在地，坦然接受，内心充满无尽的感激之情……

中师生

一

1984 年，我进入诸城师范读书。

这是一所老校，前身是 1945 年秋成立的滨北中学，旧址是原省立十三中。年代上溯得更久远一些，这里还是宋时文庙所在地，明清时期的学宫，包括太公祠、乡贤祠、名宦祠等，都聚在此处，算得上小城人文渊薮。

学校靠近“阁街”。“阁”指的是钟楼，坐落县城中心，以此为分界，将城分为南北新城和旧城两片。钟楼一直到诸城解放还完好无损，我在一幅老照片中见到过。1945 年 9 月，解放诸城的八路军滨海部队，组织入城式，百姓箪食壶浆，夹道欢迎，这一幕被摄影师拍下。相片中人民子弟兵列队穿过的高大建筑，就是古钟楼。当年的行军路线是由东武门入城，到老衙门口转向南，穿行阁街钟楼，出永安门，然后奔赴解放泊里的下一场战斗。

县志说，诸城“周九里三十步，高二丈七尺，池深丈有五尺。门五，南曰永安，东南曰镇海，西南曰政清，西北曰西宁，东北曰东武。门各有楼和瓮城。”旧城池俯瞰呈“凸”字形，阁街是贯穿南北的中轴线，起点是老衙门，像一条射线，从门口直通永安门。北宋苏轼主密州时，曾站在常山之巅俯视小城，说“相望如引线”者，即是此街。

学校位于阁街东面的东小门，即镇海门里位置。操场刚好枕骑在城墙上，边角位置隐约能看出残存的夯土痕迹。

校园里花木葱郁，松柏森森。入门正对的高大建筑是礼堂，其他青砖红瓦的房屋以此为对称轴分布。前面是办公室，后面是教室，两侧有带围栏的花坛，花坛里有埋到半腰的荷花缸。

学校运动场是县城中较为开阔的集会场所，全县运动会经常在此举行，有些年份还作为放焰火的场地。那种打得很高的礼花弹，十几里外都能看到。

礼堂是全校师生集会的场所，从外面看起来像二层的，因为正门上方有个阳台。每周升降旗的时候，有值日旗手从屋内登梯子上去，旗杆就矗立在阳台正上的尖顶上。礼堂门两侧是气势磅礴的宋体标语：“团结紧张，严肃活泼。”

新生头一次来，就是在礼堂前面集结，参加的面试。

各地来的学生，列队逐个点名，叫到谁就到一个办公室里，接受面试。老师慢条斯理地询问，在哪上的初中啊，为什么要当老师啊之类。交谈几句，看看是不是有口吃之类的毛病；也让你走两步，瞅瞅腿脚如何，是不是有瘸拐等缺陷。流畅的表达、良好的形象，大约是当老师的必备条件。参加面试的，一个个都很拘谨、紧张，生怕说错了什么，丢掉上进的机会。当地流传着一个故事，某人当兵，头一回吃白面大馒头，太兴奋的缘故，把捉不牢，轱辘了一个，他抢步上前，一把捞起，吹吹拍拍后，还嘟哝了一句：“你还待跑，就为你来的呢。”完了，这话叫当官的听到了，这么点觉悟啊，就被开革了。

上师范的以农村孩子居多。对于农村孩子来说，考上师范是跳出农门，改变命运的绝佳途径。生存环境和眼界都决定了，这些人没有谁去比较上高中好，还是上中专好。包分配、吃国库粮、毕业就是干部，这些诱人的东西，足能成为激发农村娃力学不倦的动力。一个学校、一个乡镇，每年能考上的总是凤毛麟角。第一榜才能录取入师范，比重点高中难考多了。我所在的城关，上千人的毕业生，那年考上师范的总共八个人。

二

入学后，普通班分三个班，我被分在二班，四十一名同学，都是来自诸城和五莲两个县的学生。除了普通班，还有英语班和体育班，是高中毕业入学的，他们普遍看起来比小班的成熟老练。小班的同学，好多同学是上了师范才开始长个，生涩得像些小青柿子。

十里不同天，百里不同俗。邻县的同学说话带有一点口音。他们一句话末尾都带个语气词“呀”，走呀，这是干什么呀，与本地“啊”音收尾不大一样。他们还用一个稀有的动词，拿东西，不说“拿”，叫“喊”，喊马扎、喊凳子。

刚开始，大家带着地方口音走在一起，还没有什么顾忌，挺有意思的。融为一个集体后，逐渐同化，一些生僻的方言土语就避而不用，后来就极少听到了。

进入师范后，提倡说普通话，这是将来从事教育教学的工具语言，方言土语都得收敛起来。山东话本来就土味十足，半岛东南部这片，属于胶辽官话语系，说话舌头不打弯，声音高，直通通的。两个人说话，外地人听着像扛着杠子吵架。虽然有专门的普通话课程老师教学，但不管怎么训练，总有个别人做不到巧舌如簧，乡音难改，只能将就生成半拉的诸普、莲普了。

我们刚刚经历了中考，才从一个苦逼挣命的环境中缓过气来。入学后条件优裕，学习和生活，总体是轻松愉悦的。课程开设门类很多，音乐、体育、美术都开齐，课时上足，教育学、心理学、教学法等都有，甚至还有书法、劳动等科目。一下子增加了这些新科目，很容易让人产生一种解放了的感觉。

吃的是供应粮，定量配给，吃饭不花钱。寒暑假的时候，学校还会把节余的伙食，包括一点点香油，如数地发还给学生。

每天开饭前，由值日生去伙房统一领回饭菜。用水桶盛菜和开水，饭斗子盛饭。饭斗子，是一种专用工具，这是一口长方体的大木箱，开口略大而底略小，两侧有把手，两人抬着正合适。

每天最后一节，下课铃刚响过，各教室就有人抬起饭斗子和水桶，直奔伙房。领回的馒头，按人头分到各小组饭筐箩里；菜由当天值日组长用舀子分到各组的菜盆里，再由组长用汤勺，均匀地分到每个人的饭碗里。

各个教室门前，都有一长溜的砖砌水泥板台，二尺来高，这就是露天餐桌。大家都坐着马扎用餐，按小组聚在一处。每次开饭，全校数百学生分两排相向就座，盆勺奏鸣，碗筷交集，场面很是壮观。

学生配餐是统一的饭谱，学校也定时调剂一下菜品和面食种类。主食是白面馒头，周三吃油条，偶尔还有糖三角、小豆腐。最令人盼望的，要数周五晚上的一顿包子。那包子真没得说，皮暄馅多，猪肉是手切的，筷子顶那么大的肥肉，晶莹剔透，咬一口，满嘴流油。这也是师范生活中最为奢华的美食记忆。

可惜每顿限量供应两个包子，多了没有。男生都饿痨一样，猪八戒吃人参果，没等打下馋虫，就吃完了。多年以后，还有人意味深长地回顾："就那样的包子，敞开了吃，我一顿能楦八个！"

20世纪80年代初，日子刚开始转好。刚入学的农村孩子，都有一个物质匮乏的薄底子。"半大小子克郎猪"，大家都是长身体的时候，真是吃石头蛋也能消化的年纪。定量供应的每顿一个二两半的小馒头，的确吃不饱。男生没到饭点都已饥肠辘辘，不少人抱怨，半夜肠子吱溜儿吱溜儿叫唤，饿得睡不着。

一家校内小饭馆应运而生。就在去往伙房的甬路旁，转弯处一个两三间屋的小院子，好像专为补充吃饭短板而开设似的。说是饭馆，并不正规，没有任何标牌，并且只卖面条一种。经营项目虽然单一，但是大受欢迎，天天门庭若市。

这是一对中年夫妻开的店。经常的光景是，一位在灶下不停地添柴，另一位不断地从锅里捞出面条盛在碗里，忙碌得很。每天晚自习后，等着吃面的学生，在烟雾缭绕的热气里，闹哄哄地挤成一团，纷纷伸手抢着喊着，"我的，我的！"

那就是一碗清汤挂面，没有卤子，连个油星也不见。但是大伙都吃得津津有味，个个吃得满头大汗，心满意足。

食客中比较多的是体育生，他们四肢发达，孔武有力，免不了有推推搡搡的事发生，非有力者不能弹压。后来有体育班热心肠的几位弟兄，出头帮着张罗。他们一出手维持秩序，就减轻了店家的负担。

这些学生油滑且老成，不知怎么把店家哄得五迷三道的，自己俨然成了伙计，趾高气扬的，某些时候看起来像大堂副理，是说了算的狠角色。维持秩序，整顿风气，不准插队，防止吃霸王餐的。他们牛高马大，如鹤立鸡群，不住地指点一下这里，训斥一下那里，弄得小店更加热闹红火。

店主夫妻脸上乐开了花。有底实人帮工，总是不错的。有一回，在嘈杂的人声里，听那老板一边满脸油汗地捞面条，一边逗弄他烧火的小女儿，“嫚儿，叫你哥哥给找个好婆家，俺也天天跟着吃个红瓤地瓜。”

三

学生里面，除了初中毕业入学的普通班，高中毕业入学的英语、体育专业班，还有一类民师班，这是已经参加工作后又考进来的一批人。这样同为一级同学，年龄参差不齐，有小弟弟小妹妹，有大哥哥大姐姐，也有老成持重、望之俨然父辈的老学生。这也像一支成分复杂的队伍里，有正经的中坚力量，有传令的小兵，也有老油条的胡子兵。

学校里的这些胡子兵，可不兴出格，一律平等对待。他们有的拖家带口了，每逢出操，也得规规矩矩地排队，整整齐齐地跑步，喊号子。

有一个大个子，出奇地黑瘦，打排头，弓着腰，塌着背，很是抢眼。他跑起来，哈哒、哈哒地。身架大，手脚动作步幅也大，划拉来划拉去，总像比别人慢那么半拍。他们的班主任个头矮，也胖，每次整队，这黑铁塔打头的一队，老师紧随其侧跟跑，相映成趣，也是一道风景。

学生是严禁抽烟的，瘾头大的，就躲在厕所里偷空来一袋。有好几回，看见这位大个从厕所出来，叼着烟，一边往出走，一边束着裤腰带，大摇大摆，旁若无人。这典型的农村带出来的习惯，倒多了一份质朴。他咬在嘴角的烟，斜指前上方，烟雾缭绕，呛得一侧的眼眯瞪着……他黑黑的面皮就找到了原因。老辈人管束小孩偷抽烟，都拿“吃烟呲黑了肠子”来恫吓。呲黑不呲黑肠子不知道，倒是长年抽烟的人，大都有一副烟熏火燎的黑脸膛，这是老烟鬼的外显特征，一望便知。不知学校规矩，是不是对老烟枪网开一面，睁一只眼闭一只眼，反正没见过对抽烟者的处罚。

在这样一个集体里，有懂事早的人，免不了有冲破礼教樊篱的逸闻轶事流传。那个年代，售货员，俗称“站案子的”，那多吃香啊，风吹不着，雨淋不着，草刺不沾，养得白白胖胖，跟当老师的根本不是一个段位。当老师的想高攀，人家都不拿正眼看你。有个别形象极佳的青年教师，侥幸说上个当售货员的媳妇，那简直是扒着参了。

前面某一届，有几位胆大的老生，没事经常光顾百货商店，借机跟人搭讪。指着要这个，拿那个。在哥几个调度下，售货员一会儿爬梯登高，一会儿撅臀弯腰……那里的女售货员，肤白貌美，大长辫子。哥几个贪图欣赏人家长发及腰的漂亮造型，大约有看圣像的意思。趟数多了，人家瞅出点门道。几位光涎着脸说话，却不买什么东西。直到有一回，售货员脾气爆发，要告到学校。哥几个碰了一鼻子灰，才老实了。你当老师有什么了不起，能挣几个钱？撩拨女售货员，也敢想，这不癞蛤蟆想吃天鹅肉嘛！

四

师范学校有严格的管理制度，明令禁止学生谈情说爱。入学的时候，学校领导就在大会上旁敲侧击，要严防腐化变质，思想滑坡，还说“一年土，二年洋，三年不认爹和娘”，看来有前车之鉴。

办公室的屋山头上，是布告栏。经常有整张的白纸，张贴在那里，对各种违纪行为通报处理，引来围观。文末严厉的措辞如“通报处分，以儆效尤”，有很强的震慑力。这种东西，跟严惩刑事案件犯人的那种布告差不多，一般都是爆炸性事件，只差那么一个红色的对号或差号标在上面。

通报处分有相当大的约束力，甚至影响到能否正常毕业。有一位临近毕业的学长，不知怎么头脑发热，在花坛上用粉笔写了几句牢骚话，不料引起轩然大波。好像还惊动了公安部门，以技术手段核对笔迹，经过一番排查，将这位散布不良言论的学长揪了出来，最后给予缓期毕业的处罚。虽然有高压政策，但好像总有以身试法者蹦出来，且屡禁不止。

师范生多是十五六、十七八的年龄，都是青春萌动的时候，对异性产生好感，那是根绝不了的。有的班主任和学校领导，很善于发现和捕捉这种违纪的人，他们好像有天生的嗅觉，能从人堆里分辨出良莠忠奸，洞悉人的不良动向。出格的小心思一露头，往往会捉个当场，一捉一个准。所以常常有倒霉的人儿被双双通报，搞得风声鹤唳，人人自危。

20世纪80年代初，国门乍开，自由的新风吹遍了角角落落。大学校园，已经有了交谊舞。小县城的中师，接受的是相对正统守旧的教育，学生多是从农村来的，根本不能引领风气之先，都是规规矩矩的，青春的萌动都是压抑在心底。情啊爱的都是讳莫如深，你可以暗暗地喜欢，但是不能形诸辞色，更不可付诸行动。

有一段时间，课间操兴跳集体舞。分男女生围成内外两圈，随着音乐跳到某个节点，转身相对，对面的男女同学就结成一对舞伴，需拉手绕圈翩翩起舞。那音乐是轻巧欢快的，“咪哆哆哆发咪来，来哆西哆来嗦嗦……”但这在十四五岁的年龄的认知里，是难以想象的。大家都羞怯扭捏，面红耳赤，不肯主动伸出手。这要在老师严词督促下，男生女生才肯牵手，松松地，拉得不紧，就是虚应其景。

如果有幸拉着一个软软乎乎，温润如玉的手，还算安逸受用。不料，轮换舞伴时，偏偏有位瘦高个的女生，手心湿冷，黏黏乎乎的，令人心里起异样的感觉。让人惊讶，怎么有这样的手呢。虽是松松地十指相扣，心里总是怪怪的。这女生平时也不太爱说话，走路快，急匆匆地带风。刚好我们正学习《心理学》，国外专家对人的性格和气质作过分类，就瞎自揣摩，这同学是不是那种黏液质体质呢？

五

学校对学业抓得很紧，老师要求也严，日常教学毫不含糊。考试不及格都不能毕业，考试一直是高悬在学生头顶的一柄利剑。

本人遭遇过一回考试不过关的经历。这门学科的老师，作风严苛，还不时弄点新花样。期末考试，破天荒地选择了开卷。开卷的成绩，结合日常的学分，加起来作为本学期的成绩。这更让人摸不着底了。算起来，这次开卷我只有达到80分，这学期才能勉强过关。一想起来就让人头大。

也是情急智生，考试答卷快结束时，我在得分处，信笔用虚点画出一个80的轮廓。意思是拜托老师，手下留情啊，这回少于80分，咱可就完蛋喽。不料这手贱的蛇足还是弄巧成拙，吃了个不大不小的苦头。在一个宅心仁厚的老师眼里，算是恶作剧，顶多一笑置之，这小子！在一个刻板认真的老师那里，则会理解成是威胁，是绑架，这无异于给老师的权威设限，往往会触他之怒。接下来，我只能为自己的孟浪负责，那个学期以不及格告终，后来补考一回才过关。

学校团委或者学生会，经常组织卫生大检查。他们摸索出很多刁钻古怪的法子，相当有杀伤力。比如他们有时会戴着白手套，冷不防地在门框背后，或窗台的一些边边棱棱，一摸一抠，然后手掌一摊，给你一个哑口无言的分数。

检查宿舍内务更麻烦。被子需得叠得方方正正，像刀切豆腐块一样。这也太难了，为叠出八个棱角，我们往往得拉扯半天。曾去驻军部队营房参观内务，他们绿色的被子，还真像豆腐块一样。怀疑人家的被子材质好，是挺括的篷布一类的东西，不像我们的被子是软胎的，所以更容易折出棱角。

后来我们发明了一个办法，就是用美术课上发的一块画板，放在叠好的被子上面，再覆盖上统一配备的印着“忠诚于党的教育事业”的白包袱皮。这样一收拾，完美地遮掩了所有缺陷，示人的一角，保证是棱角分明、板板正正。

我们之前小学、初中的音乐课，就是唱唱歌而已。当真正接触师范的音乐教育，才知道自己原来是零基础，还要识谱，还要视唱，还要练耳，还要弹琴……这可把我们难住了。

琴法老师要求特别严格，每次过筛，老师依旧拿着一个塑料皮的笔记本，神情庄重地站在脚踏风琴的一边，逐个点名过关。每过一支曲子，老师就在小本子相应位置打个对勾。每次只允许弹错一两回，第三回弹错，就挥手打住，把小本一合：“下一个！”没有任何回旋的余地。

因为弹琴过关的氛围太严肃、太沉闷，有的小伙伴一坐到琴凳上，汗就先下来了，紧张得十指无处安放，黑白键不停地在眼前打架，只恨爹娘少生两双手。听老师说一个“好”“可以了”，就如蒙大赦；不定手指头碰到哪个该死的键，发出一声刺耳的杂音，脑中登时一片空白，唉！这回又完了。

有一位女生，更离谱，撤离琴凳的时候，可能太慌乱的缘故，竟没看到敞开的窗扇，扭头碰到窗框上，把玻璃给撞碎了……

过关到第三个学年，二十几个曲目，从《字母歌》，一路弹到《小松树》，是越来越复杂。老师手里捏的那个小本子，却好像从来没更换过，我们甚至疑心那小本子都起包浆了。因为他念错了几个同学的名字，今年这样念，明年还这样念。三年下来，竟没有人给老师指出来，某某名字是错的。

听人说，别的老师，会视弹奏熟练程度，打个折中的分，好歹也能过关。我们这位恩师是过就过，不过就不过，一锤子买卖。为了琴法过关，同学们有空就跑琴房，苦练死磕。周六周日琴房里都是人满为患。更有甚者，天天把一个歌本放在琴盖上，只是为了占个座位。

多年后回头审视，老师这近乎苛刻的管束，本身就是一种严谨的治学态度，这对于鞭策我们的成长，是极有好处的。

丰子恺曾师从李叔同学习弹琴，弹错一处，难以领受老师的严厉“一看”。后来回想起来，方知“他这一看的颜面表情中历历表出着对于音乐艺术的尊敬，对于教育使命的严重，和对于我的疏忽的惩戒，实在比校长先生的一番训话更可使我感动。”这种体验竟是一致的，我们感同身受。

六

算起来，我要面对的音乐是三门功课。除了通识音乐、琴法外，还有管乐。这是根据个人喜好，自选一门乐器。

我们从军号练起，一年后换成加键的那种，小号、中音号、圆号等。我选择的是长号。

管乐团活动时间都是在课外，主要是早操时间、课外活动时，周日的下午，还要再加上半天的训练。

指导管乐的赵老师，非常认真负责，无论寒暑，每天摸黑就到了。那些号虽说都有漂亮的手提盒包装，不知历经几代人摩挲，有的长满了绿锈。但是老师给我们立下规矩，要爱护乐器，不戴手套不能碰，每次用完要控掉口水，擦拭干净，再小心收纳。这样的管理，使我们养成了良好的乐器使用习惯。

训练的时候，吱吱哇哇的，真是各人一把号，各吹各的调。天天如此，闹哄哄的，并没有什么美感。刚上手兴致很浓，到后来日复一日地重复，刻板机械，未免有些懈怠乏味。

日常训练是枯燥而单调的，但是我们也有精彩绽放的时候。每年县里的一些重要庆典场合，如运动会、教师节表彰大会、少先队建队纪念活动，都少不了师范管乐团的影子。因为要正装出场，也是在那个时候，我学会了打领带。

这也让我们认识到，世间哪有什么天才。任何一项技艺，你缺乏的只是训练，只要功夫到了，自然熟能生巧。来自乡间的一群少年，在这之前谁摸过乐器，多数连音乐课都没正经上过。经过师范的一番训练，我们掌握了基本的音乐知识和技能，也敢大模大样地，像有点音乐素养的样子了。

印象最深的一次演出，是迎接解放军战士。

那一天，我们管乐团吃过晚饭，就早早来到东关大街最北头的“凯旋门”待命，这里是县城的最北端，也是部队入城的第一站。

终于等到了一辆辆满载着将士们的军车驶来。隆重的入城式开始了，军乐奏响，万众欢腾。打头的吉普车穿过松柏扎成的“凯旋门”率先入城，满城都是热情欢呼的民众，满城都是鲜花的海洋，满城是嘹亮的歌声……

距上次解放诸城，时隔四十一年后，小城又一次上演了一场迎接子弟兵的入城式。在那个午夜，我们用演奏军歌的方式，向最可爱的人表达了崇高的敬意。

音乐的种子一旦播下，兴趣就会慢慢觉醒，真的喜欢起来。当时社会上流行一种歌片，折叠起来像烟盒一样大的长纸，一面印的是流行的歌曲，一面印的是当红的影星歌星。一下来新歌片，必赶快购入，哼唱学习。再就是每人都有一个塑料皮的本子，用于抄录流行歌曲，带着歌词和曲谱，插入花花绿绿的插图。这很能看出那个年代青年人对音乐的着迷程度。

中师生将来要到小学任教，得“围着大桌子转一圈”。就是十八般武艺，样样拿得起，放得下。语文、数学教得来，音乐、体育、美术也能教得来。师范就是这样一个培养目标。

七

一个落雪的星期天，校园里特别安静。我走过最后一排教室，听到一间教室里面有几位女生，在叽叽呱呱地谈笑，后来又打着节拍唱起来：

洁白的雪花飞满天，白雪铺盖着我的校园。漫步在这小路上，脚印留下一串串。有的直，有的弯，有的深啊，有的浅。朋友啊，想想看，道路该怎样走，洁白如雪的大地上，该怎样留下，留下脚印一串串……

唱完一遍，银铃般的笑声，热烈鼓掌的声音，溢出了窗外。

在这漫天雪花飘舞，清冷的世界，我忽然有了一阵莫名的感动。这些无忧无虑的人，朝气蓬勃，健康向上，虽然有时迷惘，也有无端的闲愁，但总是难掩对未来的希望，对美好未来的憧憬。

这一幕多么熟悉，好像在哪里见过似的。对了，是在《红楼梦》中，飞雪的大观园，“四顾一望，并无二色，远远的是青松翠竹，自己却如装在玻璃盒内一般”，在这样的一个青春王国，一群十五六的女孩子盛装出场了，一色大红猩猩毡与羽毛缎斗篷，她们吟诗作对，烤鹿肉、饮酒，割肉啖腥，即景联诗。艳丽的红妆，琉璃的世界，怒放的梅花，蓬勃的生命，构成了一幅纯净美好的画图。

铁打的营盘流水的兵，一届一届的中师生从这里出发，开枝散叶，走向各个教育岗位。2000年，学校迎来撤并的命运，改制变成了一所中学。中师教育渐渐退出了历史舞台。

好在新校长英明，在除旧布新大兴土木过程中，力排众议，留下了一排旧房子，建成校史博物馆。这给寻访旧踪的校友们，留下一点凭吊的念想。这排老房子，局促于校园一隅，保持了旧的木制门窗，外墙是刺棱棱的麻皮水泥，前墙是残留的标语痕迹。

“帘影碧桃人已去，屟痕苍藓径空留”，偶尔还会看到一些步履蹒跚、满头华发的老人家，在此指指戳戳，流连忘返。

八

毕业时，有少部分学生参与地区的分配。有一天，老师告诉我，地区某工人子弟小学需要一名美术老师，准备推荐我去。得了这个消息，我很是兴奋不安，眼巴巴地等着通知。可是一直到毕业，走出校门了，也没有听到下文。当时抱着一个善良的愿望，老师说了，那还会有错吗。在漫长的等待中，我还给那所学校写过一封言辞恳切的信，咨询此事，也是不了了之。

我后来参与了本县的分配，到了一所乡村初中任教。

多年以后，我偶尔问起弟弟，当年那封信是怎么帮我投寄的。说是将信放在柜台上了，因为他看见很多人就是把信放在柜台的。我一下子明白了，那封信压根没有寄出去，因为没贴邮票。

真要去了市里，我的人生可能会是另一个样子。我跟老婆，也就是当年撞碎琴房玻璃的那位，说起此事，自我解嘲，得亏没有去地区，田舍翁多收了十斛麦，还动换媳妇的心思呢。我要是去了那样的大地方，还会有这姻缘吗……

九

转眼间，芳华已逝。“曾记少年骑竹马，转眼已是白头翁”，老同学们开始转场以新的身份面对社会。朋友圈里，陆续有人开始宣告退休了；有人打叠身心，准备作公婆了；还有几位更早的，已有了第三代，小小可爱都热腾腾、粉嘟嘟地登场了……

某回老同学小聚，我问新近升格当了婆婆的小青，感觉如何啊,可否传授一点支使儿媳妇的经验。被老婆在桌下踢了一脚，才自觉失言。婆媳的微妙关系，各家门前一个天，婆媳相处是另一门很深的功课，不好在大庭广众之下谈论的。

曾听过几个师兄聊天，探讨儿媳过门后带来的变化，一位老兄无限感慨，咳！这么跟您说吧，家里像进驻了工作组，尿尿都贴着马桶边泚……听者无不为之捧腹。

人总是这样，青葱少年的时候，盼着明天快快到来；在一些短暂的美好瞬间，又希望时间慢下来，停下来；当回首人生来路的时候，又叹息时间过得太快。

《金刚经》里说，过去心不可得，现在心不可得，未来心不可得。佛陀在提醒人们，超越对过去、现在和未来的执着，才能达到内心的平静和自由。也许，这才是我们每个人该有的人生态度吧。

乡村任教

一

中师毕业后，我被分配到农村任教，那是我的第一份工作。那年暑假，我接到通知，前往县教育局集合。会议在教育局院子里的一处平房召开，领导们强调，无论分配到何处，都要安心工作，尤其是分到农村的，更要扎根教育事业。现场的一二百位师范应届毕业生，每个人等喊到名字后，上台从领导手中接过一个信封。领导要求回去后再看，可大家一到院子里就迫不及待地拆开，忙着查看自己的分配去向，并互相打听："你分到哪儿了？""某某又分到哪儿了？"

院子里瞬间起了一场不小的骚动，像平静的水面下暗流涌动。多数人激动不安，毕竟有了正式工作的一纸凭证。也有情绪失落的，知道自己被分到山区或者偏远乡镇，想到命运要将自己抛到一个陌生的旮旯里，恐惧占据了上岗的新鲜感，个别人的眼眶里都泪光闪闪了。

我则是那种茫然无知而听天由命的人，反而多了一份期待中不确定的兴奋。我的通知单写着，分配单位是"曹家泊初中"。分配某同志前往某地报到，表示数量的字，竟写成甲乙丙丁的"乙"字，当时很是吃惊，这明显是个错别字嘛。然后又猜测人家是防伪工作做得极好，因为不管写阿拉伯数字“1”，还是大写的扁担“一”，都是可以随便添加笔画，改成另一个数字的。瞧破这一点，瞬间有了一种肃然起敬的感觉。而看着“曹家泊”这个陌生的地名，我只联想到了“水泊梁山”和一帮行侠仗义的好汉。

我一个庄户出身的孩子，父母的愿望就是让我跳出农门。现在有了一份安定的工作，眼看着就吃上国库粮了，我们还要贪心去挑剔，弄个月明提溜着不成？当时就抱着这样一个心理，管他呢，在哪里还不是一样干。

当然，也有自我感觉满意的同学。他们预先知道了分配结果，是城里的某一处理想的学校。他们不动声色，还能古道热肠地为失魂落魄的同学开解一两句。

二

分配过后不久，我就二话不说，按照通知要求，打点行李，轻装上路了。去报到的曹家泊，可不近便。沿潍徐路一路往北，骑自行车，足足得走一个半小时。营马、相州路段有很大的陡坡，公路都是沙土路，两边是合抱的钻天杨。仰视高顶处，两排内倾的树梢眼看凑成一块了，合拢来留下一条影影绰绰的缝，是真正的一线天。

十七八岁的年纪，蹬着新买的自行车，奔赴人生的第一个工作岗位。那是我平生添置的第一辆叫“车”的大物件，大梁缝着一层猩红绒布，包裹起来，红通通的，带着一股招摇的喜兴。时兴作派是这样，也有更在意的人，给自行车配上手工刺绣的座套、挎包之类。这和现在的年轻人新车入手后，在轮毂或后视镜上拴块红绸子差不多，既拉风，又有仪式感。

迎面是轻柔的微风，周边是生气勃勃的田野，高大的白杨树巅上方，不时滑过几只喳喳叫的喜鹊……这样的环境，这样的年龄，就是骑行一整天，也不会感到厌倦。“春风得意马蹄疾，一日看尽长安花”，说的就是这种心境吧。

临近毕业前的一天，有一位山区校长来校作动员报告，说他们那里山清水秀，空气好、水好，养育人，当地百姓和孩子都质朴、热情。领导神采飞扬，讲到动情处，甚至引用了孔子“登泰山而小天下”的名言，巧妙地迁移在自家门口的西大山上。

领导用感人的话语呼吁，欢迎有志青年将火红的青春献给山区的孩子……这给我们这些没出过门，没见过世面的中师生，勾画了一个很美的蓝图。一群人正处在热血沸腾的年龄，是容易激发起对未来的憧憬，和献身的冲动的。

后来听说分配去山区的人都哭了，那里的落后和艰苦超乎常人想象。有些村子相当闭塞，根本没有通外面的路，人们干活是肩挑驴驮，过日子都是扳着指头算。

当地流传着一个故事，说东南山里一个村，得亏有个明白二子爷，算是识字解文的，能判断日期。在二子爷的掌控下，某年过年，放完了鞭炮，隔天有人从山外回来，说外面人家是第二天过年——这年不小心过早了一天。第二年，大伙都不把准，反复请教二子爷，今年过年可不敢马虎了。二子爷掐指一算，笃定说是某天过。老少爷们又按时过年，穿新衣、放鞭炮、吃饺子……过了几天，又从山外传过来消息，今年小进——这山里过年又晚了一天！

由此还产生了一个歇后语：“小陶山过年，不是早了就是晚了。”专指办事不着调，抓不住时机。热血沸腾的小伙伴，去的就是这样的地方。

这回总算明白，那位演讲很煽情的校长，当时说了半截话，“山清水秀”不假，后面还有半句“谁来谁够”，他没说。

我报到的乡教育组，是一个独门独院的小院落，东邻小学，西邻初中。院子里有几棵樱桃树和柳树，一个胖墩墩的领导，正拿气枪打麻雀，见有人来，才把枪收起来，一边慢慢地问我话，一边在脸盆架旁拧一个手巾把。小院子很安静，总共也没有几个人。简单地交接后，就打发我去初中报到。

三

学校在乡驻地西边，是新建的一个院子，四排平房，粉墙红瓦，占地有七八十亩的样子。南北两条甬路，将校园分隔为三个区域。房前屋后，种着各种作物，最多的是成片的花生。操场后边都种着青菜，一垄一垄的，非常茂盛。

报到后，学生还没开学。老师们一起去伐木，为新生准备做双层床。我们到了一个叫“古县”的地方，村东是潍河，河滩横阔，长满了合抱的参天大树，大多是白杨。树林里面，遮天蔽日，温润凉爽。河上有一处险要的地方，怪石嶙峋，像一排黑色的狼牙矩阵，突兀地展现在河床正中，叫“韩信坝”，就是历史上韩信水淹龙且的地方。光绪《诸城县志》记载：“韩坝，巴山北五里曰上坝，又北十七里为中坝，又五里为下坝。”邑人李澄中《东武吟》有“长潍喧呼恶浪蹙，韩信坝头鬼夜哭”的句子，即写这个古战场的阴森险恶。

开学后，一切都是新鲜的。我教六年级的两个班，我跟那些孩子的年龄只差六七岁，若不是碍于师道尊严，是可以称兄道弟的。正如苏轼当年来知密州的感受，“余既乐其风俗之淳，而其吏民亦安予之拙也”。

平常的日子，过得忙碌又充实，倒也其乐融融。学校里大多数是民办教师，有一批年龄相仿的青年人。也有几位女老师，都还名花无主。青年人扎堆，年龄又相仿，整个群体充满了活力，课外活动时间都打篮球。有个别刚结婚的，课间经常趴在办公桌上打个盹，上场后不那么生龙活虎，就会被同伴讪笑："看看累得，腿儿都抬不起来了……"我的这些同伴，后来都民转公了。也有早几年就辞职的，嫌当老师待遇低。有几位做生意、办厂子的，都做得风生水起，挣了不少大钱。

学校有一个草创的军乐队，十几支长号，两面大鼓，七八只小军鼓的样子。先是由一个老教师带着。听说本人有师范管乐队的一点底子，老教师就乐得撂挑子，辅导的活自然地推给了我。

这些乡村孩子，最初是以"打——嘚——嘚打嘚"来唱谱辨音的。看到他们认真地写在纸条上的号谱，弄不明白他们是怎么用两个汉字来区分音高的。半个学期不到，我就将这帮顽童训练得粗识简谱，并吹奏得有模有样了。

不久在学校运动会的入场式上，首秀就引起了广泛瞩目。后来我们还去电影演员李仁堂的老家兴和村，客串了一把迎亲乐队。当地村里也有响器班子，都不过三两支号一两面鼓的规模。哪里见过这种阵势，清一色是十三四岁的少男少女，齐齐整整，英姿飒爽。我们还土洋结合，加入了两支唢呐。这次的演出，更是观者如堵，声名鹊起。后来教育组领导出面干预，说怕耽误孩子学习。再有社会邀约，我们只能敬谢不敏了。

青年人都爱美，有点闲钱就添置时兴的小家什。有一位买了一种通电的梳子，将梳齿退下，换上电棒，把头发缠在上面加热，就能把头发烫得弯弯曲曲，很是时髦。还有一位买了推子的，连理发都不用上街了，自己就能办。青年人总是乐于尝试，我唯一的一次自助理发，并不成功。

某个周末，我对着两只镜子，一前一后，给自己理发。镜像是反的，并不像给人理那么方便。比画来比画去，就是别扭。瞄准了一推子扎下去，坏了！耕深了，露出一块头皮来。没法补救，索性全部推光吧。

这倒省事了，上课怎么办呢？我不能捂着学生的眼不让看，也不能堵住他们的嘴不让谈论啊。也是穷极智生，我跑到街里买回一顶凉帽戴上。黑色密纱网礼帽的样式，如果不迎着光仔细看，不大能看出底下是光溜溜的脑袋。

周一着这新装束上讲台时，学生先是惊讶，看到老师一脸严肃，嘴绷得像瓢儿一样，就一齐埋头看书，眼睛不知放到哪里好。有几位小女生用书遮住了脸，并顺势把书堵到了嘴上，花枝乱颤，但终于没笑出声来。

后来慢慢习惯了，熟视无睹，也就相安无事。

剃光脑袋，是我有记忆以来唯一的一回，也着实让我清爽了一个夏天。这也让我明白了一些朴素的道理。一是当老师的不能着奇装异服，不可描眉画眼，因为能分散学生的注意力。二是想用自助的办法让理发店失业，也办不到。后来特殊时期，我还网购过一只电动推子，只用过一次，就束之高阁了，不实用。三是不能为了虚荣妄自尊大，遮遮掩掩，反增人家好奇心。现在再碰上这事，我会把帽子一扯，坦诚相示："看吧，笑一会儿呗！"

四

平日干得较多的工作是印刷试卷，制版都是手工刻印。刻印蜡纸是每个教师的必备技能，技术含量极高。

一支铁笔新启用，太尖，不好使，容易把蜡纸刻穿，印出来就是一个墨疙瘩，要把新铁笔尖头磨秃一点才好用。钢板镶嵌在一块漆面的木板里，这样冬天刻版就不会冰手。钢板有两个面，一个是直纹的，纹路是横纵交叉的；一个是斜纹的，纹路是斜式交叉的。在直纹板上刻，有经验的人会有意将交叉的笔画断开，使其不相交。这样的蜡版，印刷数百上千张都不会破损。

有善用斜纹的老手，将横画取斜势，字体扁平，铁笔在钢板的斜纹上游走，笔画流畅，连贯圆润，书写过程基本不停顿，也不用担心刻破蜡纸。这种蜡版字体，老练美观，看着就是一种享受。

还有一类高手，用蜡纸刻印图案、美术字等，为试卷插图、装饰，或制作海报、印制封面，都赏心悦目。如果加上套色，成为双色版（通常也不过是红黑两色，也有蓝色），更是美观、高档。这是将钢板刻印技术提升到工艺美术的层次了。

刻钢板是辛苦的工作，有的老师长年拿铁笔，中指第一骨节抵笔杆处都有厚厚的茧子，成为年深日久和敬业耐劳的一种特殊标识。

刚上岗时，我们都有一股子热情，下了一番功夫学刻蜡版。我一直喜欢铁笔刻划蜡纸的沙沙声，一种刻刀在金石上冲刻时的顿挫颗粒感，像后槽牙磨牙锉动的连续响脆，有犁铧翻动土壤似的清新扑面……每次的刻印，都有一种美妙、轻松的愉悦感觉。我还跟老教师学会用废旧的圆珠笔刻钢板，滚动丝滑，如丸走坂，又是一种别样的体验。

有一回赶印试卷，在办公室挑灯夜战。不巧油墨滚子坏了，螺丝松动，把手掉下来了。怎么着也不能耽误明天上课啊！我徒手捉住滚子两侧的转轴，在丝网版上小心地搓动。虽然慢一点，总算完成了任务，只是弄得满手、满脸油墨。

过了几天，有一位女老师找上门来，执意要我帮她印卷子。我有些受宠若惊，就小心地问“为什么找我啊”。答曰慕名求助，都说才来的那个小青年最会印卷子。原来那晚手动印卷的狼狈一幕，被某个促狭鬼看见，已经被黑化得不成样子了。

直到电脑出现，有了电脑打字蜡纸，不再需要老师手工刻印，钢板也慢慢退出了历史舞台。当然刻钢板的手艺，不光用于印制试卷，也偶有其他的用途。

曹家泊乡刚从相州分出来，草创时期，麻雀虽小五脏俱全，一应公共设施都有。譬如也像模像样地把院墙一圈，建成一个露天影院。我们周末也能看上一两场电影。

当地的小封听说我们买票看电影，显得鄙夷不屑，说看电影还花钱，嘲巴！我立即请教怎样才能免费观影。小封找来一张旧电影票，让我照着画几张。我很奇怪，这也管用？他满不在乎地说，你只管画好，到时看我的。

看看电影票上不过简单地铅印几行字，这难不倒我。我平日好涂涂画画，再有一点狠练刻钢板的功底，正是技痒难捱。我参考旧票，照葫芦画瓢地刻印了几版，还如数地刻上几排几号，装饰上花纹边框。没有标明时间的红戳，就用红墨水模模糊糊地描上。小封看后，大加赞叹，说比真的还真。

电影院防伪的一个手段，是经常轮换电影票用纸的颜色。等到某天，打听明白当晚的电影票和仿制版是同款花色。在小封的组织下，一群男男女女就来到影院门口。

我们串糖葫芦一样紧排成一列，前呼后拥，小封居中间位置，手捏着一沓高仿版的电影票。在抵近检票口时，后面的死命往前推搡，小封身子使劲往后仰，双脚跐住地面往前出溜，他恼怒似的大声嚷嚷:“谁？别挤，别挤！”一边把一卷电影票，胡乱地塞到把门人的手里。“噢”地发一声喊，一队人像一个楔子，以迅雷不及掩耳之势，冲决门禁蜂拥而入。

看门的哪里来得及清点人数，估计也没看清手绘版的电影票，一伙人早钻入乱哄哄的院内，无处抓寻了。

电影散场后，学校早关门了。那时的大门栅栏，如果是直通通的简单栅栏，是不容易攀爬的。有意思的是，设计者画蛇添足地焊上很多菱形的花哨，这倒成了很好的梯子。只是上面有一排枪头，那是实实在在的扎枪头，涂刷了银粉，明晃晃地直刺苍穹，令人望而生畏。

攀爬栅栏，可没有进入影院那么顺畅。我们为一个胖胖的女老师捏一把汗，翻越上面的障碍时，她显得非常吃力，弄得大门来回悠荡，轮子在轨道里面哗啷哗啷地响。忽然她单手单脚地展翅悬空，在栅栏顶上来回晃了几下。真怕她脚一滑，或者手一松。好在有惊无险，大家总算平安落地……

五

日常生活是这样的热闹充实，物资也并不匮乏。

按月供应粮油，我们可以从粮店领回一点豆油或者花生油。冬天办公室都生煤炉子，弄只钢精小耳子锅，可以煮面条，或者从集上买点咸鲅鱼，简单爆锅后炖白菜吃。一边批作业，或者看看书，咸鱼白菜的香味就慢慢散发出来了，炉圈盖上熥一个冷馒头，就是一餐不错的宵夜。

碰上刮风下雨的天气，本地老师也不回家，就是会餐的时候。老师们喜欢凑一堆，在宿舍里喝两盅。几个人围聚在一起，或蹲或坐，每人守着一份从食堂打来的菜，公共部分是从门口小卖部买回的一瓶景芝“黄皮”。一只翻扣着的汤碗，碗底端放着一只牛眼小盅，倒满，每人干一盅。按顺时针方向转，一边吃着自己碗里的菜，一边聊着天，轮到自己就小心地端起酒盅，仰脖喝一口。有几位年长的老师，会咂得瓷盅吱吱出声，很是有味。几圈下来，酒也喝完了，饭也吃饱了。谁也不会多喝，谁也不会少喝。

我到如今一直怀念这种温馨友好的小聚。在有的人看来，这简直就是讨佬子局。但是公平无欺，轮流坐庄，今天我买酒，下回你买酒。膏脂均沾，客气圆满。酒足饭饱后，一哄而散。古人说的“温良恭俭让”，差不多全占齐了。

在师范上学时，每顿饭只供应一个二两的馒头，好多男生抱怨肠子都饿细了。现在衣食无忧，甚至能在食堂尝试一些稀奇的美味。

过了一个夏天，操场都荒了，后院甬路两边的柳树上，全是知了。当地人叫“喋柳”，刚出土的幼虫叫“喋柳龟”。伙房里一位师傅，懂得用面筋粘喋柳，将和好的面团，放清水里反复揉搓淘洗，最后剩下的一团，胶黏无比。把这面筋缠在竹竿尖上，粘喋柳，一粘一个准。这伙房师傅粘喋柳的技术，可与庄周笔下佝偻丈人承蜩相媲美。喋柳掐掉翅膀，热油一烹，香酥可口。其实喋柳龟皮也是一味上好的中药材，有明目功效。现在一只喋柳龟能卖到八毛、一块。

放假前，我们几个单身汉，跟伙房的师傅在一起吃饭，围着一大盆子白糖腌西红柿。酒酣耳热之际，他们都放出狠话，有的要回家开链轨车，利用假期好好地挣一把。另一个则向往当兵，对那身军装情有独钟，用他的话叫“砸劲”，就是“帅”的意思。他说话的时候，好像不是今天就是明天，反正早找好人了，早晚会穿上那身军装，随时开拔。现在回想起来，这位要酷的心思多于从军报国。

乡里除了中心初中，还有另外三处学校分散在村里。我上过一回公开课，执教的是《挺进报》，得到学校领导肯定，评价说“能熟练使用先进的电教手段”。那先进的设备不过是一台幻灯机，打开幻灯机的盖子，光亮耀眼，满屋生辉。那机器灯光刺眼，温度也高，散热扇一直嘶嘶拉拉地运转。当手写的一张张投影片，清晰地打到屏幕上，自己都觉得奢华高端得不行。

此后十年之间，随着计算机的出现普及，幻灯机很快被电脑投影仪替代，好像一夜之间也不见了踪影。

平常的日子好过，只是周末冷清些。偌大的校园，人去屋空，麻雀落在屋前平地上啄食，叽叽喳喳，平添了许多落寞寂寥。有时穷极无聊，我就顺着一条条大路漫无目的地骑行。

顺校门口往西走，越过霞冈、徐洞、城阳几道岭岗，就到了龙台城；沿济青路口往东走，不小心就踏入汉胶西国故地，迎面碰上许多突兀山立的大冢。最大的一座，是汉广陵王儿子顷王的葬所。还有秦王冢、小妹冢、小姊冢、小泥冢等，大大小小散落在广漠的潍河冲积平原上。这些巨大的坟丘，经历了两千年风雨侵蚀，在秋后的旷野上，格外显眼，不禁令人产生“风流总被风吹雨打去”的几许感慨。

大约人都是这样，在初为人师的兴头上，很容易忘记时间的流逝。不知不觉间，两年过去了。陆陆续续地，很多人调回了城里。只有那些老家是当地的，还能安心工作，原先扬言扎根农村一辈子的，也不淡定了。本人也不能免俗，卷入进城的潮流，托情央面地费了一番周折，也调到了城里。

后来的某一年开始，本市出台了一个政策，教师晋升职称的一个资格条件，就是必需有乡镇工作的经历。那些从来没有在乡村任教的,有的年龄很大了,也都争着抢着去乡村交流支教，目的只是为了补齐两年农村工作经历。

六

又十年过后，我被调到了市教研室工作。

终于在一年的春天，我又有机会来到曹家泊初中进行教学视导，此时的学校早已物是人非，正面临着合并乡镇后的撤并局面。原先的同事，除两三位本地的尚在留守，当年的一群青年伙伴都已星散。

跟教研组的老师们座谈，面对着一群全新的面孔，我环顾室内时，有了一种肃然落寞的感觉。

眼光落在眼前的桌子上时，忽然认出竟是自己当年用过的那张办公桌，还是对着办公室刚进门的位置。当年用铅笔刀裁割学生成绩单时，划出的一道道杠子，纵横交错，刻印在清漆桌面上，宛然如新。

看着二十多年前这些深深浅浅的旧痕，仿佛又回到了那些安静的雪夜，室外是呼呼的寒风，屋内煤炉烧得正旺，小耳子锅里咸鲅鱼炖着大白菜，咕嘟咕嘟地冒着热气。腥咸甜腻的炖菜香味、焦香的烤馒头味，又一齐氤氲开来……

此刻，门前的数株桃李正开得热烈秾艳。

调离曹家泊初中那年，我二十岁。

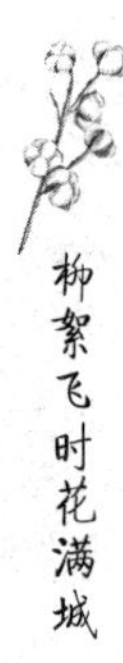

难忘的一堂课

她慢慢地走过去，开了门。四五个白鬼闯进来，劈胸揪住了她问："山上来的人在哪？"

她摇摇头："不知道！"

白鬼们在屋里到处翻了一阵，眼看着泄气了，忽然一个家伙儿发现了那一箩筐咸菜，一脚把箩筐踢翻，咸菜全撒了。白鬼用刺刀拨着咸菜，似乎看出了什么，问："这咸菜是哪来的！"

"自己的！"

"自己的！干吗有这么多的颜色！这不是凑了来往山上送的？"

那家伙打量了一下屋子，命令其他白鬼说："给我翻！"

就这么间房子，要翻还不翻到阁楼上来？这时，只听得她大声地说："知道了还问什么！"

她猛地一挣跑到了门口，直着嗓子喊："程同志，往西跑啊！"两个白匪跑出去，一阵脚步声往西去了，剩下的两个白匪扭住她就往外走。

……

这是三十几年前，一个明媚的午后，诸城师范一间教室里，老师在声情并茂地朗读小说的一幕。小说的题目叫《党费》，王愿坚的作品，下面听讲的是四十一个中师学生，其中就有一个我。

随着情节起伏，同学们被吸引到故事中来了。刚才有一些同学还在闲散游移地向窗外撒眸，有几位还嘀咕，读这些东西有啥用啊。现在，都在凝心屏息地听老师继续念——

我原来想事情可以平安过去的，现在眼看她被抓走了，我能眼看着让别人替我去牺牲？我得去！凭我这身板，赤手空拳也干个够本！我刚打算往下跳，只见她扭回头来，两眼直盯着被惊呆了的孩子，拉长了声音说："孩子，好好地听妈妈的话啊！"

这是我听到她最后的一句话。这句话使我想到刚才发生情况时她说的话，我用力抑制住了冲动。但是这句话也只有我明白，"听妈妈的话"，妈妈，就是党啊！……

特别是一句："孩子，好好地听妈妈的话啊！"老师是带了一点哭腔读出来，一些女生开始抽抽搭搭地啜泣起来，教室里充满了压抑的气息，天色也好像要暗下来了。到末了一句："'听妈妈的话'，妈妈，就是党啊！"终于，感情的堤岸再也控制不住了，汪洋恣肆地冲决了开来，教室里响起了一片悲咽……

老师读得实在是好！老师太投入了，一身正气，满腔热情，任是铁石心肠听了也动容。

不要指责这些听众没心没肺，一部分是抱着游戏的心态观望，他们从初中刚刚升学进来，人生正发生着大的转折，思想和精神世界也在经历着前所未有的激荡。20世纪80年代，国门大开，广播里天天响着："诸葛四郎和魔鬼党到底谁抢到那支宝剑，隔壁班的那个女孩怎么还没经过我的窗前……"大胆的主儿晚上爬校园院墙钻录相厅看港台武打片，赶时髦的还穿起了流行的喇叭裤……新事物冲击着这些年轻人，求知、认识、思考，是他们"正"的身份；怀疑、否定、迷惘，是他们"愣"的标签。每个人的"三观"都在经历着纠结、梳理，甚至是颠覆或重组，淘气、稚气、正气在他们身上好像都有，也许还掺杂着一丝丝不知天高地厚的痞气。视感情脆弱为没骨气，一个大人，在那里嗷嗷地哭，丢人不？怎么着，也得拿出一点当老师的样子来吧。至于“老师”到底是什么样子，在这些矛盾结合体的小年轻眼里，也很含糊。所谓“大人”，虽有着准老师的名分，充其量不过是一群十五六岁的半大孩子。

所有这一切，在这深情的朗读面前，变得十分脆弱，不堪一击。即使没有违心地装作流泪,那些倔强的头颅,也一点点地,默默地垂了下去。

现在我认为，老师的读是一个方面，重要的是作者写得也好。正是对党的无比忠诚，让小说主人公形象饱满生动起来。譬如，对“我”周到细致的嘱咐，从孩子嘴里夺下咸菜的细节，临危不惧地断然处置……这些描写，让一名共产党员的形象鲜活起来，焕发出感人至深的艺术魅力。

“读时不识书中意，再读已是书中人”，十年后，我也是这个队伍中一员的时候，回头来欣赏这篇小说，更能切身体会到理想信念的重要价值。所有的懵懂都明了洞彻起来，自认为的“矫情”原来如此熨帖，不能进入人物的精神境界，只是因为小我的无知和浅薄。那是荆棘丛莽中的小径，是暗夜里泥泞中的亮光，是人能够站立在大地上的全部的精气神啊！作为一篇经典的作品，不同时代的每个人，都应该从中吸收到不同的营养。

王愿坚同志是著名的军旅作家、电影编剧，诸城相州七村人，1929 年生人，于 1991 年去世。主要作品有《党费》《粮食的故事》《普通劳动者》《七根火柴》等，同为乡人，除了在“诸城名人馆”里瞻仰其介绍文字外，故里求其坟墓、子孙均不可得。读其文，想见其为人，不免慨然怀之。下面这件小事，让这个远去的身影，又一次明朗清晰起来。这是一份2019年8月20日的《潍坊晚报》，其中载有这样一则消息：

本报8月19日A03版以《暖心　受灾水果地头被包圆》为题，报道了诸城部分地区遭遇冰雹、强风灾害，爱心人士纷纷伸出援手帮扶一事。8月19日，记者了解到，截至目前，诸城市有15万亩农作物受灾，经济损失超过2.6亿元。家乡的灾情，牵动着不少在外游子的心。

8月19日，诸城籍著名作家王愿坚的夫人翁亚尼手写了一张纸条，为老家捐款。她在纸条上说："听到诸城受灾的消息，心里很沉重，那里是愿坚的故乡，是养育他长大成人的地方。我是愿坚的老伴，也是诸城的媳妇，况且我是一个老兵。我捐款2000元，再代愿坚捐2000元，共4000元捐给家乡，为家乡早日复兴，尽我们一点微薄之力。"……

这应了那句很应景的句子："愿你出走半生，归来仍是少年。"王愿坚同志的精神遗产，后人正很好地继承着。从三十年前那堂感人至深的课，到作家遗属对故里的回馈援助，一种超越时空的力量一直延续不断。若泉下有知，王愿坚该欣慰，在他热爱的故土，正盛开出一种夺目的红色的花朵。

这不禁又让人想起《党费》来，小说是这样结尾的：

见了魏政委。他把孩子揽到怀里，听我汇报。他详细地研究了八角坳的情况以后，按照往常做的那样，在登记党费的本子上端端正正地写上：

黄新同志1934年11月21日缴到党费……

他写不下去了。他停住了笔。在他脸上我看到了一种不常见的严肃的神情。他久久地抚摸着孩子的头，看着面前的党证和咸菜。然后掏出手巾，蘸着草叶上的露水，轻轻地，轻轻地把孩子脸上的泪痕擦去。在黄新的名字下面，他再也没有写出党费的数目。……

黄新同志的党费，没法计量。这空白，也许是作家留待后人继续补写的吧。

为师就是一场勤苦的修行

青葱少年初出场

我是 1984 年初中毕业,考入诸城师范的。在小县城的农村,中师生就是准国家干部了,能吃上国库粮,有铁饭碗了。谁家考上个中专生,也是祖坟冒青烟的事。改革开放之初,当地中小学教育顶大台的是民办教师,还有少部分代课老师。教育的缺口很大,急需大批中小学教师。招收中师生的国家政策,前后持续了十多年。中师生是时代的产物,那是唱着"光荣属于八十年代的新一辈",意气风发迈入新时代的一批人。

在中考选拔中,像割韭菜的"头刀",第一批次首先录取进入中师,第二批次才进入高中。有人说,20 世纪 80 年代的中师生,就入学门槛来看,不亚于现在的"985""211",并非言过其实。我们接受的是正规的师范教育,课程设置相当全面,除了教育学、心理学、教学法等专业课程,还安排了音乐、体育、美术,甚至普通话、书法和劳动,每周都安排有相当的课时。这在进入高中的小伙伴们来看,匪夷所思,他们的一些科目列到课程表里,也只是摆设,并不真正地落实。师范的学习生活,愉快而充实。回顾中师学习时光,那是真正的素质教育。

一个农村孩子进入师范,看到所有的科目都新鲜。音乐器材室里有整屋子的乐器，琳琅满目，供学生随便借用。一到课外活动时间，整个校园丝竹盈耳，各种社团都在开展活动。我对那些乐器，都充满了莫名的好奇和喜欢，恨不得都把玩一下，学一学。但是分身乏术，只能选择其中一种。在当时的形势下，中师的培养目标是小学教师，在外行人看来，哪还用得着这么多的东西。但这像饥饿的人扑在面包上似的一番旁学杂收，的确为教师职业的基本功增色不少。这要用后来的半生经历，回头来审视和评判才公允。

世间没有无用的知识，技多不压身。普通话、书法、音乐等，都是将来个人素养的重要部分。看似无用，实则有大用。如书法素养，等到刻蜡版、写板书，手到擒来，一上来就用得着。即使没有直接用于工作的一些粗浅的把戏，也会丰富滋养人的心灵，让精神生活不再苍白、贫瘠。看看周边那些退休的人，要花钱学乐器、学书画、学跳广场舞的时候，才意识到在人生之始，自己早早接触并学习了一些，简直是讨了大便宜。本人工作后参加全市党员干部带头基本功大比武，参与教学基本功比赛，获得全市一等奖、第一名的好成绩，而参与的项目竟然是“简笔画”，这跟师范打下的一点美术基础不无关系。

初为人师去农村

1987 年，我中师毕业后，终于走上工作岗位。我先是被分配到农村一所初中教语文，在乡村教了两年。乡村教师的绝大部分是民办教师，包括一部分同龄的青年人，公办教师只是少数。在这样一个群体，年轻新人还是比较受照顾、受重视的。师生之间、同事之间，甚至家长与老师之间的关系，都单纯而友好。刚入职的我，接触到的是农村最淳朴、最基层的教育生态。学校周边是宽阔的原野，校园里有大片的生产园地，暑假过后师生热火朝天地除荒。遇到雨雪天气，吃饭的时候，老教师会从床底抠搜出一瓶景芝“黄皮”，招呼大家围坐在一起，各人就着从伙房打来的一份菜，用仅有的一只小酒盅轮流喝酒，其乐也融融。

乡村工作经历有我初为人师的珍贵记忆。正是有理想、有干劲的年龄，熬夜备课，周末加班赶印试卷，是家常便饭。没有人逼着这么做，完全自觉自愿。领导同事看着还可以，不嫌稚嫩，推荐我上过一回全乡的公开课。这鼓劲很大，让我着实激动了好一阵子。

当一辈子老师，高低得有一段乡村任教的经历。没有乡村工作经历的教师，人生是不完整的。在通行的认识里，到农村当老师，是吃苦受罪，别的不说，找对象就受很大影响。近些年，情况才发生了好转，乡村教育开始受到重视。没有农村工作经历的，都不让你晋职称，像必须有班主任工作经历一样，成为晋升的要求。看看现在留在乡村的，家安在城里，工作在农村，开车或者拼车上下班，个个都成了香饽饽。他们拿着乡镇补贴，每月除了加油钱还绰绰有余。对农村教师政策有倾斜，基层高级职称评审条件都比城里更宽松，再让他们上城里，他们也不干。

1989 年 8 月，我调到城北学校，这是城乡接合部的一所职工子弟学校，建校才两三年时间，办学单位的一些企业，像外贸公司、肉联厂、土产公司、造纸厂，都是正红火的时候。学校没有食堂，单身教师就近去肉联厂食堂打饭，有时能吃到大块带肉的排骨，很是过瘾。食堂大师傅称重时，挂砣的一端翘起来，就用铁夹子“啪啪”一点，台称的横杆就耷拉下来，好像经他这样一点，就平衡了似的，那派头自带一种洒脱大气。实际情况是他并不再去减量，把足够分量的排骨全盛到你碗里，所谓称重不过是象征性意思意思而已。

办学单位条件这么好，职工子弟难免有一些习气，学校抓得不松不紧，教学质量一直温温吞吞地没什么起色。我刚来时，毕业班原先的语文老师考入机关，我就接过了毕业班语文教学的任务。一年后，语文成绩出奇地好，重点高中升学实现了零的突破。这破天荒的成绩，让学校领导也颇感意外，觉得放心，就让我连续教了几届，并担任班主任。在其后的几年里，算是不负厚望，重点高中升学率连年攀升。当时的伙伴们，已习惯学校在全市的垫底位置，城乡接合部的一个学校，城不城乡不乡的，每个年级就一个班的规模，能出多大的门面，这初出茅庐的小子好像用力过猛似的，觉得不可思议。

1991 年，我首次被推荐参评县“教学新秀”，接着被评为县“教学能手”，1995 年被评为县“优秀教师”。在教学过程中，我养成了动笔的习惯，这也是舞文弄墨的后遗症，零星地写了一些小短文，因为投过一两次后，侥幸投中，文章虽是刊发在地市级的一家教育教学小报上，这也很能激发自己的写作兴趣。市教研员臧志运老师来学校视导，多次指名听我的课，我受其指点和教益颇多。犹记得与臧老师促膝长谈的情景，特别是我拿写的东西给他看，竟得到大加赞赏，鼓励我要继续写下去。刚踏上岗位的青年人瞎摸乱闯，往往荒废时日，会走若干的弯路、斜路。有人指点、提携则不同，长者短短的几句话，足能温暖人心，点燃一个青年人心中无限的热情和斗志。参加潍坊市电教优质课评比后，我成为县“学科带头人”、兼职教研员，并于 1996 年被评为潍坊市“教学能手”，这也是我从教十年取得的最好成绩。

我是幸运的，在生活上、工作上得到学校领导的关心，在业务成长上，遇到热心前辈的指导和帮助。其实在成长的每个节点上，那些肯援手提携或者推自己一把的人，都是我人生的贵人。也是因为有了这样的切身感受，我后来从事教研员工作，珍惜与老师的每次交流，相遇就是一种机缘，注意自我的言行举止，即使是小规模的座谈都不敢掉以轻心，碰头如见大宾，做事如承大祭，郑重其事地组织好每一回活动。说不定，自己也是哪位青年教师成长中的关键人物呢。

20 世纪八九十年代，社会开始喧嚣，涌起一股下海风潮，人心思变，有好多同伴跳槽了，听说有人还挣了大钱。有一段时间本人也曾蠢蠢欲动。当老师实在没什么出息，收入太低，撑不着，也饿不死，一眼看得见将来。一辈子跟孩子打交道，走不出校园的圈圈，眼界、境界都会把人困死。经过一番纠结，揽镜自照，反复熟视后，觉得自己实在不像干大事的料，最终放下了这门心思。

向外求发展没有门路，还是眼睛向内，练内功吧。当时媳妇所在的密州路学校，这所学校条件更好一些，有时兴的“四机一幕”进课堂。在全市率先配置了微机室，晚上培训教师使用电脑。每晚接送妻子去学电脑，在陪伴旁听中，竟顺便学会了操作，这在当时是很时髦的。

随着从教时间推进，感到自身学历不高，迫切需要提高学历水平。1990 年考上山师的汉语言文学函授，当时也有五年本科的，没考上，只能读三年的专科。我一直认为自己是很笨的，没有其他人聪明伶俐。这也让我认识到玩不了投机取巧，只能下点笨功夫。三年后获得专科学历，专科学历非我所愿啊，1994 年又考取山东大学的汉语言文学函授，1997 年取得本科学历。在 1990 年到 1997 年的七年间，寒暑假我不是函授学习，就是在赶往函授学习的路上。这是个一边工作，一边学习提高的过程，让我有机会当面亲聆高校老师的教诲。虽然是给函授生上课，他们并不含糊，特别一些中青年教师，像山师的杨守森、李掖平、季广茂，山大的姜宝昌、耿建华等，或温文尔雅，或激情澎湃，或口若悬河，都给我留下终生难忘的印象。一个已经走出校门的人，能重新回到课堂学习，因难得而倍感珍惜。这让我系统地接受了汉语言文学教育，弥补了自身高等教育的短板。以后若有人问我哪里毕业、上的什么学，含糊地说，咱山师也上了、山大也上了，虽不敢有十分的底气，大约也不算吹牛吧。

而立之年做教研

1998 年 8 月，我调到了市教研室，任初中语文教研员。诸城市教研室当时被誉为全国教研系统的一面旗帜，诸城在潍坊市有过高考十连冠的辉煌成绩，教研室被称为诸城教育的参谋部。历任领导都很重视教研工作。时任教研室的主管领导，兼山东省青年语文教师教学研究会副理事长，语文教学研究做得风生水起，省内一大批青年才俊都团结在“青语会”旗帜之下，并由此走向全国语文教育舞台。当时全国有“青语会”，各省都有省“青语会”，山东青语会以出产青年名师风头无两，而省青语会秘书处就设在诸城教研室。在这样的工作环境，有机会接触省市语文教研前辈和优秀青年教师，并深度参与研究会部分事务工作，如协助组织会议，筹办活动，参与编辑《中学语文教学板书设计精编》《中学语文导语艺术精编》《吴心田教育论集》等图书，耳濡目染，自己也在跑龙套中学到了一些扎实的案头功夫。

进入教研室后，我一直在探寻破解写作教学难题的路径。在此之前，多年追随教研室的李怿、臧志运两位前辈，进行过初中作文序列化的实践研究，编写过《初中作文教与学》等教辅材料，但总觉得还不是我们理想的结果。1998 年，辗转收到了一封教师来信，信是百尺河初中管炳圣老师写来的。管老师热衷日记写作，一直带领学生坚持写日记，他信中提出建立日记节的倡议。日记节虽然没有立即建立，推行日记写作却成为我们尝试改革写作教学的起点。当时刚刚接触到了朱永新老师新教育“师生共写随笔”的思想，先进的理念如同黑屋子里透进一线曙光,跟我们的苦苦寻求一拍即合,照亮了我们前行的方向。

当时的《语文课程标准》，对初中生写作要求是：“写作要有真情实感，力求表达对自然、社会、人生的感受、体验和思考；多角度观察生活，发现生活的丰富多彩，能抓住事物特征，有自己的感受和认识，表达力求有创意；作文每学年一般不少于14 次，其他练笔不少于 1 万字，45 分钟能完成不少于 500 字的习作。”达成此目标方便之门首选日记。写日记门槛低，易上手。以每则日记一二百字算，一年写作量就是 2 – 7 万字，可轻松达到“每年不少于 1 万字”的要求。有一种“众里寻他千百度，蓦然回首，那人却在灯火阑珊处”的惊喜，从此我们坚定信心，一发而不可收，沿着区域推动初中生日记写作教学这条道，一路走来，一做就是二十余年。

我们有一个朴素的想法，想学会写作，只有一个途径，就是“写”。写作素养，只能在写作实践中养成。如朱光潜先生在《写作练习》中提到的，“创作固然不是件易事，但也不是一件不可能的事。像一切有价值的活动一样，它需要辛苦学习才能做好。

就犹如下围棋，一段一段地前进，功夫不到家时，莫说想跳一段，就是想多争一颗子也不行。要尽可能了解文学，你必须自己动手练习创作。”

在此期间，涌现出不少反响良好的典型。诸城市百尺河初中的日记节，为师生搭建了日记交流和展示平台，得到社会各界人士的支持，引起了全国日记人的关注，一批全国日记教育专家学者，如段存章、寇广生、程韶荣等，都曾前来讲学指导。日记节包括丰富的节目展演：日记比赛、日记展览、交流会、专家报告会、表演日记情景剧、唱日记歌、诸城大鼓演出等。这是一台日记成果的全方位展示大戏，是日记人的狂欢节，整个校园都洋溢着节日的氛围。该校日记节已经连续举办了21届，每一届日记节，都成为师生的集体美好记忆。

日记教学的模范人物管炳圣老师，退休后在自家小院建起“银杏日记收藏馆”，个人收藏之丰富，在省内外也是首屈一指，其被评为“齐鲁书香之家”、全国“百姓学习之星”，参观者络绎不绝……

长期的日记教学实践，产生了持久广泛的影响。我们的语文老师在指导学生日记写作中，师生共写，也实现了个人的成长。白玉红、刘先开、李建秀等一大批骨干老师，撰写了数量可观的随笔和论文，发表在各级专业报刊，并出版多部个人专集。我们的日记教学经验，在《青少年日记》《山东教育》等报刊报道。本人在全国新教育“萤火虫”读书种子培训会议作过经验介绍，2022年还被中国共产党员日记馆评为第四届中国日记十大杰出人物。

在教研员岗位上时间久了，我也曾对基层教研员角色作过一些反思。教研员在一般老师眼里，好像领导；在机关行政领导眼里，你是普通一兵。你像领导，但是不能以领导的架势去面对老师；是普通一兵，自我要求上又不能混同一般的老师。这是一个集教研、科研、管理、指导与服务为一体的角色。发现、培养优秀青年教师，关注、引领教师的专业成长，是教研员不变的职责，教研员应有“为他人作嫁衣”的情怀。站在舞台中央亮光里的，是光鲜亮丽的老师，教研员则是站在台边幕后欣赏和鼓掌的那个人。

初做教研员的时候，自家面对的一群人，有 20 世纪五六十年代生人，未免有一点年轻人的谦逊和畏惧；到现在面对的多是九零后的一群，零零后新人也都呼之欲出了，总可以直起腰来，以长辈的身段跟他们对话吧。突然发现，你好好跟他们说话，有的还爱搭不理，或者跟你虚与委蛇。你认为的好事，只是你认为的，并不入他的心。时代变了，人的思想也变了，说教都吃力，你就更别想端架子训诫了…… 怪不得古人说“人之患，在好为人师”呢。混迹于一个较长年龄跨度的群体后，就会醒悟，根本没有一个方子可以包打天下的事，你得调动全副的身眼手法来应对这波新生力量。这也给教研员提出了一个新功课，要与时俱进，活到老，学到老。

教研员到底是干什么的？我觉得自己更像一个转悠在田间地头的老农，心里、眼里就是打理好自家的责任田。浸润于课堂，天天与老师和学生打交道，看得多了，就有自己的一些思考，随手记录下来。长长短短的，就积累了二十六万字。2019 年 6 月，出版了第一本个人专著《语文教研笔记》。拿到书后，虽然也是沉甸甸的，但是没有一点想象中的惊喜。区区二十余万字，是半生摸爬滚打、跌跌撞撞的真实写照。自己干了点什么，以文字的形式，明明白白地摆在那里。

五十以后再出发

作为一名教研人员，竟于心不甘。我觉得再勤奋一点，可以做得更好。凡接触课堂、接触教师、接触学生，甚至走进学校，其实已经开始了教研工作，我们无时无刻不在思考和研究当中。教研员是最接地气的研究者，从事的是田野调查与实践的活动，干的是双脚沾满露水，双手沾满泥土的活计。每年工作的大半时间游走于校园，纠缠于课堂，周旋于各种会议培训和座谈……每次活动，每个节点，都可以形成随笔、札记，都是生成文字的绝佳来源。

这样的字数，两年为期，能不能够完成呢？当时产生一个大胆的设想，如果自己肯吃苦，再卖力一点，每周写一篇教学随笔，以一年半为期，18 个月，以每月四个周算，至少 76 个周，每篇文章两三千字的话，坚持下来，就能写到 20 万字左右。

理论是这样，但是难持之以恒。如果没有监督，就很容易疲惫、懈怠，以至放弃。“板凳要坐十年冷，文章不写半句空”，即使有好的素材，不去写，梦想就是画饼，会像匆匆的时间一样，付之东流。

2019 年 3 月，我申请了个人公众号，用这个办法提醒自己，及时撰写，定时发布，并分享于朋友圈，把写作成果不避美丑地袒裼裸裎于众，大白于天下，接受围观和批评。写得好呢，自己也有自得激励之心；写得不好呢，那种如芒在背的感觉也能警示自己：写好下一篇。当人有了使命感，驱使自己去完成任务的时候，你就会有种迫不及待地追寻灵感的热情。一旦开动思考的机器，那些沉寂的司空见惯、平淡无奇，也会时时迸出耀眼的火花。有时仓促赶着发布，疏于修改，还会夹带很多错误。这也说明了这些篇什是逐个字逐个字码起来的，是热腾腾新鲜出炉的。

很高兴有许多同道，看后点了赞；不点赞，也不会影响我坚持的心情。我需要的只是一种无形的自律。毕竟不是写时尚畅销书，要受观众或市场的左右，读者急着争着要读，作者要迎合读者的品位。我选择的是一条艰涩冷清的小路，这条路注定不会有太多的喧嚣和热闹，因为下的是笨功夫，走的是长途。我就心平气和地、慢慢地一一写来。

截至 2020 年国庆节，我撰写的文字，聚沙成塔，已 80 余篇，洋洋二十余万字。主要是以教学随笔形式，展示本人从事基层语文教研实践的思考和收获，每篇都有两三千字。内容涉及课堂观察、教师培养、课例研究、读书感悟、短评札记等方面。期间有零星篇章发表在《中学语文教学参考》《语文建设》《教师博览》《语言文字报》等报刊。2021 年 9 月，书稿最终结集为《语文教研手记》出版。

清人张潮在《幽梦影》中说："昔人欲以十年读书，十年游山，十年检藏。予谓检藏尽可不必十年，只二三载足矣。"我的理解是，在人生最好的年纪，十年时光好好地读书学习，十年时光好好地工作生活，所谓二三载的沉淀总结，不过是二十年累积的报偿兑现而已。

"却顾所来径，苍苍横翠微。"当老师是一条充满挑战、有意思的路，一路走来，不光有崎岖坎坷，也有越过泥泞后的风和日丽，鸟语花香。2019 年，在我 50 岁的时候，被评为正高级教师。美好的结果往往出于相互的成全，感谢语文教研这个岗位，感谢生命中遇到的各位领导、师友、语文同伴和学生们，是他们给予我一路走下去的力量，提供了一片足够深入实践检验并能收获的美丽田野。

有的人像狮子，向往的是一片广阔的森林；而我更像兔子，陶醉于洞口的几根胡萝卜。有的人跑成了一条狼，狼有肉吃；而我站成了一棵树，树能扎下深深的根。今后的岁月里，我愿意勇猛精进，继续老老实实地做好自己的事。

第五辑

超然流韵

吃茶原是禅一味

诸城产茶，是近代以来的事情，引种绿茶是20世纪中叶的事，诸城号称纬度最北的江北绿茶产地。东南海上来的水汽，到此地受高山阻挡，形成特殊的气候条件，山地土壤酸碱度等适合种茶。诸城绿茶，以独特的豌豆香味为标志，区别于南方茶，以及周边地方茶而闻名遐迩，成为一个品牌。你可知道，苏轼与密州、与茶，可是大有关联呢。

北宋熙宁年间，苏轼知密州，政务之余，饮酒、会客、赏花、赋诗自娱，自然离不开茶。《东坡乐府》卷上，诗中就有记载："寒食后，酒醒却咨嗟。休对故人思故国，且将新火试新茶。诗酒趁年华。"史载这首词《望江南》作于寒食后一二日。

在此，我们要提及的是苏轼的另一首诗作《和蒋夔寄茶》，也是关于茶的，且与密州有关。那是苏轼到密州后的第二年，有个叫蒋夔的故人送他一团茶。此茶虽是凡品，却也引出一番吃茶的韵事来。原作抄录如下：

和蒋夔寄茶

（又名《和寄茶》）

我生百事常随缘，四方水陆无不便。

扁舟渡江适吴越，三年饮食穷芳鲜。

金齑玉脍饭炊雪，海螯江柱初脱泉。
临风饱食甘寝罢，一瓯花乳浮轻圆。
自从舍舟入东武，沃野便到桑麻川。
剪毛胡羊大如马，谁记鹿角腥盘筵。
厨中蒸粟埋饭瓮，大杓更取酸生涎。
柘罗铜碾弃不用，脂麻白土须盆研。
故人犹作旧眼看，谓我好尚如当年。
沙溪北苑强分别，水脚一线争谁先。
清诗两幅寄千里，紫金百饼费万钱。
吟哦烹噍两奇绝，只恐偷乞烦封缠。
老妻稚子不知爱，一半已入姜盐煎。
人生所遇无不可，南北嗜好知谁贤。
死生祸福久不择，更论甘苦争蚩妍。
知君穷旅不自释，因诗寄谢聊相镌。

此诗可以分成四段来读，四句一段，很规整。第一、三段写密州之前的生活，第二、四段写到密州后的生活。这样间隔回环，像照镜子，正面照了，反面又照，往复对比，浑成其趣。

“我生百事常随缘，四方水陆无不便。”我这个人啊，生来惯常随遇而安，放到哪里是哪里，放到水里和水融一起，放到泥里和泥和一处，万事随缘，尤其对于饮食，从不挑肥拣瘦，易满足，好打发。

通判杭州那一段日子，“三年饮食穷芳鲜”，东南各色佳味吃了个遍。南方风物好，苏轼不吝笔墨夸赞那里的美食：“金齑玉脍饭炊雪，海螯江柱初脱泉。”鱼米之乡，最不缺的是雪白的米饭，鲜美的海味河鲜。“临风饱食甘寝罢，一瓯花乳浮轻圆”，吃饱睡足之后，再来上一盏香喷喷的西湖龙井，茶美器洁，可赏玩可啜饮，诚如刘禹锡所言，“欲知花乳清泠味，须是眠云跂石人”，那美气，只有神仙可相比了。

杭州的一段生活，给诗人留下了许多美好的回忆。来到密州，只图离自己兄弟任所近便一些，没料想是由天堂之所来到苦寒之地。“自从舍舟入东武，沃野便到桑麻川。”北方的景物，与江南富庶之地完全不同。以北人常识，走岗过岭如履平地，坐车的话简直是坐在炕上，如果乘船，会晕得呕吐不止。现在轮到惯坐船的诗人，不适应千里平原，反觉乘车颠簸不平起来。“剪毛胡羊大如马”，让苏轼感到惊奇，世间还有这等奇葩生物。此事犹可，饮食习惯的变化，让他头痛不已，“谁记鹿角腥盘筵”，过去的美食令人回味无穷。北方的饮食习惯，在苏轼眼里，简直就是陋习：“厨中蒸粟埋饭瓮，大杓更取酸生涎。”大米变小米也就罢了，当地人喜食酱佐餐一项，就够匪夷所思。这“大杓更取”的一味神秘佐料就是大酱，密州地方特产，当地有一句歇后语，单道这土法割酱的妙处：“大葱抹酱，不理咸菜。”只要有大酱配大葱，其余各色咸菜都是浮云。“酸生涎”的这道辅菜，四季家常下饭必备，非个中人不识其味。这譬如内地人想象沿海的天天吃海产怎么享得了那个腥秽，东部人想象西北高原的人顿顿吃羊肉怎么呛得了那个膻气。苏轼初来乍到，尝到咸里带酸的东鲁风味，与川味和浙江菜大异其趣，想来一定是怪怪的。对密州的饮茶习俗，苏轼也毫不客气指摘品评，当地人保留着落后的传统习俗：“柘罗铜碾弃不用，脂麻白土须盆研。”蔡襄《茶录》载：“茶罗以绝细为佳，罗底用蜀东川鹅溪画绢之密者，投汤中，揉洗以幂之。”“茶碾以银或铁为之。黄金性柔，铜及碪石皆能鉎，不入用。”标准通行的煎茶技艺，是先将茶饼用铜碾研细，再用茶罗仔细筛过，是极细致，极讲究的一套程序。南方的一套精致茶艺，到这里完全没有用武之地。当地人的制茶办法是芝麻加观音土，瓦盆研细，开水冲服，这不但粗陋俗气，其落后程度更是闻所未闻。而故交好友并不知晓这些，仍然以老眼光看我，觉得到了新地方，该是风雅不减："故人犹作旧眼看，谓我好尚如当年。"知我旧时，对茶道有很深的造诣，研究得那叫一个透彻："沙溪北苑强分别，水脚一线争谁先。"《茶录》说"建安斗茶,以水痕先者为负,耐久者为胜。"诗人深谙此道。以本地当今泡茶为例,用桃林山泉水冲泡的茶水,喝上一整天，白瓷茶碗光洁如新，不带沾一点茶锈的；同样的茶叶拿自来水冲泡，不消半天，茶碗就水渍斑斑，惨不忍睹了。以此兼看古人对茶水优劣之区分，信不诬也。

不难理解，故人相交，以好诗和好茶相酬答："清诗两幅寄千里，紫金百饼费万钱。吟哦烹噍两奇绝，只恐偷乞烦封缠。"极是风雅。风雅是风雅得很，只是故交不知，命运将自家发落在这样一个不太懂茶的所在。

好茶入手，正在慨叹沉吟之间，大约苏轼正在琢磨着如何处置这单难得的馈赠,还没等吩咐明白,让人难过的一幕发生了："老妻稚子不知爱,一半已入姜盐煎。"苏轼在《书薛能茶诗》中说,"唐人煎茶用姜。故薛能诗云:'盐损添常戒,姜宜着更夸。'据此,则又有用盐者矣。近世有用此二物者，辄大笑之。"好好的一个温习茶道、抚今追昔的机会，就这样被老婆孩子三下五除二地一番神操作，生生给搞砸了。这败兴煞风景的事，搁谁，谁不窝火呢？但此刻,显示出了苏轼可爱的一面:老婆既是有啥做啥,那么咱就来个做啥吃啥好了。可不能怪老婆孩子，他们何尝不是急急炮制，以解男人之馋吻呢。

明明是糟蹋了好东西，却成了一个心灵开悟的关口，此刻诗人生命的感悟，如万斛泉涌："人生所遇无不可，南北嗜好知谁贤。死生祸福久不择，更论甘苦争蚩妍。"对于死生祸福都看淡的人，川辣浙甜，南方人喜食淡，北方人偏吃咸，哪样更科学？哪个更养生？好像各有长短，没法评判，那么在区区吃喝拉撒上纠缠争执，实在浪费生命，不值得。

苏轼顿悟的灵光一闪，让我们发现了生活饮食中活脱脱的禅机禅趣，人生处处是参禅悟道的关棙子，难怪有大德甚至说，道在屎溺之间。假如苏轼对老婆骂个狗血淋头，结局只能是不欢而散，大家争一肚皮闲气，根本没意思嘛。

化悲摧为谐趣，这正是诗人过人之处。诗人并且还在把自己宝贵的心得体会，转而分享友人，以期共勉："知君穷旅不自释，因诗寄谢聊相镌。"友人的困顿和无可超拔，与诗人其时的境遇怕是一样的。所以诗人全部的体悟和劝诫，说到底，就变成了赵州禅师的那一句当头断喝："吃茶去！"

诸城绿茶借苏轼来打品牌，撑门面，仍是心虚一些。还不像酒，"明月几时有，把酒问青天"，词是写在超然台上，酒呢，喝的是地道的诸城烧酒，原料主要是地瓜干，也掺和高粱秫秫。苏轼自己也酿酒，《文集》卷七十三《黍麦说》："吾昔在高密，用土米作酒，皆无味。"《水调歌头》"小序"记录中秋之夜"大醉，兼怀子由。"《超然台记》言："凡物皆有可观。苟有可观，皆有可乐，非必怪奇伟丽者也。哺糟啜醨皆可以醉；果蔬草木，皆可以饱。""推此类也，吾安往而不乐？"这样将地瓜烧，喝出高级佳酿的味道，吃野菜也能把自家吃胖了的，这世上除了一个苏轼，也是没谁了。从这点来看，苏轼燕处超然，面世达观，他追求的是"饭疏食，饮水，曲肱而枕之"的朴素生活之乐，其吃饭、喝酒，与其饮茶，又是何其相似！

茶是什么味？茶就是茶的味道。可以想见，苏轼喝着这道饱含人生百味的无上妙品，不唯频频点头，而且还会啧啧有声：“嗯，味道不错！”

柳絮飞时花满城

宋神宗熙宁九年（1076），是苏轼来密州的第二个年头。三月三日这天，苏轼偕同僚好友，步出南门，登上了城南高埠。放眼南望，马耳、常山如在眼前，转眼东望，旷远绵邈，淡淡浮烟中托出卢山、障日诸峰。远山含黛，川原寥廓，长林染绿，细草如茵。这是一幅大宋京东半岛地区典型的暮春图。

脚下的高坡，土色如丹，与别处不同，裸露的断崖可以看出，全是红石板。这种土质在深沟底或者打井到土地深层，都会见到。作为一个高岗的表层土壤全是这种红颜色，只有一种猜测，这里在久远以前，也曾是低洼之地。高岗前新修的一条防波长堤，护住从东南山委蛇而来的河水，在城南红土湾一盘桓，绕过城西南角楼，往北直入潍河。

密州城分南城北城，南城大，北城小，俯瞰呈一个“凸”字形状，这与老北京城池特别相似。城南东西走向的高坡，恰像一道天然屏障，将河水与城池隔开。嘉靖《青州府志·诸城》记载：“柳林河，出石门山，流径县西北入于扶淇，由潍达海。”下有按语：“柳林河，密人以为上巳祓除之所。是日，城中轻俊携酒挟歌妓游赏竟日。”这条河古来就是邑人清明踏青的好去处，也是文人雅士寒食祓禊祈福的所在。

过去的一年，抗旱、灭蝗、捕盗，可把初来密州的苏大人操持坏了。苏轼到密州是宋熙宁七年（1074）岁末，熙宁九年（1076）岁末离任，差劲的年景都让苏轼摊上了。康熙《诸城县志》“祥异”条目记载：“熙宁六年，蝗。七年，蝗，大饥，盗起满野。八年，蝗，自正月至六月不雨。”他在离任密州的最后一天，大年夜夜宿潍州，在《除夜大雪留潍州元日早晴遂行中途雪复作》中也提到：“三年东方旱，逃户连攲栋。”

经过一年折腾，一切都有了头绪，这才安顿下来，能够喘上一口气。苏轼一贯是善于苦中作乐的。虽然生活在这“寂寞山城”“尘容已似服辕驹”，但是“野性犹同纵壑鱼”，苏大人的风雅情怀是不能改的。时逢上巳，临流赏景，衔觞赋诗，一直是文人的雅事，咱们的苏大人又岂肯轻易错过。

邑人张世则曾以“古密饶风景，城南天下希”的名句，极力推崇城南风光。苏轼也称赞过“南山有佳色，无人空自奇”，毫不掩饰对密州山水的赞美。密州百姓当然也乐得在这个节日倾城出动，扶淇河两岸，游人如织，士女如云。南禅、资福等寺庙，传来悠悠的钟声。进香随喜，击鼓敲钟的余兴节目一定少不了。这咚咚咣咣的钟鼓乐音，也为沉寂一冬的原野平添了不少生机和热闹。

苏轼一行漫步南禅寺外的流杯亭，陶醉于春天的美景，留下了一段曲水流觞的佳话。他以一首小词《满江红·东武会流杯亭》，把这天的活动记录了下来：

满江红·东武会流杯亭

东武南城，新堤固，涟漪初溢。隐隐遍、长林高阜，卧红堆碧。枝上残花吹尽也，与君试向江头觅。问向前、犹有几多春，三之一。

官里事，何时毕。风雨外，无多日。相将泛曲水，满城争出。

君不见兰亭修禊事，当时座上皆豪逸。到如今、修竹满山阴，空陈迹。

在这首词前有小序："东武会流杯亭，上巳日作。城南有坡，土色如丹，其下有堤，壅郏淇水入城。"将游春的时间、地点，地形、地貌，以及当时的水文特征，一一信笔写来，交代得清清楚楚。小序成为一条宝贵的史料，真实描述了当年的实际情形。

城南的这条新堤，是苏轼主政密州以来，去年冬天刚刚完成的一项民生工程。过去的一年，八月份重新修葺了超然台，冬季调拨民夫，修整加固了城南防波堤。密州城南水系复杂，沟汊纵横。贴南城墙根外，是从东武古城岭上下来的一股水，这也是护城河的一部分。翻过一道岭岗就是新堤岸护住的柳林河，从东面石门山里过来，另有从正南常山下来的一股水，和从西南茁山下来的一股水，共同汇成了扶淇河。苏轼在《再过超然台赠太守霍翔》提到过这条著名的河流："郏淇自古北流水，跳波下濑鸣玦环。"从密州南半天深山巨壑过来的几股水，平常时节缓缓流淌，从西南角楼外绕过城池，倒也相安无事。但是在雨季，各条河流水势凶猛，像脱缰的野马，潍河下游泄水不及，扶淇河水就会泛滥，冲决堤岸，从护城河倒灌入城中。

读苏轼这首词，除了了解全新的地理环境、大好的雨后春光，我们还不难看出诗人伤春的丝丝情绪。"枝上残花吹尽也，与君试向江头觅。"看到春花零落，急起寻觅，但愿能抓住春的尾巴。"问向前、犹有几多春，三之一。"扳着指头数一数，春景所剩无几，让人黯然伤神，大好春光已悄悄过去大半。

"官里事，何时毕。风雨外，无多日。"官身不自由，为生计苦奔忙，不知什么时候是个头。除去风风雨雨，风平浪静的日子本来就没有多少。"相将泛曲水，满城争出。"上巳日游春踏青，古来如此。苏轼很享受与民同乐的感觉，“满城争出”与“为报倾城随太守”一样，又一次上演了密州百姓追随太守狂欢的盛大场景。

但是行文至此，笔调陡转：“君不见兰亭修禊事，当时座上皆豪逸。到如今、修竹满山阴，空陈迹。”遥想东晋永和九年岁在癸丑兰亭修禊事，多么盛大风雅，曾经的俊杰雅士，曾经的世家大族，到头来都风流云散，落得一场空。

人生苦短，不禁让人悚然惊觉。只有对时间有着敏感体验，对人生有痛彻感受的人，才会有这样的感叹。去年的正月二十，苏轼梦到了死去十年的结发妻子，写下著名的悼亡词《江城子·乙卯正月二十日夜记梦》：“十年生死两茫茫，不思量，自难忘……”年龄不到，心境不到，人生阅历不够，都不会有这样的感慨。

密州的这个春天，格外勾起了诗人的闲愁万种：“春已老，春服几时成。”“九十日春都过了，贪忙何处追游。三分春色一分愁。”“年年行乐不辜春。”“惆怅东栏一株雪，人生看得几清明。”寒食节后，苏轼登上超然台，写下了一阕《望江南·超然台作》：“春未老，风细柳斜斜。试上超然台上看，半壕春水一城花。烟雨暗千家。寒食后，酒醒却咨嗟。休对故人思故国，且将新火试新茶。诗酒趁年华。”

刚来密州的那个大年夜，面对将要燃尽的灯火，看着烛台扑扑溅下灯花爆落的余烬，苏轼仿佛看到了转眼即逝的年华。他在题赠屯田员外郎段绎的诗中写道：“龙钟三十九，劳生已强半。岁暮日斜时，还为昔人叹。今年一线在，那复堪把玩。”初来密州的现状，很是令人乐观不起来。“此生何所似，暗尽灰中炭。”岁云暮矣，一股难言的悲凉落寞油然而生。苏轼享年 65 岁，眼下正年届不惑，生命已然过半，以他心态上的颓老来看，这份叹息不完全是自谦。

对岁月流逝的紧迫感，对人生易老的无奈，苏轼往往比常人有着更细腻的感受。熙宁九年十月，得知将移任他调的消息，苏轼又登上超然台，吟出了这样的句子："人事凄凉，回首便他年。莫忘使君歌笑处，垂柳下，矮松前。"

苏轼离别密州时，深情款款地与他留恋的超然台、雩泉、释迦寺牡丹等一一道别，其中《别东武流杯》写道："莫笑官居如传舍，故应人世等浮云。百年父老知谁在，惟有双松识使君。"

一个人如果对某一地方情有独钟，即使远隔千里，年深日久，还会再次光顾，有时是梦中重游，有时是偶然路过，恰似冥冥之中的一种牵引。苏轼自己说起过，他两次到杭州为官，头一回去的时候，他就言之凿凿地说，他的前世已经来过这里："前生我已到杭州，到处长如到旧游。"《过旧游》诗下也有苏轼自家墨迹云："仆昔为通守杭州，初入寿星寺，怅然如旧游也。"

离开密州十年后，苏轼赴任登州途中，取道密州，再一次来到了流杯亭上。他发现了自己当年的墨迹，细细端详后，不禁莞尔，挥笔又写下了《和流杯石上草书小诗》："蜂腰鹤膝嘲希逸，春蚓秋蛇病子云。醉里自书醒自笑，如今二绝更逢君。"作诗韵律上的缺陷，题字书法上的毛病，回头来看真不少，对于前次的乘兴留题进行了自嘲：呵呵！想来当时真是大醉了。

知密州军州事，这是苏轼头一回出任地方长官的一把手，城南这道防波长堤就是苏轼亲民爱民的政绩，是名副其实的"苏堤"。

据说苏轼主政过的一些城市，有不少在抢注"苏堤"的，纷纷表示"苏堤"在自家那块地，争得不可开交。北宋元祐四年（1089），苏轼任杭州知州时，疏浚西湖，利用疏浚西湖的淤泥构筑“苏堤”，这是世人熟知的。在此之前的北宋熙宁十年（1077）秋，徐州大水围城。《宋史·苏轼传》载：“率其徒持畚锸以出，筑东南长堤，首起戏马台，尾属于城。”明嘉靖《徐州志·山川》也有关于“苏堤”的条目：“宋苏轼守徐时，河决为患，因筑以障城，自城属于台，长二里许，民赖以全，活者众，今尚存。”

天下人知杭州有“苏堤”，不料在徐州抗洪修建有“苏堤”。杭州、徐州均有“苏堤”，岂不知在此前更早的时候，苏轼知密州时还修过一条“苏堤”。

这条防波堤旧址就是现在的三里庄水库北堤坝中间位置。大坝是1958年代修建，从水库中迁出村庄住户，同时还出土了巨型鸭嘴恐龙化石。这个地方，千百年来从未大规模开垦过，是典型的胶莱盆地湿地地貌，千万年前曾是恐龙的栖息地。现在的水库，碧波荡漾，山水相映，总库容量5434万立方米，比三个杭州西湖还要大，是小城居民重要的饮用水源地，也是人们休闲游玩的好去处。近年来经过城市规划，环湖拉起了围栏，又修建了漂亮的健身跑道，分骑车线和步行线，中间划线分开，顺着堤坝往东南走可以一直走到注扶河，如果有兴致，可以沿步道绕湖一周。

以时间轴排列，密州“苏堤”无疑是时间最早的，这一点大约不会有什么争议了。

“苏堤”虽然没有当作文物保存下来，它已经包裹于新的堤坝里面了。这也正像苏轼的德行、政绩的遗爱，早已融入密州历史文化内核的一部分，成为小城的精神底色。

明万历《诸城县志》载：“三月三日，县宰偕僚属教职同往祭常山之神，并祀苏文忠祠。城中士女结伴登山，云集山麓，一则赛神，二则玩景。其香铺楮钱、村醪野饭罗列于山上下，日暮方归。俗尚沿袭，其来久矣。”

在那个柳絮轻扬、花谢花飞花满天的春天里，苏轼一定没有想到自己百年之后，会被供入名宦祠，成为密州百姓娱神娱人的一个好由头。如果苏轼还有再来的机会，在这个相同的时节，站在相同位置的堤岸上，他会不会有全新的兴发，写出不一样的诗句？这个，应当是肯定的。

千古快哉一坐标

宋神宗元丰六年，苏轼贬居黄州时作过一首《水调歌头·黄州快哉亭赠张偓佺》，其中有句："堪笑兰台公子，未解庄生天籁，刚道有雌雄。一点浩然气，千里快哉风。"句中暗讽宋玉这个马屁精，硬说什么风还分雌雄，他不可能理解庄子的风是纯然天籁。苏轼认为一个人只要具备顶天立地至大至刚的浩然之气，就能在任何境遇中处之泰然，享受到无穷快意的千里雄风。

《风赋》载楚襄王游兰台，"有风飒然而至"，王披襟当之，喜不自胜地脱口而出："快哉此风！""快哉"一词出于此。

张偓佺，就是苏轼《记承天寺夜游》中的那个张怀民，时亦谪居黄州，与苏轼同是天涯沦落人，但不堕其志，可谓同道。张偓佺在住处西南建了一所亭子，苏轼就为之命名"快哉亭"。

因为诗句"一点浩然气，千里快哉风"颇为简洁爽快，读之令人顿生一股豪侠之气，遂成为千古名句，世人因而也记住了"快哉亭"。

但这并不是苏轼头回以"快哉"来命名亭子。早在知密州（今山东诸城）期间，他就建造过一座"快哉亭"。《栾城集》卷六有苏辙《寄题密州新作快哉亭》二首：

其一

车骑崩腾送客来，奔河断岸首频回。
凿成户牖功无几，放出江湖眼一开。
景物为公争自致，登临约我共追陪。
自矜新作超然赋，更拟兰台诵快哉。

其二

槛前潍水去沄沄，洲渚苍茫烟柳匀。
万里忽惊非故国，一樽聊复对行人。
谢安未厌频携妓，汲黯犹须卧理民。
试问沙囊无处所，于今信怯定非真。

苏辙真是一个称职的好“书记”，他们兄弟相得，时常唱和。他的不少诗词都是对苏轼的思想情感、文学成就、宦绩行踪等的绝妙完善和补充，简直是苏轼的一面镜子。苏轼自己遗漏、看不到的东西，我们竟从苏辙诗词中得到了。诗中所记这座亭子，大约建于熙宁九年。这时苏轼初到密州的一段苦日子暂告一个段落，政事大有起色。位置大致在密州城西北，白玉山下，潍徐官道上潍水南岸渡口。此处旧有“皇华馆”，这是一个迎来送往的处所。“槛前潍水”“试问沙囊”（韩信囊沙水淹龙且事）指出了坐标方位，濒临潍水。苏辙所言“自矜新作超然赋，更拟兰台诵快哉”，其时间应在超然台修葺落成之后。熙宁八年（1075）年年底苏轼作《超然台记》,熙宁九年（1076）有《水调歌头·明月几时有》《望江南·超然台作》等诗篇。

另有文同《丹渊集》卷十五《寄题密州苏学士快哉亭》记载：

出城送客客未来，主人到处先徘徊。
地临潍水极清旷，每为送客双限开。
客来既坐歌管作，红袖劝酒无停杯。

主人自醒客已醉，门外落日骊驹催。

揖客上马退岸帻，未忍便拥千骑回。

满襟高兴属轩槛，野阔风长真快哉。

此也是文同应苏轼所嘱而作，简直还原了一场完整的送客事务：从主人早到候场，眼巴巴等着客人，到饯别宴席的笙管齐作、觥筹交错，到“劝君更尽一杯酒”把客人灌醉而自个不醉尽礼而退，到客已去主得安的浑身放松，一一活画出来。同样简洁明了指出具体位置“地临潍水”，原诗中有小序“太史云，此城之西北送客处也”。当为苏轼文同简中语，惜早佚。

其实，苏轼不只在密州作快哉亭，移守徐州，又为另外一亭子命名“快哉亭”。《徐州府志》记载，此亭系时任京东提刑使持节徐州的李邦直在唐阳春亭旧址改建。熙宁十年（1077），苏轼调任徐州知州后，常约宾朋来到游玩。一天，李邦直请苏轼为之命名，苏轼挥毫写下了《快哉此风赋》：“贤者之乐，快哉此风。虽庶民之不共，眷佳客以攸同。穆如其来，既偃小人之德；飒然而至，岂独大王之雄？如夫鹢退宋都之上，云飞泗水之湄，寥寥南郊，怒号于万窍，飒飒东海，鼓舞与四维。固以隅晋人一吷之小，笑玉川两腋之卑。野马相吹，抟羽毛于汗漫，应龙作处，作麟角以参差。”从此阳春亭易名为“快哉亭”。

人知黄州“快哉亭”，岂知早有密州“快哉亭”乎？人知苏轼密州作“快哉亭”，岂知复有徐州命名“快哉亭”乎？人知东坡有赤壁怀古，有“大江东去”之豪情，岂知先有密州出猎“亲射虎，看孙郎”乎？

密州潍水滋润浇灌了苏词超然豪迈之气，恰如一棵健壮的小苗，蓬勃发轫，不曰快哉？到徐州遇黄河决口，几乎葬身鱼鳖之腹，军民奋战，死里逃生，不曰快哉？乌台诗案后至黄州，有长江之水滚滚东逝，历尽劫波，胸襟为之更为开张，遂成豪放词派洋洋大观，不曰快哉？……溯本追源，汩汩滔滔，古人之精神气脉竟是一以贯之，不绝如缕。

没有潍水边那个小亭子的创建，就不会有后来同一字眼的反复启用；没有密州的低回和沉吟，就没有后来的反复咏叹和朗声高唱;没有密州出猎的田野实践,就没有扫荡柳七郎风味"自是一家"的豪放词宗出世……苏轼自家也曾对继任坦言相陈:"阳关三叠君须秘，除却胶西不解歌。"密州是"快哉"的滥觞，是"快哉之风"怎么也绕不开的一个重要地理坐标。

东坡以降，"快哉"遂成浩荡之势，罡风吹处，开花散叶，别开生面。金圣叹批《西厢记》拷红一折，竟达三十三个"不亦快哉"，如："推纸窗放蜂出去，不亦快哉！""看人风筝断不亦快哉！""还债毕，不亦快哉！""读《虬髯客传》，不亦快哉！"……其后又被梁启超、林语堂、贾平凹、三毛等人竞相模仿，又被翻译到国外，更是引起了国外大批人士效仿。到此，不禁忧从中来，这样"快哉"怕有被人玩坏了的节奏。

苏密州的那些花儿

大凡世间花鸟草木，皆能入诗，只为花可解语，鸟能依人，草木含情。孔子论《诗》:“多识于鸟兽草木之名。”杜甫言 :“感时花溅泪，恨别鸟惊心。”李白说 :“名花倾国两相欢，常得君王带笑看。”张潮更是坦白直言 :“若无花月美人，不愿生此世界。”我们今天就来盘点一下苏轼知密州的诗文，重新欣赏一下那些有关花的诗句，随着苏密州的足迹看花去。

熙宁八年（1075）三月，来到密州的苏轼刚过了一个囫囵新年，阳春时节，出城送客。出了东门，翻过大华岭，视野一下开阔起来，远郊油碧，沃野无垠，铁沟河潺潺地流着，卢山正在逐渐返青。经过了一个寒冬，天气乍暖，惠风和畅。苏轼兴致勃勃，循水漫步。因时序尚早，除了向阳坡草窠里零星的荠菜和刚冒芽的“扎纫”（茅草幼芽，形似针，嫩而甜，能食），难得找到什么花朵。迎面碰到在田间劳作的农人，亲切地打着招呼。让我们尝试还原一下他们互致问候的情境。既然是山野父老，定不会有官腔，他们打着土语问讯 :“吃了吗，恁？”可以确定地说，就是这么一句常用语，并且不论是否于刚刚饭后，还是距真正开饭时间尚早，千古不变，百灵百验。我们的父母官，当时经受着入仕以来头一回煎熬操持，从江南绮丽的“湖山之观”来到北方苦寒的“桑麻之野”，头年夏秋密州就遭了蝗旱之灾，当地百姓食不果腹，位高如苏轼本人，也是“斋厨索然”，“意且一饱”而不得，只能与同僚刘廷式等人沿古城根废圃采杞菊充饥。解决老百姓吃饭问题，是地方官员头等大事，生而为人，还有比一句“吃了吗”，更亲切的问候，更殷实的抚慰，甚至更高的理想吗？尤其是今冬雨雪调和，放眼川原，麦苗青青，一派丰收在望的喜兆。“我生百事常随缘”，苏轼是随便走到哪里都能积极融入，乐于跟百姓打成一片的主儿，对治下子民这样土味的肥喏，先是一愣，接着一定是乐呵呵地回应：“吃啦，吃啦，恁也吃了吗？”东鲁父老说话，从来不会拐弯抹角，舌头一贯平直，像摽着杠子一样响亮质朴；而父母官呢，则操着一点“n、l”不分的卷舌，是一口道地麻辣的“川普”……但这又有什么妨碍呢，方言不同，一点也不影响彼此心灵的沟通，和对美好生活的共同向往。这脆快酸爽、和乐亲切的一幕，被苏轼如实地记录了下来：“送客客已去，寻花花未开。未能城里去，且复水边来。父老借问我，使君安在哉。今年好雨雪，会见麦千堆。”（《出城送客不及步至溪上》）

有这看得见的良田，可以预期的“麦千堆”，苏轼心里当然是极其安逸的，“春来六十日，笑口几回开”。比起刚到密州所见所闻，所有的焦虑，都可以暂置一边。诗人这是寻花吗？眼里寻的是花花草草，心里可是关着苍生的痛痒，装着百姓的饭碗啊。这大白话的诗句，是真情流露，如一海碗白开水，淡，却真能解渴。无怪乎纪昀高度评价：“二诗皆老笔直写，无根柢人效之，便成浅率。”没有真性情的人，勉强模仿，学之反成效颦矣。

唐宋以来，世人皆爱牡丹，其被誉为花中之王，花之富贵者。

苏轼将牡丹繁茂喻为“锦被千堆”,将牡丹盛开比为“美人粲笑”。本城有田姓贺姓两位青年后生，也有爱花的癖好，为培植好花，甚至达到了不计成本的地步。二生雅慕苏轼所好，于初夏时节，热情地献上了亲手培养的牡丹花。苏轼感其殷殷真情，在诗作中表达了自己的由衷喜爱，惊艳所及，恍如自己也焕发了青春活力，甚至幻化出返老还童的一番遐想：“玉腕揎红袖，金樽泻白醅。何当镊霜鬓，强插满头回。”这一切，都保存在《谢郡人田贺二生献花》一诗中。本来名不出闾巷的二位献花乡人，也随苏诗名垂千古。因为诗的破题第一句，清清楚楚地标名了二位的姓氏、身份和居处：“城里田员外，城西贺秀才。不愁家四壁，自有锦千堆。”

苏轼不但爱花，他还是惜花之人。回忆起在杭州赏牡丹的盛况：“前年赏花真盛哉，道人劝我清明来，腰鼓百面如春雷，打彻凉州花自开。沙河塘上插花回，醉倒不觉吴儿咍。”来到密州后，又躬逢盛景，早听说城西古寺有老僧养的好花，苏轼不吝好词夸奖：“千枝万叶巧剪裁，就中一丛何所似，马瑙盘盛金缕杯。”一句“而我食菜方清斋，对花不饮花应猜”，这简直是独对妙人嘤嘤私语的甜腻表达了。这么解风情的人儿，怎会不对花畅饮呢？这里有一个原因,在《雨中花慢》一词小序中交代：“初至密州，以累年旱蝗，斋素累月，方春牡丹盛开，遂不获一赏。”原来持斋茹素期间，有着严格道德自律的知州大人，是一定不会耽于宴乐,盘游无度的。盛开牡丹的所在是城西龙兴古寺，苏轼压根就未涉足，对于那近在咫尺国色天香，他只是心中念念不忘而已。所以，对于遭受雨雹袭击后的残枝败叶，他又表达了深深的疼惜，发出一声悠长的叹息：“夜来雨雹如李梅，红残绿暗吁可哀。”(《惜花》)

世间竟有如此怜香惜玉之人！如果说菊遇陶潜，梅遇和靖，莲遇廉溪，成就一段知音相得的风流传奇，那么牡丹遇东坡，也是一往情深，说苏轼是不折不扣的护花使者，当不为谬吧？

苏轼还把欣赏好花的快乐感受，及时分享给亲朋好友。他在《答陈述古二首》中，介绍密州当地风情："城西亦有红千叶，人老簪花却自羞。"山东第二州，并非浪得虚名，如果嫌"枣林桑泊"不耐看，这千叶牡丹可是美得很，我见犹怜，真想摘来一朵插在鬓上呢。

熙宁九年（1076），芍药特盛，密州循旧俗，大会于南禅、资福两寺，以好花七千余朵供养佛祖。有千叶白芍药产自城北苏莒公禹珪家旧圃，品种稀有："正圆如覆盂，其下十余叶，稍大，承之如盘，资格绝异，独出于七千朵之上。"苏轼恶其名字伧俗，为之新命名曰"玉盘盂"。作《玉盘盂》歌咏之："两寺妆成宝璎珞，一枝争看玉盘盂。佳名会作新翻曲，绝品难逢旧画图。""花不能言意可知，令君痛饮更无疑。但持白酒劝嘉客，直待琼舟覆玉彝。"子由得闻此段佳话，立即作出回应，作诗《和子瞻玉盘盂》两首相庆："千叶团团一尺余，扬州绝品旧应无。赏传莒国迁钟虡，移忆胡僧置钵盂。""丰艳不知人世别，佳名新换使君诗。明年会看花尤好，剥尽浮苞养一枝。"

苏轼果真这么寻花逐柳，开开心心，那他不过是一个轻薄浮浪的花迷、花痴。这些，只不过让我们看到了他阳光的一面。遇到别样美景，他也会多愁善感，甚而也会黯然伤神。

他写给密州通判赵成伯的诗中，面对如花美景，感慨似水流年："应问使君何处去，凭花说与春风知。年年岁岁何穷已，花似今年人老矣。"（《留别释迦院牡丹呈赵倅》）表达了"年年岁岁花相似，岁岁年年人不同"的满腔情思。"世间万物不坚牢，彩云易散琉璃脆”，逝者如斯，千古一辙，读来不禁令人唏嘘。

物华焕新，百花盛开，对诗人昏昏终日的病体，都有一种幽微的引发和唤醒。“起行西园中，草木含幽香。榴花开一枝，桑枣沃以光。”看到花叶繁茂，鸟雀忘机，自然联想到人生的价值意义，对自我进行了反思：“杖藜观物化，亦以观我生。万物各得时，我生日皇皇。”（《西斋》）万物各得其所，独我病骨支离，“龙钟三十九，劳生已强半。”有志难伸，睹物伤神，悲从中来，念之让人由沉静至清冷，转而逼仄压抑。

清明时节，面对东栏盛开的满树梨花，苏轼在给继任孔宗翰的诗中写道：“梨花淡白柳深青，柳絮飞时花满城。惆怅东栏一株雪，人生看得几清明。”赏春触景，如果单是热热闹闹，花团锦簇，少了这样惜春、伤春的会心妙语，缺少了人生苦短的警觉和自省，那无异于肤浅空洞的没心没肺。

密州，只是苏轼仕宦生涯中一个短暂的驿站。他以诗词为载体，为这片土地上的花木作了记录和保鲜，至今让我们展卷读来，仍觉枝叶摇荡，异香满室。时间还会一再证明，苏密州笔下的那些花儿，注定会生机勃发，永不枯萎。

苏密州的人间烟火

宋神宗熙宁七年（1074）岁末，苏轼自杭州通判任上，来到密州。他的官衔全称很长，是一串很正式的表述，为便于理解，我们试着把它句逗如下："朝奉郎、尚书祠部员外郎、直史馆、知密州军州事、骑都尉、借紫。"简称就是"知州"。在密州两年，苏轼带领百姓灭蝗抗旱、救灾扶伤、减免盐课、整肃治安，建树了显著的功绩。勤于政事之余，苏轼留下了大量的诗篇。其中有一部分是描写家居生活、邻里之间的日常琐事，以及与同僚、地方人士的交往记录。让我们从苏轼知密州期间的诗文中钩沉索隐，还原苏轼普通人的一面。

一个人的家居生活，为柴米油盐所包裹，吃喝拉撒，最逃不开烟火气。下面这首《小儿》诗，就是写苏轼与老婆孩子的日常琐碎：

小儿不识愁，起坐牵我衣。我欲嗔小儿，老妻劝儿痴。儿痴君更甚，不乐愁何为。还坐愧此言，洗盏当我前。大胜刘伶妇，区区为酒钱。

此诗作于熙宁八年（1075）。苏轼初来密州，就遇上年景不好，蝗旱相仍，盗贼满野。现实与自己的愿望有很大一截距离，满腹闹心事如乱竿子扑头，加上又患痔疮，弄得他苦不堪言。

小儿子苏过当时约四岁，过来牵扯父亲衣襟，老子正闹心，气不打一处来，可能还呵叱了孩子一下。妻子可不乐意了，责怪起来，孩子痴吧——在诸城方言里，独有一词说人痴憨，曰“嘲巴”。苏夫人一定深谙方言土语的妙用，解气又到位，——孩子不懂事，就罢了，你比孩子还“嘲巴”！不高高兴兴的，愁有啥子用？两句话就让苏轼回过味来，是啊，有一肚皮气，也不能撒在孩子身上。看着孩子的笑脸，纵是铁石心肠，也会萌化了。妻子数落完，还不忘记拿出珍藏的好酒来，洗盏布台。苏轼这才回嗔作喜，啧啧称赞，还是自家老婆好啊，知冷知热的，可比刘伶的娘们儿强多了。

如鲁迅先生所言：“无情未必真豪杰，怜子如何不丈夫？知否兴风狂啸者，回眸时看小於菟。”这让我们看到了苏轼满腔柔情的一面。若只满足于自家“老婆孩子热炕头”，他就不是苏轼了。“幼吾幼以及人之幼”，苏轼还将这舐犊之情，播撒给了密州当地百姓。他在《与朱鄂州书》中提及：“在密州，遇饥年，民多弃子，因盘量劝诱米，得出剩数百石别储之，专以收养弃儿，月给六斗。比期年，养者与儿，皆有父母之爱，遂不失所。所活亦数千人。”在《次韵刘贡父李公择见寄》诗里，也记录了他面对深陷水深火热的子民，除暴安良，扶危济困，流露出一点不忍的恻隐之心：“绿蚁濡唇无百斛，蝗虫扑面已三回。磨刀入谷追穷寇，洒涕循城拾弃孩。”这是苏轼与老婆孩子的家居片段。直到四年之后，发生了一场大变故，又有了另一个故事，故事载于《东坡志林》。这一回，剧情反转，变成了苏轼解劝老婆。这个版本是与杨朴的故事交织在一起的，兹录于下：

宋真宗闻隐者杨朴能诗，召对问：“此来有人作诗送卿否？”对曰：臣妻有一首，云“更休落魄耽杯酒，且莫猖狂爱咏诗。

今日捉将官里去，这回断送老头皮”。上大笑，放还山。东坡赴诏狱，妻子送出门皆哭。坡顾谓曰：“子独不能如杨处士妻作一首诗送我乎？”妻子失笑，坡乃出。

前途未卜，生离死别之际，苏轼还能泰然处之，设法劝慰妻子：“看看！这个事上，您就不如杨朴的老婆了吧？”如此幽他一默，妻子只能破涕而笑了。

苏轼刚到密州，其时还不到四十岁。宦海沉浮已让他饱尝世味，自我感觉心态已然很老了。像所有上了点年纪的人一样，未免经常地回头望一望走过的路。熙宁八年（1075），乙卯正月二十这天晚上，苏轼忽然回到了眉州老家，看见结发妻子正在窗前对镜梳妆，还是旧时模样。“照花前后镜，花面交相映”，一切是那么娴静美好。只是四目脉脉以对，竟无一语。醒来始觉南柯一梦，先妻王弗的生命已于十年前定格在二十七岁。幽冥两隔，痛彻心扉，苏轼早已是泣下如雨泪湿红枕了……这段记梦的悼亡之词，见录于《江城子》：“十年生死两茫茫，不思量，自难忘……”

“自从舍舟入东武，沃野便到桑麻川”，生活环境发生了很大变化。“剪毛胡羊大如马”“厨中蒸粟埋饭瓮”的东国风情，让来自鱼米之乡的苏轼感到新奇不已。好在对于北地的生活习惯，苏轼能很快地入乡随俗。以前煎茶用什么样的水火，使什么样的器具，极其讲究；现在是一切从简，“柘罗铜碾弃不用，脂麻白土须盆研”。有一回，友人蒋夔寄来好茶一饼，拦挡不及的老婆早已下手操持，“老妻稚子不知爱，一半已入姜盐煎”，弄得苏轼惋惜不已，只好自嘲：“人生所遇无不可，南北嗜好知谁贤。死生祸福久不择，更论甘苦争蚩妍？”苏轼自称，“我生百事常随缘，四方水陆无不便”。赴得了琼林筵，凑合得路边摊；海鳌江柱吃得惯，菜根野草也能咽。《后杞菊赋》序里说，天随生自言常食杞菊，苏轼本以为夸大其词。等到自己来到密州，发现斋厨索然，食不果腹的时候，只好“日与通守刘君庭式循古城废圃，求杞菊食之”。笔者可以作证，诸城本地的野菜，如荠菜、苦菜、灰菜、马齿苋、萋萋芽、婆婆丁等，名目繁多，味道并不恶。吃腻了膏粱美味，偶尔尝试一下是可以的；若以之为主粮，可就差劲了。春天到了，会有成批的人倾城出动，到野外去寻挖荠菜。过了一冬的荠菜，宿根很壮实，新出的芽还没完全变绿，连根带叶洗干净，蘸面酱吃，有一股清新的甜味儿。但那些打从困难时候过来的人就不一样，他们一听到就皱眉，一看见了就作呕，一辈子都不想再碰它。苏轼吃的就是这样的野菜。此公食则食矣，而且“扪腹而笑，然后知天随生之言，信不谬”。想象一下那情境，苏轼一通细嚼之后，摩挲着饱饱的肚皮，吧嗒着嘴品咂回甘，忽然失声笑出：“哟呵！人家天随生说得对啊，这东西真能吃。”

苏轼好喝，但不滥饮，沾唇即醉，喝的只是个情调。喝高的一次是中秋节，“欢饮达旦，大醉”，作了那首冠绝古今的《水调歌头》，“明月几时有，把酒问青天”，兼怀子由。这一醉可不得了，所有写中秋词的都收手了，胡仔《渔隐丛话后集》称，“此词一出，余词皆废”。

苏轼自己不耐酒量，但赠送别人酒、看着别人喝酒，也是他的一种享受。时任通判赵明叔，好喝，家贫，碰到什么酒都能喝一气，每回都喝得醉醺醺的，并经常念念有词：“薄薄酒，胜茶汤；丑丑妇，胜空房。”这样一个终日浑浑噩噩的酒徒，别人听了他满嘴胡诌的村俗小调，只会一笑置之。但是苏轼一听，竟有怦然心动的感觉，“其言虽俚，而近乎达！”就写成了两首

《薄薄酒》，这就是地道的密州歌谣体了："薄薄酒，胜茶汤；粗粗布，胜无裳……"文章一出，马上流传开来。因其朗朗上口，包含深刻的人生感悟，一时和者无数。

苏轼从不吝惜将最好的酒送给好友，他把"碧香"酒送与赵明叔："不学刘伶独自醉，一壶往助齐眉饷。"赵郎中去莒县公干一个月，回来的时候，"门前人闹马嘶急，一家喜气如春酿"，"大儿踉跄越门限，小儿咿哑语绣帐"，东邻一家欢迎归人的热闹和谐的场景，深深感染了苏轼，他不忘及时地奉上一壶接风："题诗送酒君勿诮，免使退之嘲一饷"。

熙宁八年（1075），十二月二十三日，这天立春，病中的苏轼邀约了文安国、乔禹功等人一个饭局。自己不能饮，可丝毫不敢减了宾客的雅兴。他委托"喝家子"赵成伯主持宴会，自己"杖策倚几于其间，观诸公醉笑，以拨滞闷也"。坊间传闻赵成伯家有丽人杨姐，还是苏轼的老乡，但老赵藏之深闺，不肯轻易示人，好长时间，外人难得睹其真容。佳人近在咫尺，岂肯当面错过？苏轼就写了几首小诗，以通款曲，有"莫言衰鬓聊相映，须得纤腰与共回""隔篱不唤邻翁饮，抱瓮须防吏部来"等句。还有一首，直白地表明题赠此女子："坐来真个好相宜，深注唇儿浅画眉。须信杨家佳丽种，洛川自有浴妃池。"以文人狎妓的旧习，这逢场作戏本是无所谓；现在看来，苏轼也是一把撩妹的好手了。

苏轼与人交往如此，对密州的花花草草，他也倾注了一份热情和天真。从城北苏莒公的旧苗圃中得到一种千叶白芍药，他亲自为之命名"玉盘盂"，并即席赋诗两首以志其事。百姓知道太守爱花，就有主动献花的。城里田员外，城西贺秀才，献牡丹珍稀品种"魏花"三朵。苏轼喜不自禁，如同焕发青春的少年，发出了“何当镊双鬓，强插满头归”的感慨。这都完整地记录在《谢郡人田贺二生献花》以及与苏辙的唱和诗作中 。

在与朋友的一些酬答中，我们颇能看出苏轼对密州风物的怜惜之情。如《答陈术古》其一，“漫说山东第二州，枣林桑泊负春游。城西亦有红千叶，人老簪花却自羞。”苏轼眼里的“寂寞山城”，城西古寺也有好牡丹可赏心悦目呢。甚至等到要离开密州了，他还依依不舍地赋诗留别 ：“春风小院却来时，壁间惟见使君诗。应问使君何处去，凭花说与春风知。”

苏轼目光所及，都是生机 ；涉笔之下，便成理趣。我们从苏轼密州的生活片段中，很少看到眉头紧锁，忧国忧民，苦大仇深的辛劳模样。因深受密州百姓爱戴，离开后，百姓还为他画影图形 ：

为肖东坡公于城西彭氏之圃，郡人岁时，相率拜谒……东坡去后，遗爱在人者深。虽东武拙于藻饰之俗，亦不忘景慕贤德，贻厥不朽。由是观之，桐乡之祠朱大农，潮阳之庙韩文公，决非偶然者。(《永乐大典 • 翟忠惠先生集》)

今天，你如果到超然台游玩，展馆进门迎面就会看见一幅“明密州守卤京秦所式怀生勒石”的“苏学士东坡像”：学士丰面长髯，手扶竹杖，头戴斗笠，脚踩木屐，褒衣博带，风神飘逸。这幅“笠屐图”，也有人叫“吉利图”，也许更符合人们心目中苏密州的形象吧？不是那个风流才子，不是那个宰相胚子，也不是后人供向神坛的“坡仙”，而是一个和蔼可亲的苏子瞻，一个通身烟火气的普通人。

苏轼密州悼亡词中的奇女子

熙宁八年（1075），苏轼来到密州的第二年，也就是距今九百多年前的某天晚上，他做了一个梦，梦见了去世十年的结发妻子。醒来后，他写下了这曲《江城子》，以表达对亡妻的悼念之情。

江城子·乙卯正月二十日夜记梦

苏轼

十年生死两茫茫，不思量，自难忘。千里孤坟，无处话凄凉。纵使相逢应不识，尘满面，鬓如霜。

夜来幽梦忽还乡，小轩窗，正梳妆。相顾无言，惟有泪千行。料得年年肠断处，明月夜，短松冈。

这首词缠绵悱恻，痛断肝肠，不禁引起我们的好奇和疑问：这是怎样的一个女人，亡故十年，还令苏轼如此魂牵梦绕，不能释怀？

一、天作之合的神仙眷侣

王弗，是青神县乡贡进士王方的女儿。关于苏轼和王弗的相知相遇，有一段浪漫传说。

《蜀中名胜记》记载："县之名胜在乎三岩。三岩者，上岩、中岩、下岩也。今惟称中岩焉。”中岩风光秀美，当时王方主持这里的书院，青年苏轼在此读书。中岩下有一绿水潭，师生常在此游玩，此潭有个特点，只要人一击掌，就会有游鱼出现。这么好的所在，应当有个名字。苏轼倡议大家给潭命名，同学们纷纷参与，但命的名字不是太浅显，就是太俗气。最后苏轼命名“唤鱼池”，得到了老师的赞叹。给鱼塘命名的事同时也传到了闺中，王弗听说后也派丫鬟送来一个纸条，写下了她的命名，打开一看，竟然也是“唤鱼池”！真是心有灵犀一点通。后经双方家长撮合，16 岁的王弗嫁给了 19 岁的苏轼，成就了美满婚姻。一位是风流倜傥的青年才俊，一位是冰雪聪明的美貌娇娘，郎才女貌，是一对天作之合、缘定三生的神仙眷侣。

这只是传说，不足采信。还是让我们把目光投向文献和史料吧。了解其人最好的去处是《亡妻王氏墓志铭》，所有答案都在这里面。

二、荡气回肠的墓志铭

亡妻王氏墓志铭

治平二年五月丁亥，赵郡苏轼之妻王氏卒于京师。六月甲午，殡于京城之西。其明年六月壬午，葬于眉之东北彭山县安镇乡可龙里，先君先夫人墓之西北八步。轼铭其墓曰：

君讳弗，眉之青神人，乡贡进士方之女。生十有六年而归于轼，有子迈。君之未嫁，事父母；既嫁，事吾先君先夫人，皆以谨肃闻。其始，未尝自言其知书也。见轼读书，则终日不去，亦不知其能通也。其后，轼有所忘，君辄能记之。问其他书，则皆略知之，由是始知其敏而静也。

从轼官于凤翔。轼有所为于外，君未尝不问知其详。曰：“子去亲远，不可以不慎。”日以先君之所以戒轼者相语也。轼与客言于外，君立屏间听之，退必反覆其言，曰：“某人也，言辄持两端，惟子意之所向，子何用与是人言。”有来求与轼亲厚甚者，君曰：“恐不能久，其与人锐，其去人必速。”已而果然。将死之岁，其言多可听，类有识者。其死也，盖年二十有七而已。始死，先君命轼曰：“妇从汝于艰难，不可忘也。他日，汝必葬诸其姑之侧。”未期年而先君没，轼谨以遗令葬之，铭曰：

君得从先夫人于九泉，余不能。呜呼哀哉！余永无所依怙。君虽没，其有与为妇何伤乎。呜呼哀哉！

治平：北宋时宋英宗赵曙的年号。五月丁亥：阴历五月二十八日。铭文作于治平三年，1066年六月。甲午：阴历六月六日。

三、流星一样短暂灿烂的一生

苏轼年谱（节录）：

至和元年甲午(1054)十九岁，娶四川青神县进士王方之女王弗为妻。

嘉佑四年己亥(1059)二十四岁，与弟辙及父洵再赴汴京，途中所作诗文为《南行集》。是年长子苏迈生。

嘉佑六年辛丑(1061)二十六岁，参加制科考试，中第三列三等。除大理评事，凤翔府签判。

治平二年乙巳(1065)三十岁，正月还朝。判登闻鼓院，直史馆。五月，妻王弗卒于京师。

治平三年丙午(1066)三十一岁，在京师。四月，父苏洵卒。

神宗熙宁元年戊申(1068)三十三岁，十月，续娶王弗堂妹、王介幼女王闰之为妻。

熙宁七年甲寅(1074)三十九岁，在杭州。纳妾王朝云。行部至于潜，识诗僧参寥。十一月改知密州。

熙宁八年乙卯 (1075) 四十岁，知密州。重葺超然台，作记。作《江城子 · 记梦》，悼念亡妻王弗。

熙宁九年丙辰 (1076) 四十一岁，在密州。于超然台作《水调歌头 · 丙辰中秋》。十二月以祠部员外郎直史馆移知河中府，离密州。

从这个年表中可以看出，天妒红颜，苏轼与王弗的幸福婚姻，像一道流星，仅仅持续了十一年，就匆匆结束了，王弗的生命永远定格在 27 岁。儿子苏迈才六七岁时，王弗便去世了。另外，苏洵亡故的时间，苏轼续娶的时间，以及与密州相关的几个时间点，包括写作《江城子》的时间，来密州和离密州的时间，都清晰地记录在年谱中。理清这个时间轴有助于理解墓志铭中关涉的人物和事件。

四、谨肃敏静的奇女子

从墓志铭中，可以看出王弗身上有四种美德。

1. 聪明娴静，稳重内敛

“其始，未尝自言其知书也。见轼读书，则终日不去，亦不知其能通也。其后，轼有所忘，君辄能记之。问其他书，则皆略知之，由是始知其敏而静也。”

“敏而静”就是聪明沉静，不急躁。读书识字对于古代女子来说很不容易。王弗幼承家训，有良好的家庭教育，知书识礼，但并没有预先告知苏轼，不卖弄、不张扬。在婚后的伴读中，苏轼才偶然了解到她的才华，这一点大出意外。

2. 孝顺贤惠，勤谨庄重

“君之未嫁，事父母；既嫁，事吾先君先夫人，皆以谨肃闻。”

公认的评价是“谨肃”。

未嫁时侍奉父母，出嫁后侍奉公婆，深得长辈欢心。“谨肃”，“谨”是谨慎、小心、细心，“肃”是严肃、庄重，这是外人的评价，是口碑。这样天资聪慧、通晓事理的媳妇，自然能讨公婆的喜欢。

“始死，先君命轼曰：‘妇从汝于艰难，不可忘也。他日，汝必葬诸其姑之侧。’”

父亲吩咐我说：“你媳妇是和你同甘共苦的人，你不能忘了她啊。以后有机会，一定把她埋葬在你母亲的墓旁。”不到一年，父亲也去世了。苏轼遵奉父亲的遗嘱把她安葬在家乡墓地中。

“葬于眉之东北彭山县安镇乡可龙里，先君、先夫人墓之西北八步。”

王弗最后葬在公婆墓边，这是长辈的意见。跟着苏轼的乳母、朝云，包括苏轼兄弟，死后都没有埋葬在故里。让王弗魂归故里，也可以看作是苏洵对这个媳妇的偏爱。

3. 深明大义，尊亲相夫

“从轼官于凤翔。轼有所为于外，君未尝不问知其详。曰：‘子去亲远，不可以不慎。’日以先君之所以戒轼者相语也。”妻子对苏轼悉心关怀，生怕有任何闪失。并且这些都秉承尊长的意旨，不敢表现揽功。

4. 通晓世故，见识过人

“轼与客言于外，君立屏间听之，退必反覆其言，曰：‘某人也，言辄持两端，惟子意之所向，子何用与是人言。’”

“有来求与轼亲厚甚者，君曰：‘恐不能久，其与人锐，其去人必速。’已而果然。”

王弗能够通过语言识人，通过观察来识人。听其言，观其行，人焉廋哉？她在此提醒苏轼，在人际关系中对两类人应保持警觉，一是见风使舵、投其所好的；二类是结交过于轻率的。

苏轼生性率真、坦诚，对任何人都掏心掏肺。他无城府，对任何人不设防，这在待人处世上，很容易吃亏。妻子在这一点上，恰是苏轼最好的弥补。特别是“将死之岁，其言多可听，类有识者。”都可看出王弗识人断事都有先见之明。

一个成功的男人背后，一定站着一个伟大的女人。因为妻子的清醒、精明，时时劝诫、提点，使苏轼在那一段时期仕途很顺，省去了很多麻烦，少走了若干弯路。

“君得从先夫人于九泉，余不能。呜呼哀哉！余永无所依怙。君虽没，其有与为妇何伤乎。呜呼哀哉！”

你可以陪伴婆婆长眠于九泉，我做不到，真是悲痛啊！我永远失去了依靠和怙恃。你虽然死了，在作为媳妇的本分上没有一点差池。唉呀！痛杀我也。

在墓志铭最后，连续两遍长叹“呜呼哀哉”，感情深挚，回肠九转。这也似乎超越了常情，看出苏轼的确是难以自持，表达了深切的沉痛和悼念。

清沈德潜在《唐宋八大家文读本》中评价此墓志铭：“着墨不繁，而妇德已见。铭词可哀，不在语言之中。”通过赏读苏轼的墓志铭，一个深明大义的妻子、有血有肉的奇女子形象仿佛活过来，出现在我们面前。

苏轼知密州，与我们这些苏迷有了交集，给我们留下了丰厚的文化遗产。在纪念苏轼知密州 950 年这个特殊的日子，品读苏轼的作品，对他更温热地触摸、更深刻地理解，认识那些曾经活在他身边的人，就是最好的纪念。这也是我们珍惜和传承苏轼文化、挖掘其精神价值应有的使命。

烟火里的温情与旷达

北宋熙宁九年（1076）清明过后，苏轼登上密州北城的超然台，写下了一首《望江南》：

望江南·超然台作

苏轼

春未老，风细柳斜斜。试上超然台上看，半壕春水一城花。烟雨暗千家。

寒食后，酒醒却咨嗟。休对故人思故国，且将新火试新茶。诗酒趁年华。

这是一首双调小令，“望江南”是唐教坊曲名，后用为词牌名，又名“忆江南”“梦江南”等。前调白描勾画春景，寥寥几笔点染，如画家在超然高台的散点透视，一幅清新画卷尽收眼底。春天还没有过去，微风细细，柳条斜斜。登上超然台眺望，扶淇河水波光粼粼，城内远近是缤纷竞放的一树树春花，更远处，楼馆瓦舍沉浸在霏霏细雨之中。

后调紧承前调抒情，寒食节过后，酒醒之后因思乡而不住嗟叹。旧时清明前一天为寒食节，从这天起禁火三天，吃冷食，故称寒食节。寒食节是扫墓祭祖的日子，诗人宦海漂泊，身不由己，只得自我安慰，不要在老朋友面前思念故乡了，姑且点上新火来烹煮一壶新茶，作诗饮酒都要趁年华尚在啊！

“休对故人思故国”，“故国”这里指故乡、故园。苏轼所说的“故人”，则包括故交亲旧等一个不小的群体，他离开杭州时僧俗与之相交者众多，就是来到密州后，身边幕僚也有同乡如通判赵成伯等。

同乡友人杨济甫，后为苏轼看管家乡的田宅坟墓。苏轼在与杨济甫的书信中说："久不奉书，亦少领来信，思念不去心。不审即日起居佳否？眷爱各无恙？某此安健。官满本欲还乡，又为舍弟在京东，不忍连年与之远别，已乞得密州。风土整体皆佳，又得与齐州相近，可以时得沿牒相见。私愿甚便之。但归期又须更数年。瞻望坟墓，怀想亲旧，不觉潸然。未缘会面，惟冀顺时自重。”

在书信中除表达对老友思念，还提及当时在济南的子由，苏轼是不忍兄弟远别才要求调来密州的。“瞻望坟墓，怀想亲旧，不觉潸然”，思乡萦怀，情到深处，更是不能自已。

苏轼通判杭州时，周开祖为钱塘令。熙宁七年（1074）九十月间，苏轼赴密州途中，在写给周开祖的书信中道："出京北去，风俗既椎鲁，而游从旗鼓相当如开祖者，岂可复得。乃知向者之乐，不可得而继也。”在信中他提到密州风俗淳朴，人民朴实，像在钱塘追陪开祖那样的浮华情景，恐怕是再也没有了。

苏轼熙宁七年（1074）十一月初到任，感觉还是不错的，密州“带山负海，号为持节之邦”。但是他也碰上了很多烦恼，一是遇上蝗灾、旱灾，盗贼遍野，二是与王安石新政意见不合。这在与丞相韩绛的书信中均有提及，“自入境，见民以蒿草裹蝗虫而瘗之道左，累累相望者，二百余里，捕杀之数，闻于官者几三万斛。…… 而京东独言蝗不为灾，将以谁欺乎？郡已上章论之详矣。”蝗灾现场如此惨烈，而当时竟有人认为不会构成灾害，这无异于天灾又加上人祸。苏轼对新法颇有微词，认为手实法“大抵恃告讦耳”，弊病太多，“夫告讦之人，未有非凶奸无良者。异时州县所共疾恶，多方去之，然后良民乃得而安。今以厚赏招而用之，岂吾君敦化、相公行道三年之本意欤！”苏轼是藏不住牢骚的人，口快心直给他惹了不少麻烦。苏辙撰写的墓志铭中记载，苏轼曾对提举茶平官抱怨：“违制之坐，若自朝廷，谁敢不从，今出于司农，是擅造律也。”使者吓得直劝阻：“公姑徐之。”

好在苏轼生来就有既来之则安之的好品性，这些挠头事，都困不住他。苏轼《望江南·超然台作》中，连续用了两个“新”字，我们来从中一品“新”的多层意蕴。

一是风物的全新。唐宋习俗，清明前一日禁火，到清明节再起火，称为“新火”。古时钻木取火，四季各用不同的木材，易季时新取之火就是新火。寒食节后，都是钻榆柳之木取火。举新火，预示着一切从头开始，节序变化，季节进入了一个新的轮回。

春风、杨柳、春水、春花、烟雨、人家…… 这些有着浓厚美学趣味的意象扑面而来，将暮春的密州描绘得不是江南，胜似江南。“超然台阁烟雨里，无限山河锦绣中”，感谢苏轼，为我们保留下了这幅珍贵的北宋密州春景图。

一个表达否定的“休”字，将酒醒后的消沉情绪及时止住。苏轼在此传达出了要好好把握现在，抬头向前看的明快取向。摆脱情感困扰，不要沉溺于怀念故土的话题了。这是在劝勉别人，也是苏轼自我的内心调适。韶华、春光，这些稍纵即逝的东西，不去好好把握，浪费在个人的思乡病中，在苏轼看来，都不值得。

眼前密州的无限春光足能让人欢喜受用不尽，先让我借新火一把，烧一壶“雨前”新茶，安享眼前的繁华与欢悦好了，纵情诗酒也要趁年华尚在啊！

在这首小令中，苏轼的及时行乐，没有一点放浪奢靡，更没有丝毫的颓丧和忧伤。“酒醒却咨嗟”是人之常情，淡淡愁绪刚要涌上心头，陡然笔锋一转，诗人很快从现实中清醒过来，罢罢罢，“休对故人言故国，且将新火试新茶”，他是尽快放下眼前苟且的包袱，轻装迈向诗酒和远方。

在诗人的眼里，火是新的，茶是新的，密州的春景也是新的。

二是精神的自新。密州任上，是苏轼一段洗心革面，韬光养晦的时期。他努力摆脱蝇营狗苟，放下诸多滥事，由此走向达观和洒脱。这在《超然台记》中表露无遗，“凡物皆有可观。苟有可观，皆有可乐。”“哺糟啜醨，皆可以醉；果蔬草木，皆可以饱。”“夫所为求福而辞祸者，以福可喜而祸可悲也。人之所欲无穷，而物之可以足吾欲者有尽。美恶之辨战乎中，而去取之择交乎前，则可乐者常少，而可悲者常多。是谓求祸而辞福。夫求祸而辞福，岂人之情也哉！”

苏辙为新台命名的缘由，是这样说的：“今夫山居者知山，林居者知林，耕者知原，渔者知泽。安于其所而已，其乐不相及也，而台则尽之。天下之士，奔走于是非之场，浮沉于荣辱之海，嚣然尽力而忘反，亦莫自知也，而达者哀之。二者非以其超然不累于物故耶！《老子》曰：‘虽有荣观，燕处超然。’尝试以‘超然’命之，可乎？”“超然”一词，包含了苏轼全部的人生理想和精神追求。

苏轼初来密州，给叔岳丈王庆源的书简中道：“某此粗遣，虽有江山风物之美，而新法严密，风波险恶，况味殊不佳。退之所谓‘居闲食不足，从官力难任，两事皆害性，一生常苦心，正此谓矣’。”“高密风土食物稍佳。但省租公库减削，索然贫俭。始至，值岁饥，人豪剽劫无虚日。凡督捕奸凶五七十人，近始肃然，斗讼颇简。稍葺治园亭，居之，亦粗可乐。但时登高，西南引领，即怅然终日。近稍能饮酒，终日可饮十五银盏。他日粗可奉陪于瑞草桥，路上放歌倒载也。”苏轼真切感受到了官场的虚伪和倾轧，一直在“居闲”和“从官”之间摇摆，而治园亭、修高台、煮新茶、习饮酒…… 无疑都是他积极的尝试和平衡。

苏轼看透世事，洞见了宇宙运行的秘密，他发现世间若干事，根本不是个人着急上火就能改变的，需要慢慢来，自然而然就会有结果。如手实法，“未几，朝廷亦知手实之害，罢之，密人私以为幸。”

从苏轼的这首小词中，不难看出他破茧成蝶，走向精神蜕变与自新的不断超拔。“试上超然台上看”，超然台，不再是一个普通的台子，这是苏轼的精神高地。九百多年前的春天，苏轼站在这里，他俯视密州小城，俯视芸芸众生，无端的怜爱和悲悯一齐涌上心头，这才有了这首流传千古的《望江南 · 超然台作》。诗人登高一“看”，其深邃的目光，早已超越了“江南”，穿透了历史，射向浩森无穷的宇宙人生。一句“诗酒趁年华”，至今读来犹觉昂扬向上，让人豪情顿生，余味无穷。

汤之盘铭曰：“苟日新，日日新，又日新。”正是在密州逐渐形成的“超然”而入世的精神底色，为苏轼应付后来更加险恶的政治风波，打下了坚实的基础。

三是诗风的创新。《望江南 · 超然台作》，与常见的清明、寒食题材的诗词不同，它在内容上跳出了怀古、悼亡、思人等窠臼，表达出诗人更为深沉丰富的个人情感，体现出旷达率真的精神风貌。这种大胆的尝试，在苏轼同期的其他词作，如《江城子·密州出猎》《水调歌头·明月几时有》等表现得更为明显。

熙宁八年（1075）冬，苏轼《与鲜于子骏》书中写道："近却颇作小词，虽无柳七郎风味，亦自是一家。呵呵！数日前猎于郊外，所获颇多。作得一阕，令东州壮士抵掌顿足而歌之，吹笛击鼓以为节，颇壮观也。"苏轼把"自是一家"的《江城子·密州出猎》，第一时间分享给了好友鲜于侁。一个"呵呵"，轻松俏皮，千年之下，在表情达意上，竟无任何违和感，不禁让人会心一笑。苏轼颇为得意自家的破旧立新，与柳七郎风味不同，因为这是适合"吹笛击鼓为节""抵掌顿足而歌"的一种别样体裁。

阅读苏轼密州时期代表词作，大致能理出一个气韵变化的脉络。如果说《江城子·乙卯正月二十日夜记梦》是哀婉沉痛，回肠百转，《望江南·超然台作》则是沉吟低回，蓄势待发；《水调歌头·明月几时有》是缥缈空灵，急欲挣脱地心引力的凭虚凌空，《江城子·密州出猎》则是峥嵘壮阔，贴地纵横驰骋的激情喷涌……

我们可以肯定，密州时期，是苏轼词风转向豪放的一个重要节点。这一阶段的词作，冲决了"艳科"的樊篱，打破了"诗庄词媚"的旧规。苏轼在婉约之外，另辟蹊径，借恢宏壮丽的景象，抒发慷慨奔放的豪情，突破音律束缚，由此开辟出一条词作的新路子。

"且将新火试新茶"，苏轼煮的不是一壶新茶，而是他的人生百味。在那个暮春清明的天气里，景物全新，精神自新，诗风翻新，这种新变化的后面，站立的是一个脱胎换骨、里外全新的人。

雩泉之侧歌《云汉》

诸城城南二十里有一座山，叫常山。山不高大，像小城的一幅屏障，在平川中显得突兀峭拔。此山距离南部马耳、九仙诸山有六七十里，东距卢山、障日山也十数里。诸城地形特点，东南部多山。地理志记载，县境东南沿海山势，如从东海中跃出，似巨浪奔涌，一直延续到县城东南高岗，即东武古城，才一下子收拾住了气势。常山，恰如千壑万山奔腾而来最后耸起的一个波峰。自诸城县城往北望，即是沃野千里，一马平川。常山是诸城山区部分，目力所及最近的一座山。山的闻名，源于山上的一眼泉水，而这汪泉水，又是与苏轼紧紧地联系在一起的。

《雩泉记》提到"常山"名字的来历，"祷于兹山，未尝不应。民以其可信而恃，盖有常德者，故谓之常山。"常山因其有求必应的常德，被当地人叫"常山"，"其神食于斯民，固宜也"，古来如此，并不是苏轼给它命名。其神奇之处在于，苏轼验证了常山名字的来由。嘉靖《青州府志 · 诸城》"古迹"栏目记载："雩泉亭，在县常山雩泉上。宋苏轼知密州时建。"泉水古已有之，以"雩泉"为名并延续至今，有文字记载的，还得从苏轼算起。

苏轼于宋神宗熙宁七年（1074）十二月初三到达密州，在此之前是在杭州通判任上。密州与杭州，一字之差，天壤之别，这是风土人情完全不同的两个地方。苏轼给时任钱塘令周开祖的信中说，“出京北去，风俗既椎鲁，而游从诗酒如开祖者，岂可复得。”来到东国小邦，未来充满着变数，苏轼早有心理准备。“东武望余杭，云海天涯两渺茫。”（《南乡子 · 和杨元素时移守密州》）比起杭州锦绣之乡，此桑麻之野，“带山负海，号为持节之邦”，当然也自有其朴茂和野趣。其时苏辙任齐州掌书记，对于联络兄弟感情更为方便，所以，苏轼此番自请外调，私为不恶。

但令人不能忍受的是，苏轼来密州，就遇上年景不好：密州遭了蝗灾。他在给韩丞相的信中写道：“自入境，见民以蒿蔓裹蝗虫而瘗之道左，累累相望者，二百余里；捕杀之数，闻于官者几三万斛。”目睹这满目疮痍，哀鸿遍野的情状，苏轼忧从中来，心急如焚，“哀我邦人，遭此凶旱；流殍之余，其命如发。而飞蝗流毒，遗种布野。使其变跃飞腾，则桑柘麦禾，举罹其灾，民其罔有孑遗？”

密州地方，因独特的地形特点，“滨海多风，沟渎不留，故率常苦旱”。先是蝗灾，后又连续干旱，盗贼遍野，民不聊生……这一顿连续暴击，也是苏轼始料未及的。一到任，苏轼就责无旁贷，首先肩负起了抗旱救灾的重任。

关于抗旱，最早有汤祷于桑林的故事。苏轼除了身先士卒，带领百姓以人力干预，像所有爱民如子的前贤一样，他也要祷之于天。县志记载苏轼曾到雩泉祈雨三次，我们无法还原苏轼祈雨的情景，按照“子之所慎斋战疾”的文化传统，一定有一套极其严肃且庄重的仪式。这是熙宁八年（1075）他做的祷文：“谨以四月初吉，斋居蔬食，至于闰月辛丑。若时雨沾洽，蝗不能生，当与吏民躬执牲币，以答神休。”虔诚致意，陈述诉求，并许愿酬谢。后面接着还跟神讲起道理来，“父老谓神求无不获，克有常德，以名兹山。其可不答，以愧此名？”既然有神的名号，得到百姓拥戴，您可得负起神的责任来，切莫辜负神圣的称号。“若曰：‘岁之丰凶在天，非神之所得专。’吏将亦曰：民之休戚在朝廷，我何知焉？则谁任其责矣。”语气虽则咄咄逼人，却是满腔热忱。上天有好生之德，与国君爱民之心，是一样的。为官的可以奏请于朝廷的事，不敢不尽力而为；神可以告之于帝的事，也应当尽力而为。言下之意，我们都必须竭尽本分，才能心安理得。这文做得，有理有据，有礼有节，无怪乎人天共钦。

祈雨灵验后，熙宁八年（1075）十月，苏轼又作答谢祝文：“峨峨兹山，望我东国。为帝司雨，涵濡百物。自我再祷，应不旋毂。迨兹有秋，岁得中熟。”因有功于世，熙宁九年（1076）七月，诏封常山神为“润民侯”。十月某日，苏轼以“清酌少牢之奠”昭告于常山神庙，表达了由衷的感激之情：“呜呼！旱蝗之为虐也，三年于兹也。东南至于江海，西北被于河汉，饥馑疾疫，靡有遗矣。”“今侯泽此一郡，而施及于四邻，其受五等之爵，而被七命之服也。可谓无愧而有光辉矣。愿侯益修其实，以充其名，上以副天子之意，而下以塞吏民之望。民其奉事，有进而无衰矣。”

今天重新触摸这些深情鲜活的文字，我们知道了什么叫天人合一，天人感应，认识到人本来就是自然的一部分，能真切感受到，主政这方土地的先贤们敬天爱民的赤子之心。天同覆，地同载，特别是当灾难来临的时候，能够和百姓站在一起的，人们总能记住他。苏轼去后五百年，另有一位地方官，赤脚冒烈日赴县境南部九仙山“大龙湫”祷雨，暴晒百里，道渴而死。一缕精神的火光烛照千秋，可谓前仆后继。

让我们回过头来，仔细看看这眼神奇的泉水："庙门之西南十五步有泉，汪洋折旋如车轮，清凉滑甘，冬夏若一，余流溢去，达于山下。"苏轼主持重修了常山神祠，并琢石为井，作亭于上，枋之四面，题曰"雩亭""龙窟""衍若""作霖"。古者谓吁嗟而求雨曰雩，因名之曰"雩泉"。熙宁九年（1076）四月十八，苏轼作《雩泉记》，并作《吁嗟》之诗，"以遗东武之民，使歌以祀神而勉吏云"：

吁嗟常山，东武之望。匪石岩岩，惟德之常。吁嗟雩泉，维山之滋。维水作聪，我民所噫。我歌《云汉》，于泉之侧。谁其尸之？涌溢赴节。堂堂在位，有号不闻。我愧于中，何以吁神？神尸其昧，我职其著。各率尔职，神不汝弃。酌山之泉，言采其蔬。跪以荐神，神其吐之？

苏轼在给叔丈王庆源的书信中，曾以韩退之"居闲食不足，从官力难任，两事皆害性，一生常若心"言及不乐新法，难以为官的苦闷心情。与金山寺宝觉禅老和苏州虎丘通长者私信中，也说过"东州僧无可与言者，况欲闻二大士之謦欬，何可复得耶？""城中无山水，寺宇朴陋，僧皆麄野，复求苏杭湖山之游，无复彷佛矣。"

这些初到密州的印象，这些抱怨之辞，牢骚情绪，到离任时，已经荡然无存。密州两年，苏轼是辛苦而又殷实的，"貌加丰发反黑"的同时，他也收获了精神的富足。离别之际，他怀着满腔的依依不舍，写下了《留别雩泉》："举酒属雩泉，白发日夜新。何时泉中天，复照泉上人。二年饮泉水，鱼鸟亦相亲。还将弄泉手，遮日向西秦。"苏轼，已经完全融入密州，成为与密州山山水水血肉相连的一分子了。

十年之后，苏轼赴任登州，途经密州，他还要再到这泉水近前逛一逛，看一看。以旧雨新客的身份出现，离别的情景又历历在目:“昔饮雩泉别常山,天寒岁在龙蛇间。山中儿童拍手笑,问我西去何当还。”这番重来,虽然物是人非,但是真情仍在:“重来父老喜我在，扶挈老幼相遮攀。当时襁褓皆七尺，而我安得留朱颜。”苏轼受到了热烈的欢迎，“我们的苏大人回来了！”倾城出动，举国若狂。什么样的人能受到如此拥戴，那该是怎样的一种场面啊！他在《再过常山和昔年留别诗》中，又一次表达了对这方水土的礼赞与热爱：“伛偻山前叟，迎我如迎新。那知梦幻躯,念念非昔人。江湖久放浪,朝市谁相亲。却寻泉源去,桃花逢避秦。”

在经历世事磨难之后，苏轼更加想念密州，思恋这里的山水。他委婉地表示，如这般美好和谐的桃源之地，才是安顿身心的好去处啊!

苏轼做到了。《诸城县志》载，“名宦祠”，“祀汉琅琊太守朱博、陈俊，宋知密州蔡齐、王博文、苏轼、晁补之，密州通判刘廷式，元益都达鲁花赤撒吉思…… 凡十四人。”“岁时”条目下又记载：

三月三日，县宰偕僚属教职同往祭常山之神，并祀苏文忠祠。城中士女结伴登山，云集山麓，一则赛神，二则玩景。其香铺楮钱、村醪野饭罗列于山上下，日暮方归。

苏轼,作为一个明亮的文化图腾,连同“雩泉”,镌刻于青史,深植于密州精神文化的基因里，一直活泼泼地滋润着这片热土。

雩泉，就是这样一个让苏轼魂牵梦萦的所在。您如果登临常山，从东北方向取道下山的时候，至茂林修竹处，万不可错过“雩泉”，请一定近前瞻礼一番。那是我们的当方圣水，那泉旺得很，甜得很。

他是一个爱做梦的人

北宋时期，夜生活远没有我们现在这么丰富。勤奋如苏东坡者，也就剔亮油灯，读读书，写写字，以消长夜。遵循“日出而作，日入而息”的农耕社会习惯，大把的夜晚时间，不用来做梦，也真可惜了。东方未明，长夜漫漫。苏东坡这个爱做梦的人，就此给我们留下了一连串关于梦的故事。

某次，东坡梦见参寥法师带着一轴诗来拜访，醒来还记得法师做的两句饮茶诗：“寒食清明都过了，石泉槐火一时新。”梦里东坡质疑：“火是新的，也就罢了，泉水怎么也是新的？”答曰：“俗以清明淘井。”此轻松警语，恰如晴空霹雳，给人启发不亚于“苟日新，日日新，又日新”，足以点醒梦中人。

生日的前一晚上，东坡做了一个梦。梦中与弟弟苏辙从老家眉山出发赴京，半路上碰到两位僧人，其中一位须发深黑。与他们同行之际，东坡咨询，此去东京，吉凶若何。僧人回答，很好很好，没什么灾祸的。问他们在京所需，回答说需要上好朱砂五六钱。僧人还拿出一个小木塔向他们展示，说里面有舍利子。东坡接过木塔，看见里面的舍利灿然如花。在他的请示下，僧人将舍利分成三份，连同东坡和弟弟，分吞了。僧人言：“本欲起塔，却吃了”。弟弟云：“吾三人肩上各置一小塔便了。”兄言：

"吾等三人，便是三座无缝塔。"僧人笑了，梦就醒了。此是梦的"无缝塔"，另有一则《别石塔》，石塔有言："塔无缝，何以容世间蝼蚁？""无缝塔"与"有缝塔"，互为对照，相映成趣。

根据元丰五年十月七日的记载，东坡应举途经华清宫的时候，竟然梦到了唐明皇，还让他做了一首《太真妃裙带词》。醒来记得清清楚楚，原句是这样的："百叠漪漪水皱，六铢縰縰云轻。植立含风广殿，微闻环佩摇声。"

元丰六年十二月二十七日，天快亮的时候，东坡又做梦了。这回梦见几个官差拿着一幅纸，请他作《祭春牛文》。他二话不说，拿起笔就写起来："三阳既至，庶草将兴，爰出土牛，以戒农事。衣被丹青之好，本出泥涂；成毁须臾之间，谁为喜愠？"这个梦记载了民间鞭打春牛祈愿五谷丰登的习俗。

他在杭州作官时，也做梦，梦见神宗召见自己，宫女捧出一只红靴子，让他作靴铭。醒来记载如下："寒女之丝，铢积寸累；天步所临，云蒸雷起。"

东坡自家做梦，自己是主人公，梦得七颠八倒，扑朔迷离。他有时也梦见别人的故事，自己是旁观者，就随手记下来。如元祐六年十一月十九日五更，梦见众人谈论《左传》，有人说："《祈招》之诗固善语，然未见所以感切穆王之心，已其车辙马迹之意者。"有应答的说："以民力从王事，当如饮酒，适于饥饱之度而已。若过于醉饱，则民不堪命，王不获没矣。"醒来细细一咂摸，觉得好像在理，就记录在册。

别人家的梦，如果他觉得有意思，也记录在案。如同乡任伯雨先生母亲去世时，想找套好一点版本的《金光明经》，唪诵以为亡者超度，遍寻无着，守灵的外甥梦见在大相国寺东门，有个卖姜的人，说有这个版本，按梦中指引去寻找，果然买到了。

以上这些做梦的故事，都记载于《东坡志林》。东坡真是个奇人，看这些梦境，倒让人怀疑，此公睡觉也是睁着一只眼吧？怎么梦里头脑更清醒，才思更敏捷，作品更高格。我等生性愚钝，想写点什么东西，大光着两眼，绞尽脑汁，醒着都做不好。人家躺着，做做梦，随便一写，就完事了。

李贽《初谭集》记王勃故事："每为碑颂，先磨墨数升，引被掩面而卧。忽起，一笔书之，初不窜点。"这"引被掩面而卧"，保不准也是小睡一会儿。看来梦里大动脑筋，打腹稿，布局谋篇的事，古已有之，不独东坡如此。

东坡做梦，做得最好的一次，当属熙宁八年（1075）的这一回。说它最好，是因为这个梦最为痛彻心扉，最为凄美动人。东坡十九岁时，与十六岁的王弗结婚。王弗年轻貌美，且侍亲甚孝，二人恩爱情深。可惜天命无常，王弗二十七岁就去世了。"葬于眉之东北彭山县安镇乡可龙里先君、先夫人墓之西北八步。"（《亡妻王氏墓志铭》）公元1074年（熙宁七年），东坡来到密州任上，次年的正月二十日晚上，他梦见了去世十年的发妻王氏，便写下了这首"有声当彻天，有泪当彻泉"（陈师道语）传诵千古的悼亡词《江城子》：

十年生死两茫茫，不思量，自难忘。千里孤坟，无处话凄凉。纵使相逢应不识，尘满面，鬓如霜。

夜来幽梦忽还乡，小轩窗，正梳妆。相顾无言，惟有泪千行。料得年年肠断处，明月夜，短松冈。

这首词写得如梦如幻，似真非真，情感表达深婉真挚，缠绵悱恻，使人读后无不为之动容而感叹哀惋。唉！东坡做梦如此，空前绝后，也是没谁了。

根据弗洛伊德梦的解析理论，潜意识代表着人类更深层、更隐秘、更原始、更根本的心理能量。日有所思，夜有所梦。东坡做梦，也许根本没有睁着一只眼，但的确是脑子没闲着，潜意识一直处于高效的运转状态。

没有冥思苦想的积极求索，没有长久的日常积淀，就别期望那么灵光一闪。我们稀松平常之人,庸庸碌碌,想如东坡一样，做个把有含量的囫囵梦，大约也是不好学的。

他是一个敢于褒贬的人

苏轼臧否历史人物，有自己独特的见解，大胆率真，别开生面，敢于发表别人未敢言之观点。在《东坡志林》这部书中，有多篇文章展现了他的超群见解和不循旧说的风格。他出语惊人，有时甚至让人感到意外，仿佛自己的三观受到了冲击。

在《尧舜之事》中，苏轼对尧让位给许由，而许由不接受并以此为耻辱，逃到颍水边清洗耳朵，最终隐居世外的故事表示质疑。对于夏末时卞随、务光等人不受天下的传说，苏轼也持怀疑态度。以六艺为依据来考订历史，《诗》《书》虽有缺失，但虞夏时期的历史仍可知晓。尧帝即将退位时，决定将帝位禅让给舜帝。禹在接替舜继位之前，四岳长、十二州牧纷纷举荐继位人选。舜帝于是让禹监国试政，禹任职数十年，治政有功，舜帝才正式将帝位传给他。由此可见，天下大事的交接本是极为艰难和慎重的。所谓的“禅让”，在苏轼看来，显得过于随意，如同儿戏。而“洗耳”这一美好的典故，经苏轼的推敲与剖析，使得上古名君在后人心目中的形象被剥离得所剩无几，顿时失去了神圣的光环。

关于舜帝南巡之事，苏轼也提出了自己的看法。他认为舜帝南巡并非如传说中那般高大上，很可能只是一次逃窜或避难。

理由有二：一是舜帝当时已年届百岁，以现代人的视角来看，如此高龄之人，日常起居都颇为艰难，更不用说进行高强度的出巡活动，这不免让人对其体力产生怀疑；二是舜帝南巡时，其妻皇英二妃并不知情，这才有后来寻夫的情节。在现实生活中，丈夫外出而妻子毫不知情，实属罕见。苏轼的这些观点，使得历史的迷雾更加浓厚，让人们对“禅让”传说的真实性产生了怀疑，也让我们对历史人物的传统形象认识产生了动摇。

在《武帝踞厕见卫青》一文中，苏轼直截了当地批评汉武帝无道，“不值得称道”，只是有一件事尚可称许。那就是武帝在上厕所时接见卫青，而对汲黯则区别对待，若汲黯衣冠不整便不予接见。苏轼认为，像卫青这样擅长谄媚奉承的奴才，“在如厕时召见他，正合适”。而汲黯则是一位正人君子，这是不言而喻的。史载卫青率军奇袭龙城，七战七胜，收复河朔地区，击破匈奴单于，为大汉王朝开疆拓土立下了赫赫战功。卫青治军严谨，关爱将士，对同僚大度有礼，身居高位却不树立私威。然而，苏轼对卫青的评价却如此之低，这或许是因为苏轼掌握了卫青的某些家事底细，才说得如此令人不齿吧？

对于亡国之君李后主，苏轼也毫不留情地进行了指责。李煜在《破阵子》中写道：“四十年来家国，三千里地山河。凤阁龙楼连霄汉，玉树琼枝作烟萝，几曾识干戈？一旦为臣虏，沈腰潘鬓消磨。最是仓惶辞庙日，教坊犹奏别离歌，挥泪对宫娥。”东坡大不以为然，对李后主也痛加指责：“既为樊若水出卖，举国与人，故当恸哭于九庙之外，谢其民而后行，顾乃挥泪宫娥，听教坊离曲！”这是《跋李主词》的记载，是否东坡于此太较真，太苛求，不得知。后主肯定不是辞庙还在挥泪对宫娥，犹恋《后庭花》惺惺作小儿女态。东坡岂不知长歌当哭，艺术表达乎？

东坡对武王也颇有微词，更是直言“武王非圣人也”。“武王克殷，以殷遗民封纣子武庚禄父，使其弟管叔鲜、蔡叔度相禄父治殷。武王崩，禄父与管蔡作乱，成王命周公诛之，而立微子于宋。”在此，他以孔子赞扬“大哉，巍巍乎，尧舜也！”“禹，吾无间然”为依据，说明孔子对汤武的不满意：“《武》尽美矣，未尽善也。”伯夷叔齐对于武王，也是称为弑君，甚至耻食周粟以死抗争。孔子对此是嘉许的。“此孔子家法也，世之君子苟自孔氏，必守此法。”到孟子才乱了套，改称“吾闻武王诛独夫纣，未闻弑君也。”杀其父，封其子，“其子非人也则可，使其子而果人也，则必死之。”东坡并说楚人将杀令尹子南的例子，子南的儿子是为楚王驾车的，楚王流着泪透露给他消息。等杀了子南，他儿子的随从说：“跑吗？”他回答：“我父亲被杀了，我还跑到哪里去？”“那么侍奉君王吗？”他答道：“抛弃父亲而侍奉仇人，我不忍心啊！”于是上吊而死。以此类推，容易得出结论，“武王亲以黄钺诛纣，使武庚受封而不叛，岂复人也哉！”武庚必叛，不待智者而后知。最后作出断语：“武王，非圣人也！”

东坡还历数司马迁两大罪名：一是司马迁推崇的“先黄老，后六经，退处士，进奸雄”一套，这还是他的小毛病。二是把秦国强大的功劳归到商鞅、桑弘羊头上。东坡认为“道不拾遗，山无盗贼，家给人足，民勇于公战，怯于私斗。秦人富强，天子致胙于孝公，诸侯必贺”，这些不过是战国游说之士编出来的说辞，司马迁不循大道，竟引为正史。东坡认为：“秦之所以富强者，孝公务本力穑之效，非鞅流血刻骨之功也。”正因为商鞅的胡作非为，导致“一夫做难而子孙无遗种”的悲惨结局。唉！这真是一个十恶不赦的千古罪人啊。

东坡骂桑弘羊，更难听：“斗筲之才，穿窬之智，无足言者。”

他推行的一套“不加赋而上用足”。东坡引用司马光的话极尽嘲讽：“天下安有此理？天地所生财货百物，止有此数，不在民则在官。譬如雨泽，夏涝则秋旱。不加赋而上用足，不过设法侵夺民利，其害甚于加赋也。”

这两个人，在东坡看来，“如蛆蝇粪秽，言之则污口舌，书之则污简牍。”那名声臭得，简直不值一提。

倒是有一人，东坡极尽赞美之辞，不能不算是一个例外。《论范增》中，项羽怀疑范增与汉有染时，范增大怒：“天下事大定矣，君王自为之，愿赐骸骨归卒伍！”东坡对“爱谁谁老子不干了”的这股脆爽劲是抱有极高的欣赏态度的。对于范增去留的时机作了透彻辨析：劝项羽杀沛公的时候，项羽不杀，他不去是对的。不杀沛公，还有人臣之份在里面。他的离开是在项羽杀卿子冠军时。范增力挺义帝，“义帝之存亡，岂独为楚之盛衰，亦增之所以同祸福也。”哪有义帝亡而范增能独活的道理？发展到这个地步，也不光是陈平使用反间计的原因，“物必先腐也而后虫之，人必先疑也而后谗入之。”东坡对事件关涉人物，复杂关系，纠结之处，历史流向，都是洞若观火，将一段“合则留，不合则去”的原委，说得明明白白。最后作出结论：“呜呼，增亦人杰也哉！”

《志林》中东坡对于各色人物的褒贬品评，还有很多，在此不烦细述。

将历史当小说看，将小说当历史看，也是蛮有趣的。东坡自称是脾气温和的人，乐与各色人等交接，上到玉皇大帝，下至卑田院乞儿，都可以做好朋友。但对如此等历史人物的批评来看，雷人之甚，外焦里嫩，体无完肤，竟是不留半点情面。探究东坡这种嬉笑怒骂，信口开河，直来直去的作派，是从骨子里带来的，怕是天生的。

知子莫若父，苏洵曾在《名二子说》中专谈为儿子起名的来历，他说在一辆车子中，轮子、辐条、车盖、轸木等都是有用处的，惟独“轼”好像没有什么实际用处。尽管如此，拿掉“轼”这个部件，也就不成其为车了。并谆谆教诲：“轼乎，吾惧汝之不外饰也。”轼儿呀，我担心的就是你不注意外表的掩饰啊。老子担心的是儿子锋芒太露，不会保护自己而吃亏。对于二儿子苏辙，则表示比较放心：天下的车，没有不循车辙的，若论及车的功劳，是没有“辙”的份儿。尽管这样，如果车子出事故了，车毁马亡，也牵连不到“辙”什么事，因为它恰是处于祸福之间的一个。

老苏写这起名原由的小文，苏轼才十岁出头的年龄。真是三岁看老，此言不虚啊。

世间就有这种人，韩愈也曾多次说自己就是无事得谤的那类人。这点与东坡也是蛮像的。大约生就一张招是惹非的大嘴，一些话如骨鲠在喉，不吐不快。所以为人所忌，就没少受因言获罪那份罪。

东坡不是不想做个循规蹈矩、善于保全自己的人。起码自己身上得的教训，并不愿见在后人身上遗传。他写过这样一首诗：“人皆养子望聪明，我被聪明误一生。惟愿孩儿愚且鲁，无灾无难到公卿。”表现了对自己孩子的美好期望。

世间难得两全法，如果真是这样懵懵懂懂，浑浑噩噩，怕就不是东坡了。人本来就是矛盾的统一体，都有生来具足的一体两面。厚道不排斥果敢，犀利不拒绝温和。东坡更像是上马杀贼下马礼佛的主儿而已。

一泓清泉照诗心

李清照，位列古今才媛之首。我们对她的认知，大多源于她是婉约派的代表人物。提及婉约诗词的代表人物，必然要说到李清照，仿佛没有婉约派，就难以凸显李清照的独特地位。在世人的印象中，婉约诗人的形象往往是性情温柔、体态纤弱，甚至带几分病态。人们习惯将“帘卷西风，人比黄花瘦”“倚门回首，却把青梅嗅”“寂寞深闺，柔肠一寸愁千缕”等诗句，堆砌在一个愁眉不展、自怨自艾的小女子身上，认为她除了精通小家碧玉式的猜书斗茶、儿女风情之外,似乎再无其他特色可言。

然而，如此符号化地看待人物，未免武断粗暴，这无疑是对诗人的误读。若我说李清照具有铁骨铮铮、剑胆琴心的特质，想必有人定会表示怀疑。下面，就让我们一同品味欣赏李清照侠骨柔情的另一面。

李清照，号易安居士，济南章丘人，是“苏门后四学士”之一李格非的女儿。李格非对词章的苦心钻研，曾使他论及文章时说到，文章不可随意拼凑，若无真诚的情感与思想，就无法达到精妙的境界。晋代虽多能文之人，但唯有刘伶的《酒德颂》与陶渊明的《归去来兮辞》，字字如同肺腑之言，才得以超越晋人之上，展现出真诚的感染力。李清照便是在这样的家庭氛围中成长起来的，其家学渊源深厚，才华出众，绝非一般闺阁女子所能比拟。十八岁那年，她嫁给了赵明诚。宋代的赵氏家族也是名门望族、文献世家，赵明诚的父亲赵挺之曾官至尚书右仆射，直至拜相。二人可谓名门世家，门当户对，夫妻琴瑟和鸣，共同酷爱金石研究，搜求勤勉，积累丰富，罕有匹敌。

后来，金人入侵，他们为避战乱而流落南方。不久，赵明诚病逝。在辗转流离的过程中，他们所收藏的文物几乎丧失殆尽。然而，李清照最终还是将赵明诚一生的心血《金石录》整理成编。他们搜罗金石碑版，显然并非为了追逐金钱，而是出于对研究的浓厚兴趣与热爱。碑文作为一门专门的学问，旧时有“谀墓文”的俗称，即碑铭内容多为赞美之词，对主人不利的言辞通常不会出现其中。这对于国家与家族而言，皆为好事，能够激发人们的情怀与思绪，促使人奋发向前，实为正能量满满之举。

试想，夫妇二人整日沉浸在钟鼎彝器与碑刻拓片之中，长此以往，又怎能不受其熏陶与浸润呢？他们还为宋室保存了一部珍贵的孤本《哲宗皇帝实录》。李心传在《建炎以来朝野杂记》中提到，己酉南渡之后，国史散失殆尽，几乎无一孑遗。此后多次下诏访求，直至最后五年三月，才从故相赵挺之家获取蔡京所修的《哲宗实录》。李清照以一弱女子之躯，肩负起保存国史的重任，相较于蔡文姬，其事迹尤为令人钦佩。

孟子曾言：“颂其诗，读其书，不知其人，可乎？”李清照的家世背景、生活环境，以及人生遭遇，皆是铸就她胸怀家国、心系苍生精神世界的诸多因素。《红楼梦》中有“正邪两赋”二气之说，论及天地孕育之人，若生于公侯富贵之家，则多为情痴情种；若生于诗书清贫之族，则多为逸士高人；若生于薄祚寒门，则可能成为才艺出众的名家或名妓。李清照出身于诗书传家的豪门，自然兼具情痴情种与逸士高人的特质。

然而，出身并不能完全证明一个人具备豪迈之气。我们还可以从李清照的诗作中探寻她忧国忧民的家国情怀。

李清照曾和张耒一首《浯溪中兴颂》。这里涉及两个名词：一个是中兴颂碑，一个是张耒。为了便于理解，我们先来了解一下中兴颂碑和张耒。

中兴颂碑位于湖南省祁阳县西湘江边上，是一方唐代石刻。碑文《大唐中兴颂》由元结撰文，仿照前代帝王“有盛德大业者，必见于歌颂”的传统，记载了安史之乱后，大唐王朝“地辟天开，蠲除妖灾，瑞庆大来”的复兴气象，旨在歌颂大业，刻之金石，以彰显盛德，寓意山高日升，万福所归。颂词高简古雅，义正词严，展现出忠肝义胆，是一篇难得的雄文。后由颜真卿书丹，刻于浯溪摩崖。此时，颜真卿的书法已进入成熟期，达到了炉火纯青的境界。文字、书法与优美的地理环境相结合，使《大唐中兴颂》被誉为“三绝碑”。元结一生作文无数，而掷地作金石声、让后人铭记的，首推此篇；颜真卿以忠烈之名被后世敬仰，其书法自成一体，为后人竞相模仿，中兴碑更是众多书法爱好者临摹的范本；再加上浯溪一带优美的自然风光，文、字、景三者相得益彰，无论得其中任何一项，都是一种难得的审美享受。

三百年后，张耒有缘得见此碑，并题写了《读中兴碑》。张耒是苏门四学士之一，字文潜。《宋史》记载：“张耒自幼聪颖异常，十三岁便能作文，十七岁时所作《函关赋》已为人称道。他曾在陈地游学，得到学官苏辙的赏识，从而有机会师从苏轼。”苏轼称赞其文“汪洋冲澹，有一唱三叹之声”。张耒的笔力刚健，尤其擅长骚体诗，他曾著论说：“自《六经》以下，至于诸子百家、骚人辩士的论述，大多都是用来寄托道理的。因此，学习文学的首要任务在于明理，如果只知道追求文辞而忽视道理，想要写出精妙的文章，世间从未有过这样的事。”

张耒的这首《读中兴颂碑》，吊古怀今，抒发了对百年兴废的感慨，表达了对前贤的敬仰之情。诗的开篇数句，回顾了安史之乱:“玉环妖血无人扫，渔阳马厌长安草。潼关战骨高于山，万里君王蜀中老。金戈铁马从西来，郭公凛凛英雄才。举旗为风偃为雨，洒扫九庙无尘埃。”安史之乱，生灵涂炭，王师所向，扫荡妖氛，扶社稷于将倾，拯黎民于倒悬，中兴功臣，何其英武!

继而提到此碑的价值:“元功高名谁与纪，风雅不继骚人死。水部胸中星斗文，太师笔下蛟龙字。天遣二子传将来，高山十丈磨苍崖。”上天有眼，庆幸有撰写碑文和书丹的这两位大家，留下这段珍贵的历史，风流不绝，传之后世。

此诗与碑文的格调一脉相承，气势恢宏，胸襟磊落。“磨崖中兴碑，黄张二大篇”（瞿佑《归田诗话》），张耒的诗作，堪称妙绝千古，连同黄庭坚的一篇，与中兴碑一同，构成了浯溪独特的人文景观。

诗的最后几句，写道:“谁持此碑入我室，使我一见昏眸开。百年废兴增叹慨，当时数子今安在?君不见，荒凉浯水弃不收，时有游人打碑卖。”这里描绘了名碑拓片的光彩夺目，传观之时，着实令人眼前一亮，让诗人昏花的双眼顿时明亮起来。然而，这种震撼只是昙花一现，看到零乱的碑刻，想到令人失望的现实，不禁悲从中来，摇头叹息。繁华盛世转瞬成空，盖世英雄风流云散，一时都落得个转瞬成空的下场。这唯一与古人相关联的宝贝石刻，历经捶拓剜凿，早已失去了往日的风采……唉!算了，什么也不必多说了。

了解了中兴碑和张耒的背景，再来看李清照的和诗——《浯溪中兴颂诗和张文潜二首》：

五十年功如电扫，华清花柳咸阳草。五坊供奉斗鸡儿，酒肉堆中不知老。胡兵忽自天上来，逆胡亦是奸雄才。勤政楼前走胡马，珠翠踏尽香尘埃。何为出战辄披靡，传置荔枝多马死。尧功舜德本如天，安用区区纪文字。著碑铭德真陋哉，乃令神鬼磨山崖。子仪光弼不自猜，天心悔祸人心开。夏商有鉴当深戒，简策汗青今具在。君不见当时张说最多机，虽生已被姚崇卖。

君不见惊人废兴传天宝，中兴碑上今生草。不知负国有奸雄，但说成功尊国老。谁令妃子天上来，虢秦韩国皆天才。花桑羯鼓玉方响，春风不敢生尘埃。姓名谁复知安史，健儿猛将安眠死。去天尺五抱瓮峰，峰头凿出开元字。时移势去真可哀，奸人心丑深如崖。西蜀万里尚能反，南内一闭何时开。可怜孝德如天大，反使将军称好在。呜呼，奴辈乃不能道辅国用事张后专，乃能念春荠长安作斤卖。

李清照的和诗，不仅继承了张耒咏史抒怀诗的体裁，更深刻地揭示了唐朝安史之乱及军队无能的原因，对权奸误国、杨氏祸乱朝廷进行了更为直接的批判，同时吊古伤今，表达了对风雨飘摇中的大宋王朝的深切忧虑。张诗表达了对历代英雄人物的敬仰，至末尾，委婉地流露出一种雄风不再、败落萧条的落寞之感；而李诗则进一步表达了对现实的忧虑和呼吁。

如“尧功舜德本如天，安用区区纪文字。著碑铭德真陋哉，乃令神鬼磨山崖”，指出建功立业不在于是否刻于石头之上，尧舜的功绩如天般伟大，他们何曾需要在石碑上著文记功？“天何言哉？”尧天舜日，天地有大美而不言，这一点便超越了张诗仅仅停留在欣赏层面的意境。

再如“西蜀万里尚能反，南内一闭何时开”，与范成大“忍泪失声询使者，几时真有六军来”的情感深度相呼应，在情感表达上更为强烈，与张诗形成了鲜明对比。文人作诗，多借古人之事抒发自己的情感，所谓借古人酒杯浇自家块垒。如果说张诗末尾偏向于面对现实的无奈，那么李诗则充满了光复中原的强烈呐喊。

李清照的这首诗，以巾帼之笔发出须眉之声，句句铿锵有力，颇具豪放庄严的气度。宋人周煇在《清波杂志》卷八中记载："浯溪《中兴颂碑》，自唐至今，题咏确实繁多，零陵最近虽已刊行，但仅收录了已刻入石中的作品，未曾广泛搜集与博采众长。赵明诚待制的妻子易安李氏，曾和张文潜的两首长诗。以女子之身而能与众多名家之作并列，若非具有深厚的思想内涵，又怎能做到呢？"

张耒作为"苏门四学士"之一，而李清照的父亲李格非则是"苏门后四学士"之一，苏轼又是以豪放词风开山立派的大家。如此看来，李清照的这首和诗，加之特定的讽咏对象，便不难理解她豪迈的格调与恢弘的气象从何而来。

除此之外，我们还可以从李清照的其他诗句中领略到她的豪情与才情，如："生当作人杰，死亦为鬼雄。""九万里风鹏正举。风休住，蓬舟吹取三山去！""水通南国三千里，气压江城十四州。"无论选取哪一句来读，都是字字珠玑，透着一股浓浓的"爷们儿"范儿。唉，你能想象这些诗句是出自一位病体恹恹的弱女子之手吗？

随意给人贴标签是十分危险的。网络上不是就有这样的笑话么，甜甜蜜蜜地聊了半天，最后却发现"虚拟女友"竟是一位容貌猥琐、满脸胡子碴的抠脚大汉。

我们不能因为司空见惯的一些诗词，就遮蔽了李清照作为

“女汉子”的精彩一面。将她仅仅看作婉约派的掌门人，未免显得单薄了些。仅从这些诗词来看，她的见识与才情便已超越了闺阁女子的范畴。说李清照也是“心里有火，眼里有光”的人物，应当不会错吧？

苏轼密州墨迹散论

苏轼书法擅长行书、楷书，与黄庭坚、米芾、蔡襄并称“宋四家”。他曾遍学晋、唐、五代名家，得力于王僧虔、李邕、徐浩、颜真卿、杨凝式，自成一家。其书法理论及传世作品，片言只字都为后世奉为圭臬。北宋熙宁七年（1075），苏轼到密州任上，在此两年间，他写下大量文章，遗留墨迹有的镌刻于金石，有的见诸文字。

明邑人陈烨《题学宫苏子瞻遗石》，记载了苏轼一件题名遗石被发现并加以保护的过程：“黉宫片石号珊瑚，上有镌题属大苏。谁向银钩生顾盼，久从阶草委泥涂。遭逢明府缘非浅，移置连城换得无？好古右文循吏少，兼才万里见雄图。”在学宫发现的这片刻石，俗称“珊瑚”，上有苏轼书法真迹，曾长时间混在垃圾堆里，幸好遇到好古风雅的地方官，才被完好地保护起来。

乾隆《诸城县志》卷十四《金石考》，对“珊瑚”石作了细致描摹：“石高尺八寸，围二尺八寸，质甚璞，中藏岩壑，皆曰太湖石，然不类。石背镌三行，九字，字径寸，八分书。左读之，曰：‘禹功、传道、明叔、子瞻游。’王士祯云：‘坡书遍天下，而八分仅见此石。’”对此石大小、材质、特点等，作了详细说明。王士祯说苏轼书法遍天下，而隶书则仅见于此。这块珍稀题名石原置于超然台，到了乾隆年间，原石已佚，翁方纲藏有拓本。

道光《诸城县续志》卷五，记载了苏轼在密州制作的砚洗："丁氏园有石盎，围三尺，高尺余，横刻'砚洗'二字，左刻'熙宁九年子瞻制'"。"砚洗"是淡红色砂岩制成，状如捣米之石臼，内部底平整，黑沉如墨渍长久浸染之色。这件作品现藏诸城博物馆。

诸城县城南百里，九仙山南麓丁家楼子村西，有一巨石，相传其上原建有楼阁，至今沿上缘有一圈圆溜溜的人工凿孔，类似固定插木柱的孔洞。道光《诸城县续志》"金石考"载，石上刻"白鹤楼"三大字，右行"熙宁九年苏轼书于石东"。此石刻因藏于深山，字迹至今完好。唯西向一人高处有一尺见方孔洞，外观类印章或小龛，似人为剜凿去。巨石北数十步，另有石刻"留月"二字，据推断也像苏书。

苏轼离任密州时，途经安丘，特意去拜访郎中董储的后人。董储曾经知眉州，与苏洵有过交往。这次访其故居，见到了他的儿子希甫，在董储郎中的故居墙壁上，苏轼题诗一首：

白发郎潜旧使君，至今人道最能文。
只鸡敢忘桥公语，下马来寻董相坟。
冬月负薪虽得免，邻人吹笛不堪闻。
死生契阔君休问，洒泪西南向白云。

苏轼用"郎潜"的典故暗示故人的不遇。张衡《思玄赋》有"尉龙眉而郎潜兮"的句子。李善注引《汉武故事》曰："颜驷，不知何许人。汉文帝时为郎，至武帝，尝辇过郎署，见驷龙眉皓发，上问曰：'叟何时为郎？何其老也！'答曰：'臣文帝时为郎，文帝好文而臣好武，至景帝好美而臣貌丑，陛下即位好少而臣已老。是以三世不遇，故老于郎署。'"苏轼此诗，对故人遭遇表达了惋惜和不平。

此题壁墨迹久不存，诗文却很好地记录了这一次造访。苏轼还对董储的书法进行客观评价。在《跋董储书》二首中，说董储郎中“能诗，有名宝元、庆历间。其书尤工，而人莫知，仆以为胜西台也。”“密州董储亦能书，近岁未见其比。然人犹以为不然。仆固非善书者，而世称之。以是知是非之难弃也。”苏轼独具慧眼，对董书推崇备至。苏轼不惜对自己的书法水平进行贬抑，称赞董书胜过李西台，对流俗进行了强力矫正。

苏轼知密州时，在很多场合，喜欢以“东武”来代称密州。传世的“东武帖”，是苏轼行书纸本真迹之一。其文曰：“东武小邦，不烦牛刀，实无可以上助万一者，非不尽也。虽隔数政，犹望掩恶耳。真州房缗，已令子由面白，悚息！悚息！轼又上。”（三希堂石刻、《式古堂书画汇考·书》卷十）这是一则尺牍，书于元祐四年（1089），共五行，计四十七字。纸本 28.7 厘米×66.1 厘米。现藏于台北故宫博物院。书体冲淡自然，雍容自如，挥洒之间，别有一种书卷气息和超尘脱俗的韵味。

苏轼的书法，字体丰满遒劲姿媚，肥而不痴，自谓“东坡平时作字，骨撑肉，肉没骨”，字型取偏扁，取欹侧之势，用笔多取偃卧手法，形成独特的风格。苏轼书法深受前人影响，黄庭坚说他：“少日学兰亭，故其书姿媚似徐季海，到酒酣放浪，意忘工拙，字特瘦劲似柳诚悬。中岁喜学颜鲁公、杨风子书，其含处不减李北海。”苏轼留意于物，往往成书法自然之趣。“余学草书凡十年，终未得古人用笔相传之法，后因见道上斗蛇，遂得其妙。”（《跋文与可论草书后》）他从路遇草蛇缠斗之状，受到了启发，得草书笔画之奥妙。

苏轼还有醉书的奇特本领。“吾醉后作大草，醒后自以为不及。然醉中亦能作小楷,此乃为奇耳。”(《题醉草》)“仆醉后,乘兴辄作草书十数行,觉酒气拂拂,从十指间出也。”(《跋草书后》)苏轼这一项超常本领,有点像李白在《草书歌行》中描写的怀素的派头:“吾师醉后倚绳床,须臾扫尽数千张。”高超的创造力竟跟酒有关,真是匪夷所思,连他自己醒后都啧啧称奇。

在《题二王书》中,苏轼谈到勤奋对于学习书法的重要性:“笔成冢,墨成池,不及羲之即献之。笔秃千管,墨磨万铤,不作张芝作索靖。”书法学习的过程,须按部就班,打好基础,循序渐进,“书法备于正书,溢而为行草,未能正书而能行草,犹未尝庄语而辄放言,无是道也。”书法从正书起步,没学好正书,而能写好行草,他打了个比方,正儿八经的话没学会,就敢大放厥词,没有那么回事。

他在《论书》中说:“书必有神、气、骨、肉、血,五者阙一,不为成书也。”作书的时间、天气、心情等,因之而抒发性情,都能影响书写的质量水平。“遇天色明暖,笔砚和畅,便宜作草书数纸,非独以适吾意,亦使百年之后,与我同病者,有以发之也。”

苏轼主政密州一件大功,是保护和挖掘琅琊碑。史书记载,秦始皇二十六年初并天下,二十八年东巡海上,登琅琊台,观日出,乐而忘归。徙黔首三万户于台下,刻石颂秦德。二世元年,复刻诏书于其旁。《史记》引《括地志》云:“密州诸城县东南百七十里有琅琊台,越王勾践观台也。台西北十里有琅琊故城。”又云:“琅琊山在密州诸城县东南百四十里,始皇立层台于山上,谓之琅琊台,孤立众山之上。”

自始皇帝二十八年,岁在壬午,到苏轼知密州时的熙宁九年丙辰,已经过了一千二百九十五年了。苏轼偶然从民间得到了琅琊碑的摹拓旧纸本，与当时的新拓一比对，旧本更为完好。苏轼对秦碑失之保护，任岁月风雨磨灭漫漶，深为痛惜。恰适庐江文勋有事过密州，文勋对古篆深有造诣，很得李斯笔意，苏轼就委托文勋临摹秦碑，刻石置于超然台上。

苏轼在《刻秦篆记》中记载了这件事，并在文末说明摹刻秦篆的价值意义:“夫秦虽无道，然所立有绝人者。其文字之工，世亦莫及，皆不可废。后有君子，得以览观焉。”此论可谓中肯公允。

赵明诚《金石录》卷十三《秦琅琊台刻石》,也记载了此事件：“秦琅琊台刻石。在今密州，其颂诗亡矣。独从臣姓名及二世诏书尚存，然亦残缺。熙宁中，苏翰林守密，令庐江文勋模拓刻石即此碑也。”二世诏书石刻陈列于中国历史博物馆，诸城市博物馆有复制品。琅琊碑摹刻虽不是苏轼亲书，但是对原碑的保护、摹刻和传拓都起到了至关重要的作用，苏轼为书法史也是为中华文化传承接续余脉，做了一件大好事。

苏轼特别欣赏蔡襄的书法，称赞“蔡君谟先生之书，如三公被衮冕立玉墀之上。”“世之书篆不兼隶，行不及草，殆未能通其意者也。如君谟真行草隶，无不如意，其遗力余意，变为飞白，可爱而不可学，非通其意，能如是乎？”（《跋君谟飞白》）苏轼品评王安石书法：“荆公书得无法之法，然不可学，学之则无法。故仆书尽意作之似蔡君谟，稍得意似杨风子，更放似言法华。”（《跋王荆公书》）“杨风子”就是杨凝式，出身望族，天祐二年（905）登进士第，至后汉时任职太子少师，故世称“杨少师”。因其放浪形骸，性情狂癫，亦被人称为“杨疯子”。苏轼书法从这些人身上均获益颇多。

苏轼认为书法中蕴藏着人的精神气质。“吾观颜公书，未尝不想见其风采，非徒得其为人而已，凛乎若见其诮卢杞而叱希烈”（《题鲁公帖》）“欧阳文忠公用尖笔乾墨，作方阔字，神采秀发，膏润无穷。后人观之，如见其清眸丰颊，进趋裕如也。”

熙宁八年（1075）冬，苏轼《与鲜于子骏》的信札中说：“所索拙诗，岂敢措手，然不可不作，特未暇耳。近却颇作小词，虽无柳七郎风味，亦自是一家。呵呵。数日前，猎于郊外，所获颇多。作得一阕，令东州壮士抵掌顿足而歌之，吹笛击鼓以为节，颇壮观也。写呈取笑。”苏轼这种旷达的胸襟和曲折的宦海经历，都对其书法产生了较大的影响。苏轼自云“我书意造本无法”，又云“自出新意，不践古人”。黄庭坚说他“早年用笔精致，不及老大渐近自然”，“至黄州后掣笔极有力”。晚年又挟有海外风涛之势，加以学问、胸襟、见识处处过人，而一生又屡遭坎坷，其书法风格丰腴跌宕，天真浩瀚，观其书法即可想象其为人。

古人评论苏轼书法，也往往与其为人气节相连。倪瓒说东坡书法“圜活遒媚，或似颜鲁公，或似徐季海，盖其才德文章溢而为此，故絪缊郁勃之气映日奕奕耳。”清吴德旋《初月楼论书随笔》曰：“东坡笔力雄放，逸气横霄，故肥而不俗。要知坡公文章气节事事皆为第一流，余事做书，便有俯视一切之概，动于天地而不自知矣。”

苏轼知密州两年，《雪后书北台壁》《山堂铭》《胶西盖公堂照壁画赞》《雩泉记》《别东武流杯》等，都是当时书写或镌刻于密州的遗迹，加之与文朋诗友的唱和信札，更是数以百计，可惜留世墨迹如凤毛麟角。苏轼作为一代书法大家，人书并尊，他倡导的尚意书风，高树张扬个性的旗帜，对书法的贡献是划时代的。在当时其弟兄子侄子由、迈、过，友人王定国、赵令時都向他学习，后世历史名人如李纲、韩世忠、陆游，以及明代吴宽，清代的张之洞，亦均向他学习，可见其影响之大。